TREN 307

SERGIO HELGUERA

TREN 307

 EDITORIAL FJDH

Helguera, Sergio R.
    Tren 307. - 1a ed. - Ciudad Autónoma de Buenos Aires : Fundación Jóvenes por los
Derechos Humanos, 2015.
    344 p. ; 23x15 cm.

    ISBN 978-987-45722-3-3

    1. Narrativa Argentina. 2. Novela. I. Título
    CDD A863

Fecha de catalogación: 17/03/2015

Diseño de tapa e interiores: *Studio Impakto*

ISBN 978-987-45722-3-3
Queda hecho el depósito de la ley 11.723

ÍNDICE

*Para todos los que disfrutaron
alguna vez del encanto de
viajar sobre rieles.*

El origen de todos los males es la codicia.
ANDRÉ MAUROIS

Todos tenemos un lado oscuro, así que es necesaria una lucha continua para hacer lo correcto. El lado luminoso es compasión por los demás. El lado oscuro es codicia y egoísmo.
GEORGE LUCAS

INTRODUCCIÓN

EL EXPEDIENTE 307

Gracias al proyecto del Genoma Humano, fundado en el año 1990 en el Departamento de Energía y los Institutos Nacionales de la Salud de los Estados Unidos, y emprendimientos similares, la biotecnología ha tomado gran relevancia durante los últimos años. Muchos consideran que los bio-materiales (ciencia que combina la biología con los materiales avanzados) tendrán un impacto social y económico en el siglo XXI tan impresionante como la Internet a finales del siglo XX. En contradicción con la creencia popular, la biotecnología no es un tema de creación reciente, sino que data de los sumerios y los egipcios, 6000 a 4000 años antes de Cristo. Durante los últimos años del siglo XX, se vivió alrededor del mundo una "fiebre científica" de asombrosas proporciones: el apuro frenético y precipitado por comercializar productos modificados genéticamente, capaces de eclipsar por completo a los ya conocidos. Fue en este contexto que surgió GenAr. Esta empresa se desarrolló con una particular rapidez, contando con un increíble apoyo económico y tan pocos comentarios externos, que apenas si se pudieron comprender las dimensiones de su ambicioso proyecto y sus consecuencias.

Tal como lo había expresado Roberto Gennaro, presidente y fundador de GenAr, "la revolución biotecnológica que estamos por dar a luz, transformará cada aspecto de la vida: la salud, la alimentación, todos nuestros servicios, hasta nuestro mismo cuerpo. Señores, literalmente hablando, va a transformar todo nuestro planeta". Si, en lo que al desarrollo científico se refiere, el siglo XIX fue el de la Revolución Industrial y el siglo XX el de la era Atómica, Espacial, Electrónica e Informática; el siglo XXI es probable que pase a la historia como la era de la Revolución Biotecnológica. Como todas las revoluciones humanas, desde el neolítico hasta la actualidad, la revolución biotecnológica promete cambios radicales en la forma de vivir y de entender la vida del hombre, y comprenderá no sólo el ámbito científico y técnico, sino también el comercial y político, e incluso el social y cultural.

De pronto pareció como que todos quisieran volverse millonarios. Alrededor del mundo, nuevas empresas se anunciaban con frecuencia casi semanal y sus científicos aparecían de a montones con la idea de explotar al máximo las investigaciones sobre biotecnología. Esto sin contar aquellos que poseían participación accionaria o estaban al frente de consultorías especializadas. No mucho tiempo después, los científicos realmente dedicados a la investigación en su esencia pura fueron extinguiéndose lentamente. Hoy en día son pocas las instituciones de investigación que se encuentran exentas de vínculos comerciales. Las investigaciones sobre biotecnología aplicada continúan desarrollándose a un ritmo vertiginoso, dejando de lado la ética y la moral en pos del potencial de sus productos en el mercado mundial.

En este ambiente comercial, es quizá inevitable que surgiera una empresa como Gennetics Argentina Inc. de Buenos Aires. Tampoco sorprende su participación en los incidentes que ocurrieron durante el verano del 2014. Después de todo, la mayoría de sus investigaciones se realizaron con un total hermetismo. El incidente principal tuvo lugar en un ramal de ferrocarril de la línea Roca, y pocos son los testigos que pudieron afirmar lo que realmente ocurrió a bordo. Incluso al final, cuando Gennetics Argentina solicitó protección contra los cargos que se les presentaba en Tribunales, durante los primeros meses del año 2014, los personajes involucrados atrajeron poca atención de la prensa. La noticia duró sólo unos días en las tapas de los periódicos locales. Parecía ser algo común, sin nada llamativo; un increíble accidente de tren, una serie de desperfectos y situaciones fortuitas que convirtieron aquel placentero viaje en un infierno para sus pasajeros. La Secretaría de Transporte de la Nación, como la empresa que operaba la línea del ferrocarril Roca, evitaron realizar declaraciones al respecto. Todos parecían acordar para evitar una innecesaria divulgación de los hechos. La insólita petición de los titulares de GenAr se escuchó a puertas cerradas en Tribunales. Rápidamente las voces se fueron callando y las pruebas se sumergieron en un abrumador sistema burocrático. Es por este motivo que a nadie le sorprendió que, en el transcurso de ochenta días, todos los problemas de GenAr se vieran resueltos de forma amistosa y silenciosa.

Las partes intervinientes en este incidente firmaron un convenio de no divulgación de los acontecimientos, y ninguno de ellos va a dar detalles de lo ocurrido realmente, pero muchas de las principales figuras de lo que se denominó "expediente 307" no formaban parte de este convenio y se encontraban ansiosas por discutir los notables sucesos que ocurrieron la madrugada del día 15 de enero de 2014.

PRIMERA PARTE

SECTI

PRÓLOGO

EL INCIDENTE GENAR

Puerto Madero, Buenos Aires
Lunes 13 de Enero del 2014, 01:23h

Sus manos sudorosas se aferraban con fuerza al volante, mientras observaba con la mirada perdida toda la extensión de la Avenida Belgrano y su desolado paisaje. Una gota de sudor se escapó de su frente, recorriendo su cien. Las luces de la avenida dejaban al descubierto una escena poco frecuente de aquella zona de la Ciudad de Buenos Aires. Héctor Cardoso observó la hora en el desgastado panel del vehículo. La 1:25 de la mañana. Era improbable cruzarse con una persona un lunes a esa hora, aún siendo una agradable noche de verano. Giró su cabeza a ambos lados para ver a través de la ventanilla que mantenía celosamente cerrada. Estar detenido en una esquina completamente solo no era una muy buena idea a esas horas, pero nunca había cometido una infracción en los últimos diez años y esa no iba a ser la primera vez. Insistió una vez más en mirar el reloj digital, los segundos se convertían en horas. Inspiró profundamente y secó el sudor que bajaba por su mejilla. El cielo estrellado coronaba una hermosa noche de verano más que agradable.

La luz del semáforo cambió repentinamente a verde, alejándolo de pensamientos recurrentes. Héctor pisó el acelerador y el estruendoso sonido del motor del Renault 9 color gris rompió con el silencio de la madrugada para avanzar con rapidez. Pronto dejó atrás el edificio de la Aduana de Buenos Aires. Las calles estaban casi desiertas, la quietud era brevemente interrumpida por algún vagabundo deambulando con rumbo incierto o el sonido de una botella al caer de las manos de un ebrio perdido. Una pareja de turistas caminaba con prisa cautelosa por la oscura calle lateral, el repiquetear de los tacos de la mujer hacía eco en el silencio de la noche. Cardoso aceleró aún más, dejando atrás las calles céntricas de la ciudad. Ante sus ojos aparecieron los imponentes docks del viejo puerto de Buenos Aires, ahora convertidos en lujosos restaurantes.

Otrora, esos 16 docks surgieron por la necesidad de contar con depósitos para guardar los granos que se exportaban, toneladas de bolsas de cereales u oleaginosos para ser luego embarcados. Hoy en día, aquellos docks de ladrillos rojizos a la vista construidos por la empresa Wayss & Freytag, alojan innumerables restaurantes de categoría, casas de comidas rápidas, cines, heladerías, oficinas de lujo, la Universidad Católica de Argentina y muchos otros emprendimientos que comprenden uno de los más grandes y nuevos atractivos turísticos de la Ciudad. "Puerto Madero", como se lo denominó, se había convertido rápidamente en un barrio con un gran potencial turístico. Muchas empresas contaban con grandes oficinas y salas de reuniones. Tener presencia en el lugar les brindaba una buena reputación tanto para sus clientes como para sus pares.

Dejando atrás la rotonda de la Avenida Alicia Moreau de Justo, el viejo Renault 9 cruzó lentamente el puente que lo dejaba del otro lado de los diques y se adentró cautelosamente entre los gigantescos edificios. Conduciendo por el Boulevard, Héctor observaba minuciosamente el nombre de las calles a medida que avanzaba.

A diferencia de otros barrios, Puerto Madero tenía la característica especial que todas sus calles fueron nombradas con nombres de mujer. Gracias a una ordenanza dictada en el año 1995 por el ex Concejo Deliberante, se declaró el 8 de marzo día del barrio de Puerto Madero, al igual que el día de la mujer. Cada calle posee el nombre de una heroína de carne y hueso que luchó con valentía contra los prejuicios de su época. Mujeres talentosas, comprometidas y luchadoras que enorgullecieron al género.

Héctor no estaba familiarizado con el barrio; sólo contaba con un vago recuerdo de haber ido años atrás con su familia a disfrutar de una tarde de domingo a la reserva ecológica. Detrás de las pesadas puertas de vidrio templado, la seguridad de los edificios lo observaban con desconfianza; era lógico, su vehículo desentonaba con la majestuosidad y el reluciente brillo de las construcciones que lo rodeaban. Héctor sabía perfectamente que su presencia en ese aquel, a esa hora de la noche, despertaría curiosidad a quien lo viera, y eso era algo que debía evitar. Giró el volante para circular por la calle Aime Paime. Una serie de edificios nuevos se alzaban a su derecha. A la izquierda, un muy bien cuidado y prolijo parque iluminado se extendía a lo largo de la calle. Una mujer paseando su pequeño caniche toy blanco era la única persona que alcanzaba a ver. El vehículo avanzaba lentamente mientras cruzaba la calle Petrona Fyle, dejando atrás el Hotel Faena Buenos Aires. De pronto, lo encontró.

Lentamente detuvo el coche y quedó en silencio, observando a su alrededor. Apagó todas las luces y el motor. El lugar estaba desierto. Extrajo su celular del bolsillo para corroborar la dirección que tenía frente a él. Desde el exterior, la fachada del edificio era similar a las que lo rodeaban y no presentaba ninguna particularidad. Era simplemente un edificio que bien podía presentarse como departamentos de viviendas de alta categoría. Pasó su dedo rápidamente por la pantalla, recorriendo la galería de imágenes. Allí estaba, era la misma fachada que la foto recibida el día anterior. Los Alerces. Ese era el sitio, no tenía dudas.

Tomó su cámara digital, una memoria USB y un par de guantes de látex para luego guardárselos en el bolsillo de su campera. Héctor estaba vestido como guardia de seguridad, tal como se lo habían indicado; aquel uniforme era dos talles más grande que el suyo, cosa que lo incomodaba en gran manera. Después de dar un nuevo vistazo a los alrededores, salió del coche y cerró suavemente la puerta haciendo el menor ruido posible. Cruzó los pocos metros que lo separaban de la puerta de entrada y extrajo de su bolsillo la llave que le habían entregado para luego adentrarse en el edificio. Por el momento, no había surgido ningún inconveniente; y rogaba para que continuara de esa manera. A pocos metros observó la Parroquia Nuestra Señora de la Esperanza y, como buen creyente, se persignó antes de proseguir con el plan acordado.

Desde un principio, Héctor tenía sus sospechas. Las

personas que lo habían contratado demostraban una insistente necesidad de permanecer en el anonimato. A pesar de su perseverancia en obtener la mayor cantidad de información posible, no había podido conseguir más que unos pocos nombres y un par de números telefónicos. No le quedaban dudas que aquello se trataba de un movimiento estratégico muy importante para ellos. En todo momento se mostraban reacios a brindar cualquier detalle, aludiendo que era totalmente innecesario para la misión por la cual se habían puesto en contacto con él. A pesar de todo, la paga sería buena y el proceso parecía ser sencillo y carecer de peligrosidad.

—Pero… ¿No puede darme más información sobre lo que voy a encontrar en ese lugar?

—No. Eso es todo. Solamente haga su trabajo y el resto del dinero estará en su cuenta ese mismo día.

—Discúlpeme, pero dudo que este procedimiento pueda tener éxito si carezco por completo de una visión global del asunto.

—¿Me está diciendo que no puede hacerlo?

—Lo único que quiero es tener más información para actuar correctamente.

—Bueno, Héctor. ¿Lo va a hacer o no?

Apoyó su nariz contra el cristal blindado. El lugar se encontraba desprovisto de seguridad. Se sintió aliviado. Hizo girar la llave en la cerradura, pero ésta se encontraba trabada. Observó detenidamente la llave; era evidente que ésta era nueva, una copia exacta y sin uso. Volvió a intentarlo hasta que logró hacerla girar. El Hall principal no presentaba nada fuera de lo común, lo cruzó con prisa y se introdujo en el ascensor. A medida que avanzaba comenzaba a sentir los nervios invadir su cuerpo. Le resultaba extrañamente raro que el lugar no contara con seguridad. *"Esto es más fácil de lo que imaginé"*, pensó. Sobre la botonera, en el interior del ascensor, una placa metálica grabada prolijamente rezaba "GENAR S.A. – 2° Subsuelo".

Héctor sospechaba que GenAr era una empresa fantasma, una pantalla construida para lavar dinero de algo mucho más grande. Aunque no estaba familiarizado con el tema, sabía que ninguna empresa de tecnología se establecería en el segundo subsuelo de un edificio como aquel. Si GenAr se encontraba en un lugar así, lo más probable era que estaban ocultando algo importante. En ese momento comprendió las palabras que le había dicho su cliente, y la razón por la que lo habían contratado. Su campo de operación había sido siempre hoteles de mala muerte, alejados de la ciudad, escondites donde los amantes solían encontrarse. Sus clientes habituales eran mujeres despechadas en busca de pruebas para iniciar un juicio por infidelidad. Ingresar de forma ilegal en una empresa no era a lo que estaba habituado. Mucho menos al robo de información clasificada. La tecnología no era lo suyo, y Héctor lo sabía muy bien, aunque a su cliente parecía no importarle demasiado.

Después de varias investigaciones en conjunto con su cliente, Héctor había descubierto el flujo de dinero que había ingresado a GenAr, en gran parte por aportes de empresas relacionadas con biocombustibles y bioquímica industrial. Pero la finalidad y los resultados de esos fondos se mantenían en un total hermetismo. El desarrollo de un nuevo y revolucionario producto era un secreto a voces, pero los detalles se ocultaban muy profundamente entre los pocos científicos que llevaban a cabo el proyecto. Para Héctor, era razonable pensar que quienes aportaron dinero al proyecto, estén interesados en los resultados. Qué es lo que estaban haciendo con su dinero.

Gracias a los avances de la ciencia, nuestro planeta pasará de 7.000 millones de personas a 10.000 millones en 2050, según estimaciones de la Organización de las Naciones Unidas. La falta de alimentos, energía, agua potable y el aumento de la contaminación serán los mayores problemas que deberá resolver la humanidad. Pero con el descubrimiento de la biotecnología se podrán dar soluciones como combustibles no contaminantes, modificación genética de semillas, así como la elaboración de medicinas que curen más enfermedades. Argentina no ha permanecido ajena a esta revolución. Casi al mismo tiempo que surgió la biotecnología moderna en EEUU, en 1972, nació en argentina BioSidus, una empresa pionera en la fabricación de biofármacos para tratar anemia, esclerosis o hepatitis B también se hizo famosa por la creación de Pampa, la primera ternera clonada en el país en 2002. Esto sentó las bases para el florecimiento de la industria biotecnológica en Argentina. Hoy en día hay más de 130 empresas biotecnológicas, en su mayoría pequeñas y medianas empresas, que se dedican a la salud humana y animal, fertilización asistida de semillas inoculantes para el campo; también en el desarrollo de la industria del biodiesel. Héctor tenía la sospecha que actualmente GenAr se encontraba en las puertas de un descubrimiento de gran magnitud, cosa que ponía en alerta máxima a sus mayores competidores, quienes no dudarían en pagar cualquier suma de dinero en obtener la mayor cantidad de información posible para continuar en el juego o, de ser posible, llevarse todos los laureles.

Con un siseo metálico, la puerta del ascensor se abrió de par en par, dejando ver un extenso pasillo fríamente iluminado. Héctor observó el techo y las paredes en toda su extensión. No había cámaras de seguridad. *¿Cómo podría ser que no contaran con un sistema de seguridad?* Hoy en día todos disponían de medidas de seguridad, muchas medidas de seguridad. Todo le resultaba extraño. Sintió el frío sudor recorrer su frente. Tenía la impresión de que todo era una trampa. En ese momento se maldecía a sí mismo por haber aceptado ese trabajo, aún cuando la paga sería bastante generosa. Continuó avanzando lentamente, tratando en lo posible de no hacer ruido al caminar. Sobre la pared, una placa metálica de gran tamaño mostraba en letras corpóreas "GENAR – *El futuro de la bioingeniería*". La mesa de recepción se encontraba desierta, pero la computadora sobre ella se encontraba encendida. Un dispensador de agua, una pequeña mesa con viejas revistas de ciencia y un par de cómodas sillas era lo único que decoraba la diminuta recepción. Todo estaba en completo silencio. Continuó caminando, leyendo el rótulo de cada una de las puertas a medida que avanzaba por el pasillo: "CONTADURÍA", "LABORATORIO", "DEPÓSITO", "INGENIERÍA", "OFICINAS". La curiosidad lo invadía. Le era imposible ver a través de las pequeñas ventanas, las puertas estaban cerradas con llave. Pero su propósito era bastante claro, el cliente había sido lo suficientemente preciso.

Al final del pasillo vio una angosta puerta metálica cuyas letras rezaban "SÓLO PERSONAL AUTORIZADO". La puerta no poseía picaporte ni nada similar, solo un teclado digital con números retroiluminados. Una pequeña luz roja titilante le indicaba que se encontraba cerrada. Una sonrisa se escapó de la boca de Héctor al tiempo que extrajo nuevamente su celular. Uno de los mensajes recibidos contenía el código de ingreso. Un sonido electrónico se dejaba escuchar a medida que sus dedos oprimían cada una de las teclas, siguiendo el orden de los números. Un fuerte siseo acompañó la apertura de la puerta, abriéndole paso. "Demasiado fácil", se dijo. Giró su cabeza para mirar hacia atrás antes de escabullirse en el interior.

En el interior se podía percibir que el ambiente se encontraba mucho más frío y con un penetrante olor que no podía distinguir. El siseo constante y agudo de dispositivos electrónicos se escuchaba con más intensidad. A ambos lados había largas mesas llenas de material electrónico y filas de neveras de acero inoxidable en funcionamiento. Docenas de aparatos electrónicos que desconocía por completo. Sobre las paredes, podía observar largas pizarras con fórmulas complejas y dibujos abstractos. En ese momento Héctor comprendió que GenAr era una empresa de verdad y que realmente se encontraban desarrollando una labor científica. La impresión general era de desorden, pero las indicaciones eran precisas y debía cumplir con lo pactado si quería recibir el resto del dinero.

De pronto oyó un zumbido intenso de corriente alterna, pero fue solo un instante. El lugar se encontraba completamente desierto. Observó la hora en su reloj. La 1:55, debía apurarse. Cruzó el salón a grandes pasos y se detuvo delante de una puerta cuyo cartel decía:

SECTOR CERRADO
SÓLO PERSONAL AUTORIZADO

Haciendo caso omiso al cartel, Héctor Cardoso giró el picaporte e ingresó a un cuarto en penumbras. Una fila de computadoras encendidas iluminaba el lugar. Una serie de números y letras recorrían rápidamente cada una de las pantallas en un ciclo sin fin, haciendo casi imposible ver qué estaban mostrando. Un sonido electrónico seguido por un siseo largo se repetía constantemente. Héctor sabía que allí se encontraba lo que había venido a buscar. Recorrió con la vista el lugar y continuó avanzando. Varios carteles rezaban:

- PRECAUCIÓN -
Sustancias Teratógenas
Evitar exposición prolongada en este sector

- PELIGRO -
Utilización de Isótopos Radioactivos
Peligro potencial de Carcinogénesis

Héctor continuó a paso lento y sigiloso. Aquellas indicaciones le dieron escalofríos, pero era muy probable que se había puesto por cuestiones jurídicas y el lugar no presentaba peligro alguno. Una última puerta lo separaba de su objetivo, si es que las indicaciones habían sido las correctas. Sin prestar mucha atención a lo que lo rodeaba, se acercó al final del salón y abrió la puerta corrediza suavemente. Se oía un zumbido fuerte y constante, el ambiente estaba muy refrigerado. Cuatro torres altas se erguían en el centro de la sala que permanecía en penumbras. Héctor reconoció aquellos aparatos de forma inmediata. Se trataban de secuenciadores automáticos de genes. Se encontraba parado en el centro de una muy poderosa fábrica de productos genéticos. Un escalofrío recorrió todo su cuerpo.

De inmediato extrajo los guantes de látex y, luego de

calzárselos en ambas manos, se acomodó en el mullido asiento de una de las computadoras encendidas. Luego de presionar unas teclas, la pantalla mostró un campo donde debería ingresar la contraseña y así acceder al sistema. Sin perder tiempo, tomó la cámara digital que trajo consigo y extrajo de ella la pequeña memoria, la cual introdujo en el lector de memorias de la computadora. *"Espero que esto funcione"*, se dijo a sí mismo mientras observaba la hora. Ésas habían sido las indicaciones de su cliente y él las estaba cumpliendo al pie de la letra, aunque no tenía idea de qué era lo que estaba haciendo. En la pantalla, apareció una ventana con fondo negro y una serie de números y letras que aparecían y desaparecían rápidamente en un listado sin fin. Luego de unos segundos se detuvo, quedando solo un titilante cursor blanco para luego desaparecer. La pantalla había quedado como estaba en un comienzo. *"¿Eso es todo?"*, dijo en voz alta con una leve sonrisa en su rostro. Extrajo la memoria para colocarla nuevamente en la cámara y la guardó cuidadosamente en su bolsillo. Se puso de pie y acomodó la silla en su posición original. Había sido más rápido de lo que hubiera imaginado. La sencillez de la operación había superado todas sus expectativas. Menos de un minuto había sido suficiente.

Regresó atravesando los salones y cerrando las puertas abiertas para evitar cualquier sospecha, para luego introducirse nuevamente en el ascensor. Recorrió con su mente cada paso en busca de algún error en sus movimientos, o algo que pudiese haber pasado por alto. Todo estaba en orden. Sentía un gran alivio, aunque todo el procedimiento le había resultado demasiado fácil. Suspiró profundamente mientras el ascensor lo llevaba de regreso al nivel superior. Si había tanto dinero en juego, ¿por qué esta información se encontraba tan accesible? Aún para una persona como él, que corría en ligas menores. En ese momento notó que había olvidado deshacerse de los guantes de látex. Rápidamente los extrajo de sus manos y salió del ascensor para cubrir con pocos pasos la distancia que lo separaba de la puerta de entrada.

Una vez afuera, inspiró profundamente el aire cálido de la noche y se relajó. Subió al coche y encendió el motor, dejando descansar la cámara y las llaves en el asiento del acompañante. Todo había terminado. En pocos minutos estaría de nuevo en su hogar, y mañana su cuenta bancaria tendría unos cuantos ceros más; lo suficiente para pagar sus deudas. La suerte había comenzado a jugar de su lado. Giró el volante y avanzó lentamente por la calle desierta. Más adelante, las luces de los diques y los docks marcaban el límite de Puerto Madero.

La luz roja del semáforo lo obligó a detenerse. Podía sentir en sus manos y en su respiración la tranquilidad de un trabajo bien hecho y la satisfacción de una buena paga. El sonido de un motor a su lado lo alejó de sus pensamientos. Héctor giró su cabeza para observar el reluciente BMW color negro que se encontraba a su izquierda. De inmediato, las ventanillas polarizadas comenzaron a descender, mostrando en su interior al conductor y su acompañante, el cual le resultaba extrañamente conocido. Héctor quedó por un instante observándolo, tratando de recordar en dónde había visto aquel rostro. Aquel hombre le resultaba muy familiar, sobre todo por su característica mancha rojiza que presentaba sobre su sien izquierda. Fue en ese momento cuando lo recordó. El inconfundible brillo metálico de una pistola llegó a sus ojos. Trató de poner la primera marcha y acelerar, pero su desesperación le jugó una mala pasada y el motor se detuvo por completo. Sin advertencia, el vidrio de la ventanilla estalló en mil pedazos, al tiempo que sintió el impacto de la bala en su pecho y otro seguido en su hombro izquierdo. Un fuerte dolor recorrió todo su cuerpo. Podía sentir el calor de su propia sangre recorrer su brazo y piernas, empapando su ropa. No podía pensar con claridad. Respirar se estaba haciendo cada vez más difícil. Recostado en su asiento, observó cómo los vidrios de la ventana del acompañante estallaban para dejar entrar dos manos y llevarse consigo la cámara y las llaves. No pasó mucho tiempo cuando sintió un fuerte golpe en la parte trasera del auto, sacudiéndolo. Lentamente comenzó a avanzar.

Lo estaban empujando.

Intentó moverse, pero le era imposible hacerlo, su cuerpo ya no le respondía. Todo a su alrededor se volvía cada vez más oscuro. Sintió el auto avanzar con más rapidez para luego embestir algo metálico. Ya sin poder moverse, el mundo dio vueltas y todo su cuerpo golpeó el parabrisas, por donde observó el agua subir con prisa y golpearlo con toda su fuerza. El frío en su rostro fue lo último que pudo sentir. Luego fue todo oscuridad.

1

PUERTO MADERO

Sandra descendió con cuidado del colectivo de la línea 2 y se detuvo un instante en la concurrida Avenida Belgrano, tratando de adaptar su vista al intenso sol de la mañana. Observó su celular para chequear la hora. Todavía tenía unos minutos más antes de entrar al trabajo. No se preocupaba demasiado aquellos días, el proyecto en el que estaban trabajando estaba casi finalizado y no requería largas horas de arduos experimentos como lo habían hecho los meses anteriores, además, dentro de poco comenzarían sus tan ansiadas y merecidas vacaciones. Eso era un motivo más que suficiente para levantarse con cierta ansiedad y expectativas. Vestida totalmente de beige y sosteniendo su cartera de cuero ecológico, Sandra Marcela Zemog ofrecía una imagen de rigidez. Con sus 37 años de edad, había alcanzado la Maestría en Biotecnología en la Universidad de Buenos Aires, y estaba a punto de finalizar su especialización en Biotecnología Industrial. En la universidad era reconocida por la originalidad de sus análisis y estudios, así como su tendencia a la perseverancia y optimismo ante proyectos poco fiables. Pero, para su sorpresa, poco antes de finalizar su carrera y gracias a las altas calificaciones, ya contaba con un puesto de importancia en el Instituto Nacional de Tecnología Agropecuaria (INTA), y numerosas participaciones en conferencias sobre investigaciones biotecnológicas en la UNSAM. Esto le permitió avanzar aun más en sus estudios y contar con el apoyo tanto económico como humano en todas sus investigaciones de campo. Además, durante sus estudios había logrado conocer a Roberto Gennaro, quien había creado recientemente un pequeño laboratorio de investigación, en el cual había apostado todo su tiempo y dinero, y al que le había dado por nombre GenAr. Luego de ganar el premio Konex de Ciencia y Biotecnología en el año 2009, Gennaro le ofreció ser parte del equipo de investigación en un importante proyecto. Sandra se sentía en la plenitud de su carrera.

Extrajo los anteojos de sol de su cartera y luego de colocárselos comenzó a recorrer el trayecto de todos los días. Su pantalón corto y su cabello sujeto hacia atrás le daban un aire vigoroso y juvenil. Observando a su alrededor mientras cruzaba la Avenida Huergo, Sandra notó un movimiento mucho menos intenso que lo normal para un lunes por la mañana, pero era de esperar en aquella época del año, donde la ciudad parecía "vaciarse" de personas. En las calles podían verse ya aquellos que regresaban antes del término de la quincena, tratando de evitar el congestionado tráfico de las rutas o con la finalidad de poner todo en orden antes de comenzar un nuevo año laboral. Muchos automóviles regresaban a la ciudad cargando sus pesadas valijas y los rostros bronceados luego de disfrutar de unas muy esperadas vacaciones. Regresar al ajetreo de la ciudad era algo que nadie deseaba. Aún así, Sandra contaba las horas restantes de trabajo y no veía el momento de alejarse por un tiempo de las computadoras, cálculos, experimentos y todo lo relacionado con su trabajo para sumergirse en el frío pero querido mar que ofrecían las playas de Buenos Aires. Ahora que lo recordaba, todavía debía sacar los pasajes, ya que no había tenido el momento de…

El sonido estridente de las sirenas de un móvil de la policía federal la hizo volver a la realidad. Mientras avanzaba alcanzó a ver más adelante un conglomerado de automóviles de la policía federal detenidos alrededor de una grúa que parecía estar levantando lentamente un automóvil de unos de los diques. Sandra apuró el paso, invadida por su curiosidad. Una cinta de seguridad la detuvo a pocos metros de donde ocurría la acción. Recostado a un lado del puente se podía ver el cuerpo de una persona tapado con un plástico negro, sus pies sobresalían mostrando sus zapatos negros. No muy lejos, la baranda del puente giratorio se encontraba destruida en una de sus secciones. Una docena de policías uniformados y otros de civil daban indicaciones mientras otros de traje hablaban a través de sus celulares. Una gran grúa elevaba lentamente un vehículo parcialmente deshecho de las aguas del dique. Era un viejo Renault 9 color gris, con su parte delantera irreconocible por el impacto. Sandra podía entender que aquella persona fallecida sería el conductor de aquel vehículo. Una persona que encontró su final, seguramente, luego de unas copas de más o había decidido poner fin a su vida de forma consciente. Miles de historias se le cruzaron por la cabeza mientas reanudaba su marcha hacia el laboratorio. Mientras avanzaba por uno de los lados, se acercó aun más al cuerpo. Sin detenerse, Sandra pasó lentamente observándolo con cierta pena. El plástico que cubría el cuerpo se alzó parcialmente por acción del viento y por un instante alcanzó a ver el rostro de aquel desdichado. Aunque se encontraba un poco distante, Sandra le pareció reconocerlo. Su rostro le era lejanamente familiar, juraba que lo había visto con anterioridad. Se detuvo para observarlo más detenidamente. Si su memoria no le fallaba, aquel hombre había estado presente en…

—¡Sandra! —exclamó repentinamente una voz grave a su espalda.

Al sentir la mano sobre su hombro, Sandra se sobresaltó en gran manera. Giró repentinamente para ver a un hombre fornido, de unos cuarenta años de edad, alto y con anteojos negros que cubrían gran parte de su rostro. Blandiendo un cigarrillo en su mano, exhalaba gran cantidad de humo mientras hablaba, cosa que hizo que retrocediera unos pasos.

—Perdón si te asusté —se disculpó de inmediato—, pero te reconocí y quise saludarte.

—Perdón —dijo Sandra frunciendo el entrecejo—. ¿Te conozco?

—Ahh disculpame… soy Leonardo Gómez —se presentó al tiempo que extendía su mano—. Jefe departamental, a cargo del operativo. Conozco a tu marido, Ledesma, Javier Ledesma.

—Ehh sí —contestó Sandra al tiempo que estrechaba su mano tímidamente—. ¿Y cómo sabía que…?

—Tu marido me mostró las fotos del casamiento varias veces y por eso…

—Entiendo… —dijo Sandra volviendo a dirigir su mirada al cuerpo— ¿Qué pasó acá?

—Nada importante. Un pobre desgraciado con unas copas de más perdió el control del vehículo y atravesó la baranda del puente. Se ahogó sin poder salir. Estamos tratando encontrar alguna identificación.

—Pobre hombre… —murmuró Sandra negando con la cabeza— Bueno, fue un gusto… Leonardo.

—Igualmente —saludó asintiendo de forma exageradamente cordial con su cabeza—. Saludos a Javier.

Sandra no contestó. Dio media vuelta y continuó su marcha. "Saludos a Javier". Esa frase le resonaba en su cabeza. Javier Gómez era su marido desde hacía 7 años, pero no tenía noticias de él, y ya no recordaba desde hacía cuánto. Alrededor de un mes atrás, había despertado sola en su departamento. Por más que lo intentara por todos los medios posibles, no lograba comunicarse con él. Todas sus pertenencias estaban aún en su lugar. Salió únicamente con su billetera y su arma, la que siempre llevaba consigo. Desesperada, había llamado a la policía para realizar la denuncia, pero no recibía noticia alguna. Fueron cinco días de angustia y desesperación que no olvidaría jamás. Hasta que una noche, durante la madrugada, su celular sonó y al contestar escuchó su voz. Le pedía que se tranquilizara y que "todo estaría bien", que se había visto obligado a viajar a la provincia de Córdoba por trabajo y que pronto estaría de regreso. En vano Sandra le reprochó su partida y por todo lo que la había hecho pasar. Con voz serena, pidió disculpas y volvió a desaparecer. En incontables ocasiones intentó comunicarse pero todo había sido en vano. Luego de largas noches de llanto había decidido calmarse y esperar. No sabía bien qué, pero esperar. "Saludos a Javier…"

Pocos metros adelante, Sandra alcanzó a ver la silueta inconfundible de Roberto Gennaro quien se encontraba hablando con otras dos personas en la puerta del edificio del laboratorio.

Con sus casi setenta años de edad, Gennaro era una persona aparatosa, un histrión de nacimiento. Varias personas que lo conocían desde hacía muchos años, contaban anécdotas de él cuando estaba buscando fondos para GenAr, aquellos días que él llamaba "los días de la linterna verde". En 1976 llevaba siempre consigo una maceta en la que llevaba una planta pequeña. La planta no superaba los veinte centímetros de altura y no presentaba ninguna peculiaridad a simple vista, salvo que se veía con un verde más brillante que lo habitual. Gennaro llevaba siempre la pequeña planta a las reuniones que se organizaban para obtener fondos. Casi en todas las ocasiones, Gennaro presentaba la maceta y la colocaba sobre una mesa cubierta cuidadosamente con una tela. Luego de pronunciar su discurso de siempre, en el que hablaba sobre los beneficios de generar y disfrutar de los "productos biotecnológicos de consumo masivo". En el momento crucial, levantaba la tela con un movimiento rápido y dejaba al descubierto la pequeña planta, a la vista desconcertada del público. Después solicitaba que apaguen todas las luces y cierren todas las ventanas. En ese momento, en la oscuridad del salón, la planta comenzaba a emanar un brillo fluorescente cada vez más intenso, hasta iluminar parcialmente el lugar. Ante el asombro del público presente, las luces se volvían a encender y Gennaro solicitaba el dinero. La planta era siempre un éxito, su existencia era una promesa de maravillas inimaginables producto de la manipulación genética que saldrían de GenAr. Pero cuando Roberto hablaba sobre la planta, dejaba mucho sin decir. Por ejemplo, que la planta no emitía luz por más de treinta segundos, ni que su promedio de vida no superaba las dos semanas, tampoco mencionaba que no podía crecer más de treinta centímetros. Que emita luz propia era todo un logro, pero no lo que Gennaro daba a entender. Además, todos los que veían la planta querían una, cosa que Roberto trataba de eludir con palabras y excusas evasivas. Roberto tenía visión y entusiasmo, pero no tenía certeza alguna de que su plan tuviera éxito. Pero al final obtuvo su dinero, y en noviembre de 1978 Roberto Gennaro obtuvo tres millones de dólares en capital de riesgo para financiar la creación de la sociedad anónima que se proponía, GenAr. Desde entonces, GenAr se había dedicado exclusivamente a la investigación de productos biotecnológicos orientados al aumento de la productividad ganadera y agrícola, obteniendo resultados realmente beneficiosos.

Al verla llegar, Gennaro le dio un beso. Su rostro denotaba cierta preocupación.

—Sandra… te estaba esperando —dijo con tono nervioso—. Ocurrió algo esta noche en el laboratorio y quería hacerte una consulta.

—Sí, por supuesto —asintió Sandra dirigiendo su mirada hacia las otras dos personas que se encontraban allí. Ninguna le resultaba conocida—. ¿Qué sucede?

—¿Por algún motivo viniste anoche al laboratorio? —preguntó Gennaro— ¿O sabés de alguien que lo haya hecho?

—No —negó Sandra rotundamente sacudiendo la cabeza de lado a lado—. La última vez que vine fue el viernes.

Tampoco sé de alguien que haya venido... ¿por qué lo iba a hacer?

—No lo sé... —dijo Gennaro bajando la mirada— El sistema registra un ingreso a la 1:30 de la madrugada de hoy. Estamos tratando de conseguir las grabaciones de las cámaras de seguridad de esta calle —continuó— ya que las del edificio aún no han sido instaladas.

—¿A la una y media de la madrugada? —repitió Sandra desconcertada— ¿A quién se le ocurriría venir a esa hora?

—A alguien que esté buscando algo —inquirió el hombre a su lado.

—Hay dos técnicos adentro —agregó Gennaro señalando con su mirada al interior del edificio—. Están tratando de averiguar si falta algún equipo o se extrajo información del sistema.

Sandra se mantuvo en silencio. Había cierto aire de tensión entre las personas que se encontraban allí. Sabía que había algo que ocultaban. Los dos hombres se retiraron unos metros para hablar por sus celulares, daban vueltas haciendo ademanes de forma nerviosa y constante. Gennaro apoyó su mano sobre el hombro de Sandra.

—Tus vacaciones comienzan este miércoles, ¿verdad?

—Sí —asintió Sandra.

—Tomate el día de hoy y mañana —le indicó Gennaro—. No es necesario que vengas, debemos realizar varias pruebas y el laboratorio no va a estar disponible estos días. Además... —continuó esbozando una leve sonrisa— debés preparar tus cosas para las vacaciones, ¿no es así?

Sandra asintió con su cabeza y devolvió la sonrisa, pero podía notar preocupación detrás del gesto de Gennaro. Lo conocía lo suficiente para saber que algo malo estaba ocurriendo. Giró la cabeza para observar dos personas de traje que salían con maletines del edificio, y se dirigían hacia ellos.

—Sí, es verdad —asintió Sandra—. Bueno… de ser así nos vemos cuando regrese. Cualquier cosa que necesites…

—No, no. —negó Roberto con la cabeza—. Te recomiendo que te desconectes del mundo. Dedicate a descansar. Este año va a estar movidito, te lo aseguro.

—Bueno… lo haré —dijo Sandra mientras se alejaba lentamente.

—¡Sandra! —exclamó Gennaro luego de unos instantes. Sandra giró la cabeza de inmediato— Cuidate.

—¡Lo haré! —contestó, y continuó caminando por la calle bajo el sol de la mañana. Varios curiosos se acercaban con prisa hacia la multitud que se aglomeraba alrededor de la grúa en un intento por entender qué había sucedido. Giró la cabeza una vez más para ver a Roberto hablar de manera nerviosa y exasperada con las dos personas que habían salido del edificio. Suspiró y continuó su marcha de regreso a casa. Sólo esperaba que aquel incidente no sea perjudicial para su trabajo y que la información de sus investigaciones no se haya perdido. Trató de alejar de su cabeza cualquier preocupación referida a su trabajo. Observó su celular. Tenía tiempo suficiente para preparar su valija de viaje y dirigirse lo más pronto posible a la estación para conseguir un pasaje a Mar del Plata, donde la esperaría su padre.

2

PLAZA CONSTITUCIÓN

Constitución, Buenos Aires
Lunes 13 de Enero del 2014, 15:39h

La sorpresiva tormenta de verano caía formando grandes gotas que mojaban hasta el tuétano, martillaban sobre el techo metálico para luego bajar como un torrente por las ventanillas del colectivo. Abriéndose paso a través del congestionado tráfico de la hora pico de la tarde, el interno 306 de la línea 53 avanzaba esquivando el tráfico por la calle Lima del barrio porteño de Constitución. El rítmico sonido del limpiaparabrisas se escuchaba por encima del constante martilleo de la lluvia.

En un intento desesperado por mantener el equilibrio, Sandra alzó su brazo para asirse firmemente de la única agarradera libre que se mecía sobre su cabeza, mientras que con el otro aseguraba su cartera de cualquier posible intruso. Las ventanillas cerradas provocaban que el aire en el interior se volviera imposible de respirar. Alzó la cabeza para alcanzar a ver su reloj pulsera. Las cuatro menos veinte de la tarde. "Tal vez esté a tiempo", pensó. Aprovechando un instante de quietud en el semáforo extendió su cuerpo sobre las personas que viajaban sentadas frente a ella con el fin de distinguir el lugar por donde transitaba. Ya faltaba menos. Agachó su cabeza para observar la calle mientras el colectivo hacía un giro repentino. Entrecortado por el ir y venir del limpiaparabrisas, y a través de la lluvia, pudo distinguir el lugar perfectamente. Delante de sus ojos surgió la renovada cara de la Plaza Constitución.

Históricamente, esa área era un "pajonal" suburbano de la pequeña Ciudad de Buenos Aires, aun hasta la década de 1850. Con el objetivo de evitar que las carretas cargadas de mercadería ingresaran al centro para llevar a cabo su comercio, la Municipalidad había decidido crear en el lugar la actual Plaza Constitución, un mercado para que se concentraran en esa zona más alejada. El nombre de la plaza Constitución es discutido. Hay quienes creen que fue impuesta en honor a las distintas constituciones y otros afirman que se la denominó en referencia a la palabra "constitución" o expresión simbólica de lo que se entiende por Carta Fundamental. Recién en agosto de 1865 se inauguró la estación Constitución del Ferrocarril del Sud, actual Ferrocarril General Roca. Era un edificio pequeño con pocas plataformas, del cual partía una vía tranviaria cruzando la plaza para conectar la alejada estación con el centro de la ciudad. Actualmente, Plaza Constitución se había convertido en uno de los puntos de Buenos Aires con mayor circulación diaria de personas, ya que el Ferrocarril General Roca conecta la ciudad con los dos principales ejes de la zona Sur del Gran Buenos Aires.

Abriéndose paso entre las personas que colmaban el colectivo, Sandra avanzó lentamente hacia la puerta hasta alcanzar el botón para solicitar la parada. A través de la puerta pudo ver que la lluvia había cesado para dar paso nuevamente al sol de la tarde; "tormentas de verano…", pensó. Luego de bordear todo el contorno de la plaza, el vehículo avanzó unos metros más sobre la Avenida Brasil para luego detenerse bruscamente. Con un fuerte siseo la puerta se abrió dejando entrar la cálida y húmeda brisa de la tarde. Sandra descendió, observó a su alrededor y respiró profundamente. Ya había perdido la costumbre de viajar en colectivo, como lo había hecho por tanto tiempo años atrás. Se maldecía a sí misma por haber dañado su auto, cuya reparación estaría lista recién en tres días, y también por no haber optado por viajar en la comodidad de un taxi. A sus oídos llegaba el incesante murmullo del fuerte movimiento comercial de la zona. Puestos de venta de alimentos y golosinas se desparramaban en la vía pública, con sus estructuras metálicas y toldos a rayas blancas y amarillas. Con 34 líneas de colectivos, la estación del Subte de la línea C, el recientemente inaugurado Metrobús y la cabecera de las estaciones del Ferrocarril Roca generaban una concentración importante de personas y actividades comerciales, convirtiendo el lugar en el principal nodo de servicios de transporte público de la ciudad. Según la información oficial, 3 millones de usuarios utilizan la estación Constitución de la línea C al mes, a los que se suman los 7 millones que viajan en tren y los 20 millones de personas al mes que pasan por allí en colectivos, taxis o simplemente caminando. La estación Constitución es considerada uno de los dos grandes polos ferroviarios de la Ciudad y una de las mayores estaciones ferroviarias del mundo. Desde el año 1887 parten ramales que abarcan en su recorrido las provincias de Buenos Aires, La Pampa, Neuquén y Río Negro. Con dieciséis andenes, es la estación terminal más grande de Argentina y de Sudamérica. Debajo de sus más de 37.000 m2, poco más de un millón de pasajeros transitan por sus andenes cada día.

Avanzando a paso ligero por debajo de los refugios de las líneas de colectivo, Sandra llegó hasta el cruce peatonal de la avenida y esperó con cierta ansiedad la luz verde del semáforo. Alzó su cabeza para ver el azul del cielo abrirse paso entre las nubes. El calor era insoportablemente denso. Podía sentir que su presión estaba bajando rápidamente. Expiró fuertemente y avanzó cruzando con prisa la avenida. Atinó a extraer su celular de la cartera, pero rápidamente desistió de hacerlo en ese lugar. Alzó su muñeca para ver nuevamente la hora. Con un gesto de negación aceleró aun más su paso. Ante sus ojos se alzaba la imponente fachada de la Estación Constitución.

Subió las escaleras de entrada y se mezcló entre la multitud. Observó con cierto asombro los gigantescos arcos del hall principal que se elevaban más de treinta metros sobre su cabeza. En el aire podía sentirse el aroma a garrapiñada mezclado con el inconfundible olor a aceite de máquina y combustible de las locomotoras. La gran cantidad de personas que transitaban el lugar le hacía casi imposible ver las indicaciones. La razón era muy evidente, se encontraba en plena temporada de verano, a dos días del recambio turístico. Era una situación que había previsto, pero nunca hubiese imaginado tanta multitud. A lo lejos pudo ver el cartel luminoso de un kiosco de golosinas y se dirigió hasta allí.

Otrora, Constitución poseía lujosos restaurantes que

proponían al viajero un suculento desayuno o almuerzo, según la hora. Todos estos establecimientos contaban con salones comedor cubiertos por boiserie y servidos con vajilla de plata y de porcelana. Sin embargo, estos lugares a duras penas pudieron sobrevivir a la década del cincuenta. Todos ellos fueron arrasados por la proliferación de los bares americanos y la modalidad de las comidas rápidas al pie de un mostrador. La extinción de ese refinado estilo gastronómico ferroviario también era acompañada por la desaparición de la aristocracia argentina y con el debilitamiento del ferrocarril en el país.

—Una gaseosa light, por favor —le indicó al kiosquero.

Luego de recibir el cambio por su compra, desenroscó la pequeña botella con prisa para beber de inmediato de la misma. Sintió un alivio enorme al sentir el líquido frío recorrer su garganta. Respiró hondo y, apoyada sobre una de las columnas, se relajó por un instante. Recorrió con la vista cada rincón. Aquel sitio parecía ser un enorme hormiguero de personas que caminaban con prisa y sin rumbo. Bolsas, bolsones, maletines, carros, heladeras de mano y equipajes iban y venían atravesando toda la extensión del lugar. De vez en cuando se podía distinguir entre la multitud el inconfundible chaleco naranja fluorescente del oficial de policía que deambulaba lentamente entre la gente. A intervalos regulares, la voz del altoparlante informaba la próxima partida de una formación con voz casi inentendible. En ese momento, un joven de no más de 14 años, de aspecto sucio y desalineado, apareció de entre la multitud y se detuvo delante de ella.

—¿Tendría una moneda, doña?

Casi por instinto, Sandra sostuvo con fuerza su cartera,

justo en el momento en que su celular comenzó a sonar cada vez con más intensidad.

—Tomá —le dijo al chico, entregándole con desconfianza la gaseosa a medio tomar.

—¡Gracias, amiga! —contestó con una sonrisa y de inmediato desapareció nuevamente entre la gente. Sandra lo siguió con la vista, avergonzada en parte por su exagerada reacción de sorpresa. Extrajo rápidamente su celular de la cartera, pero ya había dejado de sonar. La lista de llamadas perdidas le indicaba que era su madre. Luego se pondría en contacto con ella. Ahora debía conseguir ese dichoso boleto.

Siguiendo las indicaciones que le había dado el vendedor del kiosco, se dirigió segura hacia uno de los rincones del salón, donde un cartel rezaba "VENTA DE PASAJES A LA COSTA ATLÁNTICA". Se detuvo al final de la fila, viendo con desconsuelo que tendría adelante no menos de cien personas hasta las ventanillas de venta.

Como cada año, el éxodo turístico reunía a millones de pasajeros en las principales terminales de ómnibus, aeroparques, puertos y ferrocarriles. Y ese verano no iba a ser una excepción, sino todo lo contrario. Ya habían advertido sobre las demoras de hasta tres horas en el tránsito de la autovía a Mar del Plata, y la terminal de ómnibus de Retiro había informado sobre el incremento de los servicios ante la gran demanda, duplicando la cantidad de unidades. Los operadores turísticos estaban sorprendidos por el buen comienzo del verano y las buenas expectativas de la temporada. Encontrar un gran número de personas buscando un pasaje que los lleve hacia la costa atlántica era algo totalmente normal durante esos días. Y no tenía intenciones de menguar.

Sandra volvió a contar una a una las personas que tenía delante de ella. Ciento treinta y dos. Podía advertir que estaría un largo tiempo en esa fila. Colgado sobre una de las paredes se encontraba un gran reloj digital. Sus brillantes números rojos sobre fondo negro le indicaban que faltaban pocos minutos para las cinco de la tarde. Había pasado casi una hora desde que había ingresado a la estación. La fila avanzó un metro más. Por detrás de las ventanillas, podía observarse una gran pizarra negra con letras blancas en donde se dibujaba una desprolija grilla de días y horarios de los diferentes trenes y destinos. Si lo que se exponía allí era cierto, debía comprar un boleto para el tren N° 301 que partiría el miércoles por la tarde, ya que prefería evitar viajar de noche. Solo esperaba que no fuera demasiado tarde.

La voz volvió a salir del altoparlante informando sobre la próxima partida de una formación. A sus espaldas, vio personas correr arrastrando sus equipajes hacia los andenes, mientras otros observaban sus pasajes meticulosamente. Grandes bolsos y valijas sobrecargadas se deslizaban con sus pequeñas ruedas a través de la estación buscando su lugar. Después de tanta espera, ahora solo tenía dos personas adelante. Volvió a girar su cabeza para ver la fila que se había armado detrás, con su vista recorrió todo el trayecto que había hecho las últimas dos horas. Haber llegado hasta allí había sido todo un logro. "¡Señora!", escuchó. La palabra "señora" le resultó extrañamente incómoda y fuera de lugar. Volvió su cabeza para ver a la chica detrás de la ventanilla. Era su turno.

—Un pasaje a Mar del Plata —le indicó sin sacar su vista del cartel sobre la pared—, en el 301 para este miércoles, por favor.

A través del vidrio templado, observó a la joven teclear rápidamente en su computadora sin quitar la mirada de la pantalla. Le sorprendió ver la rapidez con que sus dedos danzaban sobre el desgastado teclado, no tendría más de veinte años. Luego de un instante, giró su cabeza nuevamente a ella.

—Lo siento —se disculpó—. No tenemos pasajes para esa fecha. Puedo ofrecerle… —agregó frunciendo el entrecejo y volviendo su mirada hacia la pantalla— para el día sábado 19 a las 15:22 horas.

—No, imposible —aseguró Sandra negando con su cabeza—. Tiene que haber un asiento en algún lado, por favor.

—Lo siento, no tenemos pasajes para antes de esa fecha —volvió a decir la chica con un discurso casi ensayado.

—Tiene que haber un lugar, por favor —insistió Sandra—. Es sólo un lugar el que necesito. Por favor, fijate nuevamente, no puede ser que no haya un solo asiento…

—Tengo uno para el día sábado 19, únicamente —asintió la chica sin mirar la pantalla—. Es posible que alguien realice una cancelación; puede intentar más tarde si desea, pero por el momento no tengo lugar antes del 19. El que le ofrecí es el último.

Antes que termine la frase, Sandra dio media vuelta. Observó la fila que se extendía hacia el hall principal. Esperar dos horas más para un nuevo intento era una locura. Se quedó de pie recorriendo con su mirada los días y horarios, no tenía otra opción. Si allí no encontraba pasaje debería de ir en micro, y eso era algo que había evitado hacer por mucho tiempo.

Las terminales de micro le recordaban a su tío, quien había sido chofer de micros de larga distancia durante toda su vida. Gracias a su trabajo había recorrido todo el territorio argentino casi por completo en su paso por diferentes empresas de transporte de pasajeros. Aprovechando los contactos que le ofrecían, sus padres y ella habían disfrutado las comodidades de los mejores micros y habían viajado a diferentes lugares cada verano. Poco tiempo antes de jubilarse, durante las vacaciones de invierno en la ruta 9, un conductor alcoholizado perdió el control de su vehículo y se atravesó a la mano contraria, impactando de lleno contra un micro de larga distancia. Diecinueve personas murieron aquel día, incluyendo su tío, quien manejaba aquel micro. Quince años habían pasado ya, las medidas de seguridad en el transporte de pasajeros habían mejorado, pero ni ella ni sus padres subieron a un micro nunca más.

Extrajo su celular de la cartera y marcó el número de la casa de su madre mientras caminaba hacia un lado del salón, donde una hilera de bancos de madera se extendía a lo largo. Hizo un esfuerzo por escuchar el tono de llamada a pesar del bullicio constante del lugar. De inmediato una voz se oyó del otro lado.

—¡Hola! ¿Sandra?

—Sí, ma, soy yo —respondió alzando la voz—. ¿Me escuchás? Estoy acá en la estación Constitución. No pude conseguir pasaje en tren. —le informó mientras se sentaba en uno de los bancos que permanecía libre. Sintió un gran alivio en sus pies mientras se descalzaba parcialmente.

—¿En serio me decís? —contestó— Ay… hija, ¿qué vas a hacer ahora?

—No sé… —suspiró Sandra—. Recién hasta el día 19,

pero perdería muchos días. Si no encuentro nada hoy acá me voy para Retiro, ¿escuchaste?

—¿Vas a ir en micro? —se extrañó— ¿Estás segura?

—Sí, ma, no me queda otra, tengo que estar sí o sí —afirmó —. Te aviso si hay alguna novedad, ¿sí?

Rápidamente cerró la conversación y guardó su celular nuevamente en la cartera. Con resignación recorrió sistemáticamente la fila con su vista. Si lo iba a intentar de nuevo debería ponerse en la fila lo antes posible, de lo contrario estaría allí al caer el sol, y eso era algo que no estaba dispuesta a hacer. Tal vez si fuera a cada ventanilla y consultase si...

—Disculpe.

Una voz a su lado la distrajo de sus pensamientos. Giro la cabeza para ver quién le hablaba.

—Perdón que me meta en sus asuntos —se disculpó amablemente—. Pero no pude evitar escuchar su conversación y...

Por un momento, Sandra se exaltó, tal vez debido a la tensión que estaba atravesando, pero de inmediato se relajó. Sentado a su lado se encontraba un hombre barbudo, de unos cuarenta años. Su rostro estaba lastimado, quemado en algunas partes, podía notarse cansancio en su mirada. Asintió con su cabeza, limitándose a escuchar lo que tenía para decirle.

—... Escuché que no encuentra pasaje para este miércoles... ¿es así?

—Sí —afirmó Sandra.

—¿Podría decirme hacia dónde se dirige? —le preguntó el hombre con curiosidad— Tal vez pueda ayudarla.

—A Mar del Plata —contestó—. No tienen pasaje hasta el 19, según me dijeron.

—Mire —le indicó el hombre de barba mientras metía su mano en el bolsillo del pantalón para luego extraer unos papeles—. Aquí tengo un pasaje a Mar del Plata, es para el día martes 14 a las 23:30, no sé si a usted le sirve… yo me confundí al pedirlo y necesito cambiarlo… ya que en realidad tengo que ir a Bahía Blanca —hizo una larga pausa, con su mirada perdida. Luego continuó con una sonrisa cansada—. Estoy rehaciendo mi vida, ¿sabe?

Por un instante Sandra quedó perpleja. Gracias al destino, milagro o lo que sea, se había sentado al lado de un hombre que le ofrecía su pasaje, un pasaje que por supuesto le servía. Tomando aquel tren, estaría en Mar del Plata el miércoles a las 7 de la mañana y, aunque era un tren nocturno, era su única posibilidad. Sin perder más tiempo, dibujó una sonrisa en su rostro.

—Sí, por supuesto, ¿puedo tomar su lugar?

Con una expresión de satisfacción el hombre asintió con su cabeza y extendió su mano para entregarle el boleto. Sandra pudo notar que sus dos manos estaban cubiertas de vendajes blancos que apenas le permitían mover los dedos. A pesar de eso, su rostro no demostraba dolor alguno al moverlas.

—Tome —le indicó—. Vayamos a la ventanilla para hacer el cambio.

De inmediato se pusieron de pie y se dirigieron nuevamente a la ventanilla donde la joven estaba atendiendo. Se escucharon algunos comentarios de las personas que se encontraban en la cola, pero Sandra hizo caso omiso y con prisa extendió el boleto por debajo del vidrio templado.

—Disculpame, esta persona quiere cambiar su boleto y yo quiero tomar el de él —le indicó—. ¿Puede ser?

Luego de examinar el boleto cuidadosamente, volvió a teclear en la computadora y asintió con su cabeza.

—Destino Mar del Plata —le informó—. Para el día martes 14 de enero a las 23:30 horas. Primera Clase.

—Genial —asintió Sandra, devolviéndole una sonrisa al hombre que esperaba a su lado.

—Dígame su nombre y número de documento, por favor —le solicitó la chica a través del parlante intercomunicador, su voz resonaba extrañamente inhumana.

A medida que Sandra le daba todos sus datos, el repiquetear incesante del teclado sonaba a través del pequeño parlante. De pronto se detuvo.

—¿Su nombre es Sandra Marcela Zemog?

Sandra asintió con su cabeza. Detrás de la ventanilla la chica volvió a teclear y observó la pantalla del monitor con un gesto de desconcierto. Giró su cabeza para llamar a un joven que estaba a pocos metros, quien se acercó de inmediato. Un chasquido del intercomunicador develó que habían apagado el micrófono mientras discutían algo al tiempo que señalaban la pantalla. De pronto, un nuevo chasquido se oyó a través del parlante.

—¿Podría decirme nuevamente su número de documento, por favor?

Cuando Sandra terminó de decir el último número, el joven miró a la chica con una sonrisa burlona en su rostro y se alejó. El ruido de la impresora se dejó oír a través del vidrio y la chica extendió su mano para entregarle el nuevo boleto.

—Aquí tiene —dijo—. Mar del Plata. Martes 14 de enero. 23:30 horas. Primera Clase. Tren número 307 —le informó.

—Muchas gracias. —agradeció Sandra al tiempo que tomaba su boleto. De inmediato extrajo dinero de su cartera y se lo entregó al hombre que aun aguardaba a su lado. — Tome —le dijo—, muchas gracias, la verdad que fue un ángel para mí hoy.

—Por favor —dijo el hombre de barba—, fue un gusto. Espere, que le doy el cambio.

—No, no, no —se negó repetidamente alzando sus manos—. Es para usted, está bien así. Que tenga un muy buen año. ¡Gracias!

El hombre asintió con su cabeza esbozando una sonrisa en su rostro que se hizo notoria a través de la barba. Sandra se alejó caminando lentamente mientras guardaba celosamente su boleto en la cartera. Mientras se alejaba, escuchó nuevamente la voz de la chica a través del parlante. ¿Su nombre, por favor? Entrecortado por el bullicio de la multitud, a sus oídos llegó el nombre de Juan Carlos Morales, pero poco le importó el nombre de aquel buen hombre. Desde el andén principal llegaba el sonido característico del motor diesel de la locomotora acelerando para dar comienzo a un nuevo viaje. Sin poder evitarlo, una sonrisa se escapó de su boca mientras descendía las escaleras sumergiéndose nuevamente en el calor de la tarde.

3

SUREDA Y ASOCIADOS

Puerto Madero, Buenos Aires
Lunes 13 de Enero del 2014, 20:33h

El silencio reinaba en el estudio jurídico de Sureda y Asoc. ubicado en el piso número 49 del Alvear Tower en Puerto Madero, Ciudad de Buenos Aires. Los grandes ventanales mostraban toda la extensión de la ciudad con su infinidad de luces y, mucho más abajo, el movimiento intenso del tráfico al finalizar el día. Hacia el este, y contrastando con todo aquello, podía observarse la vasta extensión de agua del Río de la Plata, apenas iluminada por los últimos rayos de sol, una escena relajante, una serenidad que Ricardo no sentía. Sentado en el extremo de la larga mesa de reuniones, Ricardo Sureda se mantenía en silencio, con su mirada perdida en el horizonte, detrás de una columna de humo que se escapaba de su boca. Esa misma tarde había convocado a una reunión de emergencia a varias personas de confianza. Los directores ahora sentados en la sala de conferencias estaban irritables e impacientes. Eran casi las nueve de la noche y habían estado hablando entre sí durante la última hora, pero lentamente se habían ido quedando en silencio, mirando sus relojes de manera significativa.

Sentado en la gran mesa de vidrio, uno de los hombres observaba su celular y miraba a Sureda, frío como un enterrador, vestido con su traje negro a rayas finas.

—¿Qué estamos esperando? —preguntó.

—Uno más —respondió Ricardo de forma tajante. Echó un vistazo al reloj sobre la pared y apagó lo que quedaba del cigarrillo—. Ya debe estar por llegar.

—¿Lo necesitamos? —se animó a preguntar otro de ellos.

—Sí —contestó Ricardo—. Lo necesitamos.

Esa respuesta los mantuvo en silencio unos instantes. Significaba que la persona que estaban esperando era importante para lo que Ricardo necesitaba informar. Todos tenían muy en claro que se iba a tomar una decisión importante sobre el tema que ya conocían.

Ricardo Sureda era famoso por ser el genetista más emprendedor de su generación. Con sus cuarenta y cinco años de edad, calvicie incipiente y rostro aguileño, había sido despedido de la empresa para la cual realizaba sus trabajos de investigación a causa de su reiterada imprudencia y la falta de ética profesional hacia sus pares. Años atrás había conducido varios controvertidos ensayos con vacunas experimentales las cuales no dieron resultados positivos. Estos fracasos lo condujeron a alejarse del ambiente científico y esconderse detrás de una estructura jurídica, la cual le permitía continuar en el negocio sin arriesgarse demasiado. Ahora estaba al frente del Estudio Jurídico Sureda y Asoc. el cual le proporcionaba una excelente pantalla para realizar lo que él llamaba "retroingeniería", obtener el producto de un laboratorio, desarmarlo, aprender cómo funciona y luego elaborar su propia versión para luego venderla al mejor postor. En la práctica, esto implicaba hacer espionaje industrial, mucho del cual estaba dirigido actualmente hacia GenAr, quienes se encontraban elaborando un producto nunca antes imaginado por sus pares. Ricardo conocía muy bien a Roberto Gennaro y mantenían contactos en común, esto le permitía estar al tanto de todas sus investigaciones y nuevos desarrollos. Cinco meses atrás, cuando Ricardo recibió en su oficina los resultados de una nueva investigación llevada a cabo por GenAr, supo que era tiempo de actuar, y debía hacerlo rápido. GenAr estaba creciendo a pasos agigantados, y su mudanza a un nuevo edificio muy cerca de donde se encontraba, era el momento preciso para poder obtener lo que necesitaba.

La puerta del salón se abrió lentamente, dando paso a un hombre alto, de tez blanca, pelo castaño y una mancha rojiza en su rostro. Sin disimular los nervios que le provocaba estar en ese lugar, cerró la puerta detrás de sí verificando dos veces que estuviera cerrada. El brillante piso de madera crujía ante cada una de sus pisadas, rompiendo el silencio de la habitación. Un sinfín de estantes y bibliotecas decoraban cada una de las paredes, interrumpidas por una docena de obras de arte prolijamente enmarcadas. Una gran mesa rectangular de reluciente vidrio gobernaba el centro de la oficina, rodeada por una docena de cómodas sillas de cuero negro casi sin uso. Sentado en el extremo más alejado se encontraba Ricardo Sureda, el hombre que lo había contratado poco más de un mes antes para realizar el "trabajo sucio" que ninguno de los que lo rodeaban se animaban a concretar. Trelles contemplaba el retrato de exageradas proporciones que Sureda ostentaba sobre la pared a sus espaldas. Un poco pretencioso, pero tenía vida.

Ricardo se reclinó en su asiento y apoyando los codos sobre la mesa entrecruzó los dedos.

—Señores —anunció—, nos encontramos aquí para analizar un blanco de oportunidad: GenAr y su nuevo producto que aun se mantiene en total hermetismo y confidencialidad —hizo una breve pausa—. Pero tenemos la suficiente información para saber que es un producto que revolucionará la vida cotidiana tal como la conocemos, no solo aquí en Argentina, sino en el resto del mundo... —luego de beber un sorbo de agua, continuó, ante la mirada atenta de los presentes— Luego de varios intentos fallidos de obtener detalles significativos de este nuevo producto nos vimos obligados a actuar de una manera más drástica —dijo, mirando fijamente al hombre de la mancha en el rostro—. Este procedimiento fue un éxito, pero la información que pudimos extraer está incompleta, es decir, nos es inservible. Nos vimos obligados a deshacernos de una persona y las cosas no salieron del todo bien. Gracias a nuestros contactos con la Federal pudimos poner paños fríos a la situación, pero GenAr está tratando de acceder a las cámaras de seguridad —agregó—. En estos momentos ya deben saber que el incidente tuvo relación directa con el robo de información en sus laboratorios. Esto nos obliga a actuar de inmediato, antes que redoblen sus sistemas de seguridad.

Todos los presentes se miraron entre ellos asintiendo con sus cabezas. Ricardo se inclinó sobre la mesa y continuó su discurso.

—Esta persona se llama Mario Trelles —indicó dirigiendo su mirada al hombre recién llegado—. Él es una pieza muy importante de este procedimiento y está dispuesto a arriesgarse para obtener lo que necesitamos, pero por supuesto que esto no es gratis, ni barato. Estamos apostando fuerte, señores, y hay mucho en riesgo aquí. Si cae uno de nosotros, caemos todos, no sé si estoy siendo lo suficientemente claro.

Luego de esas palabras hubo consternación entre todos los presentes, menos en Trelles, que se mantenía inmutable. Un murmullo casi inaudible invadió la sala. Mario Trelles fijó su mirada hacia Ricardo, quien se disponía a encender un nuevo cigarrillo. Sureda había aparecido como un ángel salvador, en el momento menos pensado de la vida de Trelles. Sus influencias y el dinero con el que las conseguía habían logrado evitar su condena, y no solo eso, también había borrado todos sus antecedentes penales con solo levantar el teléfono. Para Trelles, Ricardo era un hombre poderoso, alguien con quien no se atrevería a jugar, ni siquiera a fallar. Pero sabía muy bien que todo lo que Sureda había borrado de su vida podría volver a escribirlo en un abrir y cerrar de ojos si rechazaba su propuesta. Para Trelles, Ricardo era todo lo que él hubiese querido alcanzar: poder, influencias, contactos e impunidad; un hombre inteligente que sabía desenvolverse muy bien en su ambiente, en donde había logrado reunir un grupo de fieles colaboradores quienes nunca se atreverían a rechazar una orden directa. Mario Trelles contaba ahora con un pasado limpio, eliminado del sistema y una misión que, según la promesa del propio Sureda, le daría una recompensa más que suficiente para rehacer su vida. Aquella vez fue la única que había visto su rostro; hasta aquel momento, toda la operación había sido acordada y coordinada telefónicamente a través de un celular que le había provisto. Pero ahora era diferente, haberlo llamado para presentarse en su oficina significaba que algo sucedía. Algo lo suficientemente importante como para crear la necesidad de hablarlo personalmente.

Un fuerte golpe de puño en la mesa hizo desparramar los papeles sobre ella al tiempo que Ricardo Sureda volvía a reclinarse contra al gran respaldo de su sillón. Cerró fuertemente los ojos al tiempo que apretaba con sus dedos la parte superior de su nariz. El silencio reinó en el salón. El sonido repentino e inoportuno de un celular fue silenciado de inmediato. Ricardo abrió los ojos y suspiró.

—Debemos obtener esa fórmula —dijo—. Y debemos hacerlo lo antes posible.

—¿Algún plan de acción? —preguntó uno de los presentes.

—Se le dio al señor Trelles las indicaciones necesarias para hacerlo —aseguró Ricardo clavando su mirada en Mario Trelles, que permanecía de pie a un lado de la mesa—. Nos estamos jugando todas las cartas aquí. No les estoy solicitando aprobación —continuó—, estoy informándoles sobre la situación para que tomen los recaudos necesarios.

Luego de observar el reloj, Ricardo se puso de pie, seguido por todos los demás.

—Señores —dijo—, gracias por venir. Nos mantendremos en contacto para informar sobre el avance de la operación. No hace falta aclarar que —agregó— esta reunión nunca existió.

Eran casi la una de la mañana cuando Mario Trelles se

detuvo en el estacionamiento vacío de la estación de servicio. El BMW negro que le había otorgado Ricardo Sureda aun presentaba un fuerte golpe en el frente, producto de la noche anterior, pero Trelles no se preocupaba demasiado por ese detalle, sabía perfectamente que Sureda estaba dispuesto a todo para conseguir lo que necesitaba. Él se reconocía como una pieza demasiado importante, ambos se necesitaban. A través de la ventanilla vio el Mercedez acercarse lentamente y detenerse unos metros más atrás. En su interior se encontraba Ricardo, con su característica expresión ceñuda. Ricardo nunca estaba de buen humor, pero Mario ya se había acostumbrado a eso. En ese momento hablaba con un hombre robusto sentado a su lado y consultaba su reloj. Trelles se apeó del auto y caminó lentamente hacia el Mercedez blanco. Al acercarse más, observó que el hombre robusto era Gómez, el jefe de policía. Su presencia lo ponía realmente incómodo, pero sabía que jugaba para su mismo equipo.

Ricardo apagó el motor y se inclinó para observarse en el espejo retrovisor mientras se acomodaba el cuello de la camisa. Trelles se preguntaba por qué, después de la reunión, lo había citado a esa hora de la noche en ese apartado lugar. Pero tampoco entendía muchas otras cosas.

Ricardo lo observó de arriba abajo y le entregó un sobre marrón. A su lado, Leonardo se inclinó en su respaldo, dejando escapar el aire con un siseo. Trelles tomó el sobre.

—¿Qué es esto? —preguntó perplejo.

—Información —respondió Ricardo—. Las cosas cambiaron. Gennaro tiene lo que necesitamos. A estas alturas lo debe llevar consigo a todas partes —giró su cabeza echando una mirada hacia Leonardo quien asentía con su cabeza—.

Y ahora escúcheme perfectamente —agregó—. A partir de este momento sólo le pido una cosa. Es muy sencilla. ¿Me oye?

Trelles tragó saliva.

—Sí.

Ricardo se inclinó sobre la ventanilla y lo miró fijamente a los ojos.

—Encuéntrelo y tráigame esa información —dijo—. No quiero errores ni cabos sueltos.

Dicho esto, Ricardo encendió el motor del Mercedez blanco y se acomodó en su asiento. Mario se alejaba lentamente con el sobre en sus manos, rumbo a su vehículo.

—¡Trelles! —exclamó Ricardo— Una cosa más... A Gennaro lo quiero vivo.

4

LLAMADAS

La cálida luz del atardecer daba comienzo a una nueva noche de verano, proyectando largas sombras que sumergían a la ciudad en el tan esperado alivio del calor del día. Con un ademán, el chofer encendió las luces de posición y giró en la esquina, avanzando rápidamente por la calle empedrada. Sentada en el asiento posterior del taxi, Sandra revisó una vez más su celular para ver la hora. Se había atrasado por demás. No había tenido otra alternativa que subirse a un taxi para llegar a horario, o por lo menos intentarlo. El congestionado tráfico de Constitución en hora pico había convertido el viaje en toda una travesía. Las calles y avenidas atestadas de coches y colectivos hacían imposible circular con normalidad, a esto se le sumaba el hecho del recambio turístico, mezclando quienes comenzaban sus vacaciones con aquellos que regresaban a sus tareas habituales. Los ingresos a la ciudad estaban totalmente colapsados todos los días de la semana y el humor de la gente, sobre todo los que se quedaban en la ciudad, no era el mejor. Sandra insistió en revisar la hora.

—¿Puede ir un poco más rápido, por favor? —inquirió al chofer.

Sin responder palabra alguna, el chofer aceleró la marcha del vehículo, dando tumbos sobre los irregulares adoquines que cubrían la calle. De pronto, Sandra sintió el llamado característico de su celular y la vibración en su mano. Con un movimiento rápido de su dedo sobre la pantalla atendió la llamada.

—¿Hola? —respondió con tono exaltado— Sí, soy yo... —después de una pausa continuó— Estoy a pocas cuadras, en dos minutos estoy ahí.

Dejando el celular a un lado miró a través de la ventanilla y resopló. Faltaba muy poco. Frenando en seco, el automóvil se detuvo en doble fila y las balizas se encendieron. El chofer extendió su mano para detener el reloj.

—¿Podría esperarme, por favor? —lo detuvo Sandra desde el asiento trasero— Regreso en un minuto.

Antes de esperar una respuesta, descendió del vehículo y se dirigió hacia una puerta alta y angosta con una pequeña marquesina sobre ella que rezaba JARDÍN DE INFANTES "EL PATITO FEO". Al acercarse a la entrada, pudo ver la empinada escalera que conducía al primer piso. Esperándola al final se encontraba Sofía, su pequeña sobrina de cinco años de edad junto a su maestra quienes, al verla, comenzaron a descender lentamente a su encuentro. Sandra pudo ver los ojos llorosos de Sofía mientras se acercaba.

—Ya no sabía cómo entretenerla —dijo la maestra encogiéndose de hombros.

—Perdón —se disculpó Sandra mientras alzaba a la niña con un fuerte abrazo—. Tuve un contratiempo y me fue imposible llegar a horario hoy.

—Pierda cuidado, nos vemos mañana.

—Yo no voy a poder —contestó Sandra—, pero seguramente mi mamá vendrá a traerla.

—No hay problema —dijo la maestra con una sonrisa—. ¡Chau, Sofía! ¡Hasta mañana!

Moviendo su pequeña mano lentamente y con los ojos húmedos, Sofía se despidió de la maestra mientras Sandra la acomodaba en el interior del taxi que permanecía esperando con su puerta abierta. Una vez que ajustó el cinturón de seguridad a la niña, Sandra le indicó la nueva dirección al conductor, quien reanudó la marcha lentamente.

Con sus cinco años de edad, Sofía era una niña muy inteligente y podía distinguir con certeza el tono de conversación de quienes la rodeaban. Era la única hija de su hermano, quien había viajado a la provincia de Córdoba junto con su esposa por asuntos laborales. Ahora la niña se encontraba al cuidado de ella y de su madre, quien se las rebuscaba como podía con la pequeña. Sentada con sus brazos cruzados y sus dos trenzas prolijamente armadas, miraba el piso con su ceño fruncido. Sin lugar a dudas, Sandra podía adivinar que se aproximaba su reproche por haber llegado tarde. Reproche que solo podía desaparecer con un rico helado como postre. Por lo menos así había funcionado siempre.

—¿Se divirtieron hoy? —preguntó sigilosamente. Pero no obtuvo respuesta alguna. Luego de una pausa lo intentó de nuevo— ¿Jugaste con tu amiguita Laurita?

—Te olvidaste de mí —dijo sin apartar su mirada del

suelo.

—No, mi amor… —negó Sandra mientras la rodeaba con su brazo— ¿Cómo me voy a olvidar de mi princesita? Lo que pasó es que la tía…

El tono de llamada del celular la interrumpió bruscamente. Abrió rápidamente el cierre relámpago de su cartera y comenzó a revolver en su interior. El celular no estaba. El sonido provenía de ahí, pero no podía encontrarlo. Volvió a revisar nuevamente hasta que se detuvo a escuchar mejor. Se agachó debajo de su asiento para encontrar el aparato sobre el piso. La llamada había cesado. Al revisarlo, notó que no aparecía el número, sólo la leyenda "PRIVADO".

—¿Es mamá? —preguntó Sofía con curiosidad.

—Creo que no—contestó Sandra—. No es mamá…

—¿Mamá está en casa esperándome? —insistió en preguntar. Sandra la miró e hizo una pausa, tratando de buscar la mejor respuesta.

—Hoy no, amor —dijo negando con su cabeza—. Los papis están trabajando.

El teléfono volvió a sonar y Sandra atendió rápidamente. En la pantalla volvía a aparecer el mensaje "PRIVADO".

—¿¡Hola!? —dijo en voz alta, pero no recibió respuesta alguna— ¿Hola?

Luego de un instante de silencio la llamada se cortó bruscamente.

—Tal vez es mamá que no puede hablar —dijo la niña desde su asiento.

Sandra no respondió. Sus pensamientos estaban ocupados en encontrar la persona que estaría tratando de comunicarse con ella en ese momento. Muchos nombres se cruzaron por su mente. Miles de posibles razones. Le preocupaba el hecho de que haya novedades sobre lo ocurrido en el laboratorio. Sandra era una persona muy responsable y estaba dispuesta a sacrificar su propio tiempo para resolver cualquier problema relacionado con el incidente en el laboratorio o sus compañeros. A través del parabrisas, pudo reconocer la calle y la entrada del edificio.

—Detrás del Corsa blanco, por favor —le indicó al chofer.

El vehículo se detuvo y el chofer extendió su mano hacia el reloj.

—¿Lo detenemos acá? —consultó.

—Sí, acá termina nuestro viaje.

Luego de entregarle el dinero, Sandra descendió del taxi y extendió sus brazos para ayudar a Sofía a salir del vehículo. Con un movimiento cerró la puerta y tomó la mano de la niña al tiempo que caminaba hacia la puerta de entrada del edificio.

Con sus dieciocho pisos de altura, el elegante edificio se alzaba en la calle Doblas, frente al Parque Rivadavia, en el barrio de Caballito. Su madre se había mudado allí poco después de su separación. El nuevo departamento había significado mucho para su recuperación personal, brindándole nuevas amistades y proporcionándole una hermosa vista al parque, donde solía tomar sus mates en el balcón mientas observaba la gente en la calle. Sandra había vivido en ese departamento varios años a su lado hasta el día de su casamiento, para luego mudarse junto a su marido a diez cuadras de allí. Sin embargo, no había perdido la costumbre de visitarla y compartir sus buenos "verdes con espumita" observando el atardecer desde ese balcón.

Un fuerte sonido electrónico indicó la llegada del ascensor al décimo piso, y las puertas de acero inoxidable se abrieron lado a lado. Sofía se soltó de su mano para emprender su carrera hasta el final del pasillo. Luego de varios intentos fallidos, alcanzó a presionar el timbre. Un instante después la puerta se abrió y con sus brazos extendidos apareció Nélida, quien con un fuerte abrazo trató en vano de alzar el pequeño cuerpito de la niña.

—¡Cada vez estás más grande! —exclamó mientras veía a Sandra acercarse a la puerta— ¡Y más pesada también!

—Te aseguro que come más que yo —añadió Sandra al tiempo que la saludaba con un beso y un fuerte abrazo.

Nélida era una señora de poco más de setenta años de edad. De poca estatura y de contextura robusta, siempre se presentaba con una sonrisa en su rostro. "Nely", como solían llamarla sus conocidos, siempre se veía bien maquillada y dispuesta a ofrecer un aperitivo a quienes se presentaran en su hogar. Su buen gusto en la decoración y su insaciable lucha por mantener el orden convirtió el departamento en un ambiente agradable a la vista. A pesar del torbellino que significaba tener la visita de su nieta, Nely disfrutaba su compañía más que nadie. Verla correr por el comedor le provocaba paz y felicidad.

Después de cerrar la puerta se escuchó una seguidilla de ladridos agudos y continuos que se intensificaban. Bajando su mirada, Sandra pudo ver a la pequeña Sandy. Girando sin detenerse en el mismo lugar y saltando como un resorte sobre sus piernas se encontraba Sandy, un diminuto caniche color blanco con manchas marrones. A pesar de sus casi siete años de edad, aquel animal conservaba intacta toda su vitalidad. Su exaltación ante la llegada de cualquier persona era una costumbre que no había perdido desde cachorra. Al verla, Sandra recordaba siempre el primer día que llegó a ese departamento; con veinte días de edad y con un gran moño rojo sobre su cabeza. Había sido el regalo de cumpleaños para su madre. Un regalo que, tal vez, alejara sus pensamientos de recuerdos dolorosos.

Colgando su cartera sobre el respaldo de la silla del living, Sandra se dejó caer rendida sobre el sillón y se descalzó. Suspiró profundamente mientras observaba la copa de los árboles del parque a través del ventanal del balcón. Extrañaba las tardes de mate y bizcochos mientras hablaban por horas sentadas bajo el sol del atardecer. Después de la separación de sus padres, las dos se habían unido más que antes. A pesar de sus estudios y obligaciones, Sandra encontraba siempre un momento para estar con ella. No podría olvidar las largas noches sin dormir antes de los exámenes, cuando se aparecía en su cuarto con una enorme taza de café. Así como su apoyo incondicional y su compañía en cada presentación y en cada título recibido.

Por motivos que ya había olvidado, o no haberlos entendido por completo, la familia se había disgregado muchos años atrás. Las largas mesas de las fiestas de Navidad y fin de año se habían convertido en una cena íntima con sus padres y hermano, y ya prácticamente no tenían contacto con los demás miembros de la familia. Al igual que con su hermano mayor, sus padres siempre habían puesto toda su atención y esfuerzo en proveerle todo lo que necesitaba para ser feliz y desarrollarse como mujer y como profesional. Sandra se sentía muy satisfecha por su infancia, su juventud y por todo lo que había recibido de ellos.

Sin imaginárselo, su vida había dado un giro inesperado

cuando una tarde de invierno, casi diez años atrás, conoció a un hombre apuesto que se presentó a sí mismo como Javier Ledesma. Javier se desempeñaba como jefe en el del Departamento de Seguridad y Defensa del Instituto de Investigaciones Agroquímicas de Córdoba. A sus 42 años de edad había alcanzado popularidad entre sus pares luego de desarmar varios intentos de espionaje industrial y estafas en diferentes congresos e instituciones. "El Lince" como solían llamarlo sus compañeros, había alcanzado mantener un lugar de privilegio. Contaba con el apoyo de muchos miembros de la Policía Federal, varios oficiales de la gendarmería y otros organismos de seguridad gracias a los contactos que supo establecer en el transcurso de los años. También estaban quienes dudaban de su buena reputación y aseguraban que vendía información. A pesar de esto, nunca lograron respaldar sus acusaciones y mucho menos ensuciar su carrera. Su nombre estaba siempre presente a la hora de elegir una persona de confianza absoluta capaz de coordinar y dirigir la seguridad de los eventos y dentro mismo de las instituciones. Lo cierto es que esa noche, después de haber asistido al Congreso de Biotecnología Aplicada en el Amérian Executive Córdoba, cruzaron miradas por primera vez. Mientras conversaban en el lobby del hotel, Sandra reparó en su buen porte, la manera elegante de expresarse y sus modales de buen caballero. Después de cautivarla con sus verosímiles anécdotas la invitó a cenar, y desde esa noche nunca más se separaron.

Hasta ahora.

—¿Tenés noticias de él? —preguntó Nely.

—No, nada —suspiró Sandra—. Tal vez sea mejor que no aparezca.

—Sí. Va a ser lo mejor, porque si lo llego a agarrar, te juro que me va a escuchar.

Durante el año y medio de noviazgo y aún cuando se unieron en matrimonio, Nélida no había encontrado en Javier ningún defecto que reprocharle. A pesar de su mirada observadora, "casi obsesiva" como diría Sandra, ese hombre parecía ser una persona correcta, de buenos principios y merecedor del amor y la compañía de su hija. Extrañamente, Javier nunca había dado detalles sobre su familia, y solía cambiar de tema bruscamente cuando se le preguntaba sobre sus padres; pero a Nely poco le importaba ese hecho. Sandra parecía feliz a su lado y siempre se los podía escuchar hablar de nuevos proyectos que tenían en común y cuán bien se llevaban. Luego del casamiento, Sandra lo había convencido de mudarse a la Ciudad de Buenos Aires, cerca de su madre. Javier y Sandra eran profesionales con una carrera prometedora y continuamente proyectaban nuevos sueños que iban logrando a cada paso. Pero un día todo esto cambió.

—¿Se quedan a cenar, verdad? —inquirió Nélida mientras preparaba la mesa para tres.

—Bueno —asintió Sandra con una leve sonrisa—. Si insistís...

—¡Siiii! —exclamó Sofía saltando y con los brazos levantados. Las milanesas de la abuela eran para Sofía algo irreemplazable e infaltable cada vez que la visitaba.

—Así que ese tal Juan Carlos te dio su boleto —dijo Nélida mientras apoyaba los vasos sobre la mesa.

—Sí, la verdad que no lo podía creer —aseguró Sandra—. Si no hubiese sido por ese hombre tendría que haber viajado en micro, si es que encontraba pasaje, claro.

—Te lo merecés. Después de un año de trabajo estas vacaciones te las tenés bien ganadas —afirmó Nely mientras encendía el televisor; la pantalla mostraba imágenes de un vehículo remolcado en Puerto Madero—. ¿Viste lo que pasó hoy cerca de tu trabajo?

Cuando estaba por responder, llegó el sonido de algo vibrando sobre la mesa de vidrio. Desde lejos Sandra pudo ver la pantalla de su celular encendida y se acercó rápidamente. De nuevo el mensaje "PRIVADO". Al atender, sólo escuchó el ruido de fondo, pero nadie hablaba. Maldiciendo, cerró la llamada y arrojó el celular sobre el sillón. Inmediatamente después volvió a encenderse mostrando el mismo mensaje.

—¿Quién insiste? —preguntó Nélida.

—¡Mamá! —exclamó Sofía desde la otra punta del comedor— ¡Es mamá!

—No sé... —respondió en voz baja Sandra mientras acompañaba a su madre a la cocina— Me están llamando varias veces desde esta mañana. Solo figura "privado".

—¿Pero no te contesta nadie?

—No, se quedan escuchando, nada más —aseguró Sandra negando con la cabeza—. Es extraño.

Regresando al comedor, notó que el aparato seguía insistiendo en su llamada. Con un gesto de ira, tomó de nuevo el celular y contestó.

—¡Hola!

—¿Sandra? —dijo una voz masculina del otro lado. Sandra la reconoció de inmediato. Era la voz de Javier—. ¿Sandra sos vos?

—Sí —contestó ella—. ¿Dónde estás?

—¿Estás bien?

—¿Me podés decir dónde carajo estás? —dijo Sandra en tono exaltado haciendo caso omiso de la presencia de la niña— ¿Vas a volver?

—Escuchame, necesito hablar con vos —dijo Javier con una notable rapidez al hablar—. Mañana te espero en la estación, no te vayas antes de… Lo que tengo que decirte es… muy…

En ese momento se escuchó un chasquido y luego silencio. Luego de insistir varias veces, observó la pantalla para ver que habían cortado la comunicación.

—Javier —le comentó a Nélida—. Se lo escuchaba… raro.

El sonido de una nueva llamada la interrumpió. Inmediatamente tomó el celular.

—¡Hola! ¿Javier?

—¿Sandra? —preguntó, la voz era diferente, pero reconocible— Soy yo, Damián. ¿Cómo estás?

—Hola, Damián —dijo Sandra—. ¿Pasó algo?

—Digamos que sí… hay algo que quiero contarte —le dijo—. ¿Mañana nos podemos juntar?

—Sí, seguro —contestó Sandra al tiempo que miraba a Nely negando con la cabeza y haciendo una mueca con los labios "no es Javier" —. Mañana tengo una charla en la UNSAM, si querés nos juntamos allí.

—Imposible —negó Damián—. Tiene que ser temprano. Esto es importante.

—¿Al mediodía?

—Perfecto. A las doce en Los Coleccionistas, como

siempre.

—Bien —afirmó Sandra, confnudida—. Nos vemos entonces a las doce allí.

—Genial. Que descanses —se despidió Damián con cierta prisa al hablar.

—Igualmente —respondió Sandra y cortó.

Por un instante, Sandra quedó observando la pantalla de su celular con la mirada perdida. Luego alzó la cabeza para ver a Nely que se acercaba a la mesa con un plato repleto de milanesas recién fritadas.

—Javier quiere hablar conmigo —dijo, perpleja—. Pero se le cortó la llamada y no me quedó el número registrado. Además —agregó— quiere que nos encontremos en la estación mañana.

—Hay algo raro acá, Sandra —aseguró Nely frunciendo el entrecejo. Apoyó con cuidado el plato sobre la mesa y se acercó a Sandra que permanecía de pie observando su celular— ¿Cómo sabía este hombre que saldrías mañana en tren?

5

LA FORMA DE LOS DATOS

Caballito, Ciudad de Buenos Aires
Martes 14 de Enero del 2014, 11:15h

Mirándose detenidamente al espejo una vez más, Sandra se acomodó el cabello y salió del toilette. Con un movimiento tomó su cartera y luego de cargársela al hombro se dirigió hacia el living. A través de los ventanales pudo ver que sería un cálido pero hermoso día, su último día antes de emprender sus vacaciones. Se acercó haciendo caso a su curiosidad para observar el paisaje que se extendía ante sus ojos. Un concurrido parque bañado en diferentes tonos de verde, donde las personas podían disfrutar de un día como ése. Vendedores ambulantes o "manteros" cubrían las aceras ofreciendo miles de objetos antiguos, artesanías y artículos para mascotas, entre sahumerios, cuadros y prendas de vestir. Mas allá se alcanzaba a ver la gran feria de libros y música, sin dejar de lado quienes disfrutaban de la calidez del sol de la mañana sobre el verde pasto, los deportistas y paseadores de perros. Una hermosa mañana de verano.

Desde el balcón, Sandra suspiró e ingresó nuevamente al departamento. Miró su reloj. Debía irse ahora. Damián la estaría esperando. Sandra aún se preguntaba qué sería tan importante como para citarla de forma urgente. Se acomodó la camisa y se dirigió a la puerta de salida.

—¿Vas a cuidar de tu abuela? —le preguntó a la pequeña Sofía que observaba detenidamente cada uno de sus movimientos. La niña asintió levemente con su cabeza y luego extendió sus brazos en busca de un abrazo.

—¿Vas a volver? —preguntó con su mejilla apretada al hombro.

—Por supuesto que voy a volver —contestó Sandra mirándola a los ojos—. Voy a volver a buscarte y vamos a ir juntas a comprar mucho helado, ¿sí?

La pequeña asintió una vez más y dio un paso atrás mientras Sandra se reincorporaba. Giró la cabeza para ver una vez más a Nely que permanecía detrás, mirando la escena.

—Cuidate, por favor —le pidió Nely.

—Lo haré, no te preocupes, ¿sí? —contestó Sandra mientras le propinaba un fuerte abrazo— Te llamo apenas llegue a Mar del Plata.

—¡Mas te vale! —dijo Nely con una sonrisa—. Ya sabés cómo soy yo…

Con una sonrisa en el rostro, Sandra cruzó la puerta rumbo al palier. Ya comenzaba a extrañarlas. Giró su cabeza una vez más y las saludó alzando la mano mientras ingresaba al ascensor. Cruzando el hall de entrada del edificio, volvió a su mente la pregunta que Nely le había hecho la noche anterior. Pregunta que no pudo responder. ¿Cómo sabía Javier que viajaría en tren esa noche? Estaba completamente segura que no había hablado con nadie sobre su partida, mucho menos con él, del que no tenía noticias hacía mucho tiempo. Por más que pensara le era imposible encontrar una respuesta a tal interrogante. ¿Qué razón tendría para abandonarla y desaparecer por tanto tiempo, sin excusas, sin comunicarse y, de pronto, aparecer después de tanto tiempo con la urgencia de hablar con ella? ¿Qué lo había impulsado a actuar de tal manera? ¿Acaso había una tercera persona? Sandra se negaba a seguir atormentándose por su causa. Alzó su mano para ver el reloj. Se estaba haciendo tarde.

Con un rápido movimiento abrió la pesada puerta del edificio y se sumergió en el tráfico matutino. Bajo el intenso calor, Sandra recorrió los pocos metros que la separaban de la entrada del bar "El Coleccionista" justo frente al Parque Rivadavia. Aquel bar era su lugar de encuentros, donde solía pasar largas horas de estudio cuando cursaba las materias de la universidad. Su nombre había sido puesto en homenaje a los coleccionistas de monedas, estampillas y medallas que hasta hace algún tiempo se reunían en ese lugar a realizar sus transacciones. Luego de atravesar la puerta de entrada, sintió el alivio del aire fresco del interior. Se detuvo justo en el pequeño hall de entrada y recorrió con la vista cada mesa y casa rostro que se encontraba en el bar. No estaba allí. Avanzó varios metros más zigzagueando entre las mesas hasta que alcanzó a ver una mano levantada que se agitaba casi al final del salón.

Sentado en la última mesa se encontraba Damián Raujo. Con su metro noventa de altura y su frondosa cabellera de rulos, Damián era uno de los más prometedores genios en informática de su generación. Egresado de la UTN con las mejores calificaciones, Damián había conocido a Sandra varios años atrás durante una charla en la UNSAM sobre biotecnología aplicada. Su trabajo había sido de inspiración en muchos de sus proyectos y su admiración hacia ella lo había llevado a ofrecerse como asesor en informática dentro del equipo de investigación liderado por Gennaro. Luego de dos años trabajando con ellos, su integración, dedicación y conocimientos eran irremplazables para el equipo. Su sola presencia en las largas noches de trabajo provocaba en todos los demás aliento y esperanza, menguando el cansancio con sus peculiares bromas y su exagerado optimismo. Para Sandra, Damián se había convertido en la persona de más confianza dentro del equipo, alguien en quien podía confiar plenamente.

Dejando reposar su cartera sobre el respaldo de la silla de madera, Sandra se estiró sobre la mesa para saludarlo. Pudo notar en ese momento el aspecto cansado y desalineado de Damián, fuera de lo normal para él. Luego se acomodó en su silla y unió sus manos en un gesto de ansiedad.

—A ver... ¿Qué sucede? —preguntó.

Damián levantó su mochila negra y luego de apoyarla sobre las piernas extrajo de ella una carpeta. Las siglas RZM y el número 281778 estaban grabados sobre la parte superior. Con un movimiento, Damián apoyó la carpeta sobre la mesa y dejó descansar la mochila nuevamente en el suelo. Sandra la observó detenidamente, sin abrirla.

—¿Un expediente? —preguntó con el ceño fruncido.

—Todo —respondió Damián asintiendo con su cabeza.

—¿A qué te referís con "todo"?

—Esto va mas allá de vos o de mí... —dijo Damián con

voz apenas audible— Es importante que lo entiendas.

—Bien. Soy todo oídos.

De inmediato Damián acercó la carpeta y apoyó sus brazos sobre ella. Después de mirar a ambos lados, hizo una breve pausa y continuó.

—Ayer recibí la llamada de Roberto indicándome que no vaya al laboratorio, seguramente a vos también…

—No, yo…

—No importa, no viene al caso —continuó Damián—. El tema es que por la noche fui igual y me encontré con una sorpresa. Una gran sorpresa —bebió otro sorbo de café mientas Sandra le daba toda su atención—. Me metí en los archivos de la unidad de almacenamiento principal de GenAr y después de revisar los ingresos y egresos de información, todos los resultados de las pruebas realizadas las últimas ocho semanas y comparando los comportamientos del sistema de seguridad… en fin… —suspiró y continuó de inmediato— El tema, Sandra, es que estamos en peligro.

—¿Peligro?

—Sí —afirmó Damián acercándose más a ella—. GenAr dio en la tecla con la investigación. Nuestra investigación. Y los resultados están listos, lo están hace un mes, es por eso que las pruebas se detuvieron. ¿Me explico?

—Quisiera entenderte, pero…

—Sandra —volvió a interrumpirla—. Gennaro tiene en su poder un código que vale miles de millones de dólares, si es que no me quedo corto… y hay gente que está detrás de este código, dispuesta a todo para conseguirlo. Y cuando digo todo, me refiero a todo.

Sandra se echó hacia atrás. Una rara sensación le recorrió la espalda. No podía comprender del todo bien lo que Damián trataba de explicarle. A pesar de tener plena confianza en su equipo de trabajo, sabía que Gennaro había tomado todos los recaudos necesarios para resguardar la información de los resultados obtenidos en el último proyecto. Tenía plena conciencia que si lo que se proponía daba resultado, marcaría un cambio de gran importancia en el mercado, no solo nacional, sino a nivel internacional. Esto significaría también que muchas personas tendrían intereses en juego y harían lo imposible para que esto no suceda. Si Damián tenía razón, y el código salía a la luz, muchas empresas y organizaciones se encontrarían al borde de la extinción; deberían adaptarse o desaparecer del mercado. Era de esperarse que existiera un intento deliberado de cualquier grupo por evitar que algo así suceda. Esta había sido la causa principal por la que Gennaro se había visto obligado a tomar todas las medidas necesarias para resguardar cualquier dato al respecto. Un puñado de personas eran las únicas que tenían acceso a parte de la información, pero ninguna de ellas tenía la capacidad de poder juntar la piezas. Roberto había sido astuto en ese sentido. Cada científico que componía su respetado equipo se dedicaba solo a un área de trabajo específica, cumpliendo con las indicaciones que él mismo les entregaba. De esa manera solo él tenía acceso a la totalidad de los resultados y podía armar el rompecabezas. Solo una persona tenía acceso total a la investigación, una persona de suma confianza.

—Estuve toda la noche armando este rompecabezas —aseguró Damián—. Fue entonces cuando pude ver todo el panorama —bebió otro sorbo de café mientras Sandra lo escuchaba detenidamente. Una gota de sudor le corría por la cien—. El hombre que se ahogó en el dique se llamaba

Héctor Cardoso, y no se ahogó como dijeron, tenía dos impactos de bala en su cuerpo. ¿Y querés saber lo más importante? —luego de hacer una pausa retórica, continuó— Antes de eso había ingresado a GenAr y extraído información del sistema, utilizando un complejo software burló todos los sistemas de seguridad.

—¿Cómo sabés todo esto? —se extrañó Sandra.

—Las cámaras de seguridad del barrio grabaron todo lo ocurrido —respondió Damián esbozando una leve sonrisa nerviosa—. Por suerte… o tal vez no… no pudo extraer el código completo. Lo peor es que la policía está involucrada en el asunto, escondiendo la verdadera causa de ese "accidente" como dijeron. Ya no sé en quién confiar, Sandra…

Ambos quedaron en silencio. Alejando su silla de la mesa, Damián dejó caer su cabeza hacia atrás mirando el cielorraso del café y suspiró profundamente. Luego rompió el silencio.

—Si no me creés, está todo acá —dijo, apoyando su mano sobre la carpeta—. Toda la investigación, los resultados, todas las piezas fueron borradas del sistema. Todo. El proyecto no existe más en los archivos de GenAr.

—¿Toda la investigación fue en vano?

—No… —contestó Damián negando lentamente con su cabeza— Todos los archivos fueron movidos a un dispositivo de almacenamiento a nombre de Roberto Gennaro. Por suerte —agregó—, la información se encuentra encriptada con un algoritmo imposible de descifrar, sin contar que la memoria está bloqueada con un sistema inquebrantable.

—Esto significa que…

—Significa que los tiene él en su poder.

Al oír estas palabras, Sandra sintió un gran alivio. A pesar de estar familiarizada con la tecnología con la que trabajaban, le resultaba extrañamente irónico que tantas miles de horas de trabajo y esfuerzo se encontraran en el interior de un diminuto y frágil artefacto. Por un instante sintió el peso de la importancia que tenía esa información. Esa pequeña memoria contenía lo necesario para comenzar una revolución a nivel mundial cuyas consecuencias serían de suma importancia para el crecimiento económico y social de cada país.

Frente a ella, Damián bebió el último sorbo de su pequeña taza de café. Ambos sabían que en las próximas horas todo cambiaría. Sus nombres estarían en los medios de comunicación alrededor del mundo. El anonimato con el que se manejaban en la actualidad sería cosa del pasado. Pronto llegaría el tan ansiado reconocimiento por el que trabajaron durante todo este tiempo. El éxito estaba prácticamente asegurado. Un futuro prometedor se avecinaba para todos los que formaban parte del equipo. La más ambiciosa meta de Gennaro estaba por cumplirse, sabía que serían merecedores del premio Yuri Milner. Muchas personas no conocían ese premio, pero la realidad era que recibir el galardón Milner era mucho más que cualquier premio Nobel, ya que era solo entregado a aquellos investigadores que realmente hayan revolucionado el campo científico.

Guardando celosamente la carpeta en el interior de su cartera, Sandra se puso de pie.

—Debo admitir que tengo miedo —afirmó Sandra.

—No es para menos —aseguró Damián—. Debemos mantenernos alerta y al margen de todo. Ricardo sabrá qué hacer.

—Seguro que sí, siempre lo hace —afirmó Sandra poniéndose de pie—. Gracias por la información, la leeré a mi regreso. A propósito, tengo una charla en la UNSAM para las seis —le informó a Damián que permanecía sentado—. ¿Querés venir?

—¿En la UNSAM? —asintió Damián con entusiasmo.

—Sí. ¿Te sorprende?

—Tengo amigas allá que hace tiempo no veo, ¡tal vez pueda conseguir una cita para el sábado!

6

UNSAM

San Martín, Buenos Aires
Martes 14 de Enero del 2014, 20:22h

El Instituto de Investigaciones Biotecnológicas Dr. Rodolfo Ugalde de UNSAM, de la localidad de San Martín, Provincia de Buenos Aires, ocupaba poco más de dos hectáreas de lo que anteriormente era la antigua playa ferroviaria kilómetro 16 de la ex línea Mitre. El oxidado puente de hierro, que otrora funcionara con el fin de girar las locomotoras, gobernaba ahora el centro del patio del Instituto, contrastando ante el imponente diseño arquitectónico del nuevo edificio. Con más de 4.200 m2 la estructura se erguía como una enorme caja gris calada en forma aparentemente aleatoria, donde los niveles del edificio se confunden. En aquel momento, Sandra Zemog se encontraba de pie en el podio, iluminada por innumerables lámparas dicroicas. Hizo una breve pausa en su discurso para tomar un nuevo sorbo de agua antes de continuar con su presentación. El auditorio de la planta baja, con espacio para 100 personas, estaba colmado de estudiantes y profesores, directores e investigadores privados que habían sido convocados para tal evento.

Iluminada por un haz de luz de sol que se filtraba a través de los ventanales, Sandra giró la cabeza al tiempo que cambiaba la placa que se proyectaba sobre la pequeña pantalla a su espalda. A pesar de su ajustada agenda, era una asidua visitante del instituto y ese salón le proporcionaba toda la comodidad que buscaba para exponer y debatir sus ideas ante un público respetuoso y abierto a nuevos pensamientos. Sandra se encontraba entre las principales defensoras del prometedor cambio que produciría el biocombustible en el mundo. Su exitosa carrera y los hallazgos presentados por el equipo habían llegado a oídos de casi todos los principales exponentes de la materia a nivel regional. El hecho que todas esas personas estuviesen presentes en aquel momento era algo que no le sorprendía. Siempre había tenido muy buena aceptación ante cada una de sus charlas, y las nuevas teorías que exponía en cada una de ellas eran tema de debate por semanas.

Sandra hizo una pausa retórica antes de proseguir con su presentación. No podría haber disfrutado de unos oyentes más duchos en la materia. Sentados en las sillas y otros de pie en los pasillos laterales se encontraban los más respetados investigadores y científicos. Profesores que provenían de diferentes campos como la física, química, biología e informática. A pesar de las numerosas conferencias que había realizado, Sandra se sentía inhibida ante la presencia de aquellas personas que poco tiempo atrás habían sido sus mentores. Las miradas atentas y el silencio de la sala ante cada una de sus palabras le provocaban ansiedad y nerviosismo, y hacía lo imposible para disimularlo.

Cambiando de postura, Sandra dio un paso adelante en el pequeño podio.

—El modo de vida de millones de familias están siendo destruidas por los biocombustibles —aseguró Sandra—. Hoy en día, la política aplicada a la generación de biocombustibles está destruyendo la seguridad alimentaria y, les puedo asegurar, que no es la solución que estamos buscando respecto al cambio climático en el planeta. —Hizo una breve pausa y continuó. —Todo lo contrario, terrenos de cultivo están siendo destinados a la producción de estos biocombustibles, forzando a la agricultura a trasladarse y expandirse hacia tierras que actualmente son sumideros de carbono. Estamos hablando de bosques y humedales. Esto significa el aumento de emisiones de CO_2 contenido en la tierra y en la vegetación, lo cual tardará décadas en compensarse.

Luego de hacer una nueva pausa en su discurso, Sandra bebió otro sorbo de agua antes de continuar. Observó disimuladamente el reloj de la tablet que tenía sobre el atril. Había comenzado la charla dos horas atrás, era tiempo de ir terminando o se le haría tarde. Frente a ella, muchos escribían en la penumbra del salón con sus rostros iluminados por las pantallas de tablets y celulares. Dio media vuelta y en la pantalla se proyectó la imagen de la pobreza en un lugar no especificado.

—Las políticas que se están implementando actualmente sobre la producción de biocombustibles en los países ricos no son la solución —prosiguió dirigiéndose nuevamente a su audiencia—. Tampoco son una solución a la crisis del petróleo, sino que contribuyen a la crisis alimentaria. En los países pobres, el biocombustible puede ofrecer algunas oportunidades de desarrollo, pero el costo económico, ambiental y social puede ser muy alto.

Desde los comienzos de sus investigaciones sobre combustibles experimentales, Sandra era una ferviente defensora de políticas que no afecten a la alimentación humana. Tenía bien en claro que, mientras haya una sola persona en el mundo que se muera de hambre, todo lo que sea especular con fuentes de alimento para quemarlas como biocombustible sería inconcebible. Esto sin contar el costo ambiental que provoca el proceso de producción. Los biocombustibles, durante su proceso de producción, generan más gases de efecto invernadero que el petróleo. El proceso de quema de las plantas para el procesamiento, transporte, refinamiento y, finalmente, la combustión de los coches, las emisiones son más altas que las emitidas por el petróleo si tenemos en cuenta que este solo necesita del refinamiento y el transporte.

Desde hacía ya varios años, se corría la voz en todo el mundo de que los combustibles fósiles están en vía de extinción. Ante tal desolador panorama a que el mundo se enfrenta, se vieron obligados a buscar una solución que extendiera el plazo para el total agotamiento del "oro negro". Como Sandra solía argumentar en sus conferencias, este engaño había sido muy bien pensado, estratégicamente ideado. Fueron mentes brillantes quienes lograron manipular la información y así engañar al público. La industria del petróleo genera miles de millones de dólares al año. Del petróleo derivan un sinfín de productos que circulan a nuestro alrededor y que suelen pasar desapercibidos. Cuando esta materia prima llegue a su fin, produciría un caos de proporciones épicas en el mundo entero. Es por este motivo que se vieron obligados a encontrar un sustituto para el petróleo como principal fuente energética de transporte. A raíz de esto, los biocombustibles están surgiendo para cubrir, en gran medida, el papel fundamental de la gasolina, remplazando de este modo gran parte del petróleo el cual puede ser destinado como materia prima de otras industrias.

El temor del agotamiento del petróleo a nivel mundial impulsó en los últimos años a la búsqueda implacable de alternativas viables. Diferentes investigaciones se llevaron a cabo en numerosos países. Miles de millones de dólares fueron invertidos en el desarrollo de sistemas eléctricos que pudiesen competir mano a mano con los actuales motores de combustión. Muchos de esos prototipos fueron descartados y otros destinados a tareas poco rentables. La verdad era que el mercado mundial no aceptaba la nueva tecnología. Además de la falta de infraestructura para sostener este cambio, el motor eléctrico era considerado poco fiable y falto de potencia. Los amantes de los automóviles se horrorizaban ante la idea de suprimir para siempre el sonido rudo y estruendoso de un motor acelerando. Era evidente que aún faltaba mucho tiempo y dedicación para poder implementar la electricidad como sustituto del petróleo.

Cuando muchas de las áreas que producen actualmente alimentos comiencen a producir biocombustibles —prosiguió Sandra—, dispondremos de un menor abastecimiento de alimentos, las despensas estarán vacías, con resultados terribles para las clases obreras. Ni hablar de quienes sobreviven con salarios mínimos.

Todos los oyentes presentes en la sala expresaron con gestos su asentimiento. Ese era un panorama ya conocido por la mayoría de los investigadores. Después de decir esto, se situó nuevamente detrás del atril y, mirando su reloj pulsera, cerró la carpeta.

—Esto es todo por hoy, lamento no poder profundizar en el tema pero tengo ciertas responsabilidades que debo atender —se disculpó—. Por favor no duden en escribirme a mi dirección de email ante cualquier duda que tengan sobre lo expuesto el día de hoy. Muchas gracias a todos por estar presentes.

Dicho esto, descendió con cuidado de la plataforma para sumergirse entre los aplausos y felicitaciones de los presentes. El bullicio de las diferentes opiniones se hizo cada vez más intenso en el salón. Evitando contestar más preguntas sobre lo expuesto, y aprovechando el momento, Sandra se abrió paso entre la gente y se alejó a través del largo pasillo. En su camino se encontró con Damián, quien había presenciado toda la charla y se disponía a regresar a su casa.

—Excelente —dijo Damián, tratando de seguir el ritmo de sus pasos mientras se alejaban del salón—. Los dejaste a todos con la boca abierta.

—Esa era la idea —aseguró Sandra con una sonrisa—. ¿Encontraste a tus amigas?

—Sí, pero no estaban solas… Otro sábado en casa mirando películas por internet…

—Damián, en unas horas estoy partiendo hacia Mar del Plata —le informó Sandra—. Necesito que me informes sobre cualquier novedad de lo que hablamos hoy, por favor.

—Por supuesto, contá conmigo.

—Recibí unas llamadas extrañas y tengo un raro presentimiento.

—¿De quién? ¿Tu marido desaparecido?

—No sé… —respondió Sandra mientras cruzaban la puerta principal rumbo a la calle. El sonido de sus pasos hacía eco en el silencio del hall de entrada—. Informá a todo el equipo, que estén atentos a cualquier situación fuera de lo normal. Y teneme al tanto, ¿sí?

—Hecho.

—Nos vemos a la vuelta —se despidió Sandra—. Estamos en contacto. Cuidate mucho.

—Vos también —respondió Damián con un fuerte abrazo—. Que tengas un buen viaje y disfrutes de tus vacaciones. ¡Ah, y traeme alfajores!

—¡No sé, lo voy a pensar! —dijo Sandra con una sonrisa mientras se alejaba.

La oscuridad de la noche se abría paso entre los edificios. A lo lejos, Sandra alcanzó a ver el pequeño cartel luminoso de un taxi que se acercaba lentamente por la avenida y alzó su brazo de inmediato. Extrajo su celular. Tenía cinco llamadas perdidas, una de su madre y las restantes de un desconocido. Al ver la hora, tomó conciencia de cuán tarde era. Debía prepararse para partir.

7

PRÓXIMA A PARTIR

Constitución, Ciudad del Buenos Aires
Martes 14 de Enero de 2014, 22:58h

La fugaz estela de un relámpago cruzando el cielo convirtió por un instante la noche en día. Pocos segundos después, el estruendo del trueno hizo vibrar la ciudad para dar paso al repiqueteo de las primeras gotas de lluvia. Una nueva tormenta de verano después de un día agotador. En menos de un minuto, la calle se había convertido en un torrente de agua y la visibilidad era casi nula. De pie en el hall de entrada del edificio, Sandra suspiró y observó insistentemente su reloj. "Justo esta noche", pensó mientas alzaba el mentón tratando de ver más allá de la esquina. La lluvia caía formando láminas sobre los vidrios, obligándola a abrir la puerta para poder ver mejor. Una brisa húmeda y tibia se filtró en el interior. Por un instante se cruzaron por su cabeza las palabras fugaces de Javier, y las inverosímiles excusas que le diría al verla. Nada sería demasiado importante como para abandonarla por un mes sin siquiera dar explicaciones. Volvió a chequear la hora con cierto nerviosismo. Una hora había transcurrido desde que llamó al radiotaxi para solicitar un coche. Suspiró y cerró los ojos en un intento por relajarse. Todavía estaba a tiempo.

A pesar de lo que sus compañeros solían decir, Sandra era una persona puntual, a la que nadie podía reprocharle haber llegado tarde a un compromiso. Solía planificar cada detalle cuidadosamente. Cada minuto estaba dentro de su plan de acción y se sentía feliz y realizada cuando se presentaba a la hora indicada. Estaba totalmente consciente de su obsesión por la puntualidad, pero era algo que no la molestaba. Muchos colegas y compañeros solían felicitarla por esa característica, la cual era muy difícil encontrar en las personas que componían su círculo. Esta obsesión la había llevado a tal punto que, llegar antes o después de horario, le provocaba una ira interna difícil de controlar.

Impulsada por su ansiedad, abrió aun más la puerta y avanzó sobre la vereda sumergiéndose bajo la intensa lluvia hasta detenerse en el cordón de la vereda. Sentía la cálida lluvia empapar su ropa y su cabello, pero ya no le molestaba. Justo en ese momento, divisó el vehículo negro de techo amarillo que se acercaba lentamente con las balizas encendidas para luego detenerse frente a ella. El vidrio de la puerta del acompañante descendió.

—¿Sandra?

—¡Sí! —contestó antes de terminar de escuchar su nombre.

De inmediato dio media vuelta y regresó para cargar con ella su cartera y una pequeña valija azul marino. Al voltearse, vio al chofer descender del vehículo bajo la tormenta para abrir el baúl. Luego de cargar la valija en su interior, ambos ingresaron al taxi con prisa. Ya sentado detrás del volante, el chofer giró la cabeza para ver a Sandra que se encontraba sentada en la parte posterior, secándose los brazos con una diminuta carilina.

—¿A estación Constitución, verdad? —preguntó al tiempo que el vehículo avanzaba sobre la calle anegada por la lluvia.

—Sí, por favor —afirmó Sandra volviendo a ver su reloj—. Si conoce una ruta rápida, mejor.

El chofer asintió con su cabeza y dio un giro hacia una calle lateral. A través de la ventanilla empañada vio alejarse la entrada iluminada del edificio donde había vivido los últimos años. Muchos pensamientos comenzaron a cruzarse por su mente mientras dejaba atrás las calles de su barrio. Su madre, su pequeña sobrina, su marido, donde quiera que esté. A pesar de todo lo ocurrido, estaba consciente que su amor por él no había disminuido. Más allá de la bronca y la impotencia de la situación, sólo esperaba que se encuentre bien, tratando de alejar cualquier pensamiento de infidelidad o abandono. Hizo un repaso mental de todas las cosas que había cargado en su valija y en su pesada cartera. Como ocurría cada vez que se prestaba a viajar, una sensación de olvido la invadía por completo. Por más que lo intentara, siempre sentía que algo había dejado atrás al partir. Pero esa sensación duraba solo unos instantes, dejando paso a la ansiedad de llegar y comenzar a disfrutar de sus vacaciones; las primeras vacaciones en soledad después de tantos años. Por unos días tuvo presente la posibilidad de invitar a su madre, pero ya había adquirido el compromiso de cuidar de su nieta esos días, además, el encuentro con su padre después de tanto tiempo podría resultar impredecible. La idea de disfrutar a solas unos días era muy tentadora y le sería de gran ayuda para acomodar pensamientos e ideas que el ritmo de la ciudad le impedía. Suspiró y volvió a girar la cabeza para ver a través del vidrio trasero del vehículo, en un intento por reconocer la calle por donde transitaban. Dos potentes luces seguían de cerca el avance del taxi sobre la calle. El agua que caía sobre los vidrios le impedía ver con claridad, pero estaba segura que hacía varias cuadras que estaban allí.

—¿Puede activar el limpiaparabrisas trasero, por favor? —le pidió al chofer.

—En seguida —respondió—. Ese infeliz no se da cuenta que tiene las luces altas encendidas.

Con un rítmico sonido el fino brazo metálico comenzó su danza sobre el vidrio dejando ver claramente a través de él. Tratando de no ser enceguecida por la luz de las ópticas, Sandra cubrió sus ojos y notó que se trataba de un BMW negro, con su frente parcialmente abollado, el cual le impedía reconocer las letras de su patente. Un escalofrío recorrió todo su cuerpo. ¿Acaso la estaban siguiendo? En ese momento el taxi giró en una esquina y, a través de su ventana, Sandra pudo ver el auto negro continuar su marcha sobre la calle, dejándolos atrás. Las palabras de Damián en el café el día anterior habían provocado en ella un estado paranoico. Y esas ideas era lo último que quería sentir en ese momento.

—Menos mal que continuó —agregó el chofer alejándola de sus pensamientos—. ¡Me estaba dejando ciego!

Sandra guardó silencio. Intentó relajarse pero el miedo la invadía. Tomó su celular y envió un mensaje a Damián. "Creo que me están siguiendo". Luego de un instante, el celular comenzó a vibrar y de inmediato Sandra atendió la llamada. Del otro lado, se pudo escuchar la voz exaltada de Damián que trataba de entender la situación.

—¿Cómo que te están siguiendo? —preguntó— ¿Quién te sigue? ¿Lo pudiste ver?

—Es un BMW negro —aseguró Sandra—. No pude ver su patente.

—¿Está ahora siguiéndote? —preguntó Damián.

—No. Ya no lo veo.

—Tranquila. Era solo un auto que hacía el mismo recorrido que vos —dijo en un intento por tranquilizarla—. No hay de qué preocuparse, ¿sí? ¿Dónde estás ahora?

—Llegando a Constitución.

—Bien, avisame cuando estés en el tren, por favor —le pidió Damián con tono sereno.

—Lo haré —respondió Sandra. Su respiración continuaba agitada.

—Llevá tu cartera siempre con vos, no lo olvides.

—Seguro —asintió Sandra.

—Cuidate.

—Vos también.

Luego de cortar la comunicación, Sandra cerró los ojos y echó la cabeza hacia atrás tratando de recuperar la calma. Inspiró profundamente e hizo un esfuerzo por liberar su mente de feos pensamientos. Trataba de convencerse ella misma que todo había sido producto de su ansiedad. Quedó en silencio, escuchando la lluvia golpear con fuerza el techo del vehículo y el rítmico sonido del limpiaparabrisas.

Unos instantes después abrió los ojos y ante ellos apareció la estación Constitución. El vehículo frenó su marcha y, luego de detener el reloj, el chofer tomó el dinero que le extendía. Sandra se exaltó cuando, de pronto, un chico de alrededor de catorce años abrió la puerta del coche mientras extendía su otra mano a la espera de una propina. Su aspecto desarreglado y totalmente empapado por la lluvia la conmovió y, tomando el cambio que el chofer le había dado, lo puso en la pequeña mano del chico. Después de dar las gracias, el joven se dirigió al taxi que llegaba justo detrás de ellos para abrir una nueva puerta. Rápidamente Sandra descendió del auto para exponerse bajo el intenso aguacero, el chofer ya había extraído su valija del baúl y se la acercaba hacia donde se encontraba.

—Muchas gracias —dijo Sandra mientras avanzaba a paso rápido.

Notó cuánto había descendido la temperatura desde el momento que había salido de su casa. Iluminada parcialmente por grandes luces, ante ella se alzaba el gran arco del ingreso principal. Un antiguo reloj se mantenía en pie al frente de la entrada, marcando la hora en la que había dejado de funcionar tiempo atrás. Cargando con su valija, comenzó a subir las escaleras rumbo al inmenso hall. Atravesó una vieja y desgastada reja tijera color negro, dejando atrás la lluvia. Un cartel azul con letras blancas que rezaba "PLAZA CONSTITUCIÓN" colgaba sobre su cabeza. Contrariamente de lo que había imaginado, el lugar se encontraba colmado de personas que iban y venían arrastrando con ellas pesadas valijas, bolsones, heladeras de mano, tablas de tergopor y muchas otras cosas. Un reloj analógico colgaba de una de las paredes, indicando que eran las once y diez de la noche. Todavía faltaban 20 minutos para la partida del tren. A lo lejos se podía escuchar el motor de la locomotora diesel que recorría el andén mientras hacía sonar brevemente su potente silbato. Innumerables puestos de negocios, informes y boleterías se encontraban con sus persianas bajas o simplemente vacíos a esa hora. Sandra se detuvo un instante y extrajo el boleto de su cartera para chequear los datos de su viaje.

—Disculpe, ¿esta es la cola para el tren de las once y media a Mar del Plata? —preguntó a la última persona de una larga fila que comenzaba en la entrada del andén número 14.

—Sí, es acá —le aseguró una señora con una sonrisa de oreja a oreja—. El 307.

La temporada de verano era una época ideal para cerrar negocios, entablar nuevas relaciones laborales y contar con el apoyo y la atención de personas que, en tiempos normales, no estarían dispuestas. Aquellos que eran conscientes del pronto comienzo de sus próximas vacaciones, como los que se encontraban disfrutando de ellas, estaban en un estado de ánimo especialmente relajado y optimista. Todos, sin importar la edad, ocupación y sexo, respondían cordialmente a cualquier consulta y se presentaban dispuestos a brindar ayuda ante cualquier situación. Lamentablemente, estas actitudes resultaban extrañamente ajenas a la vida cotidiana de una ciudad casi colapsada rendida a un ritmo frenético y en aumento constante.

Dejando descansar la pequeña valija sobre sus pies, Sandra apoyó su cartera y alzó la mirada para observar la belleza de los arcos hermosamente iluminados que decoraban el techo de la estación. Una pantalla de LED de grandes proporciones gobernaba la parte superior de lo que era la entrada al andén, mostrando varias publicidades sobre lugares turísticos y cuidados del cabello, entre otras cosas. A su lado, sobre otra de las entradas se encontraba una gigantesca pizarra electrónica donde se mostraban los horarios de salida y llegada de las diferentes formaciones. Las brillantes letras blancas sobre el fondo negro mostraban la grilla de horarios de todos los trenes que se dirigían a la zona sur del Gran Buenos Aires y de la Provincia de Buenos Aires, hasta su punto extremo, la ciudad de Carmen de Patagones. Antiguamente salían también trenes hacia La Pampa, Neuquén y Río Negro, de gran importancia turística. Pero hoy, sólo se conserva, con estas características, el ramal a Mar del Plata.

Familias enteras continuaban ingresando a la estación, empapados por completo por la lluvia que continuaba cayendo con toda su furia. Girando su cabeza, Sandra pudo ver cuántas personas tenía ya a sus espaldas. El repentino chasquido de los parlantes la sobresaltó. Luego de un sonido, una voz masculina y apenas entendible se dejó oír en toda la estación: "Su atención por favor. La formación número 307 con destino Mar del Plata se encuentra próxima a partir. Por favor, tenga a mano su pasaje y documento durante el ingreso al andén. Muchas gracias". Luego de escuchar el mensaje, la fila comenzó a avanzar lentamente. Al llegar a un punto, un oficial de uniforme azul marino le solicitó amablemente el pasaje y su documento. Luego de revisarlo cuidadosamente, se hizo a un lado para dejarla pasar. Sandra recorrió una pequeña sala con desgastados sillones azules y unas pocas ventanillas del Correo Argentino, donde varias personas se encontraban escribiendo o simplemente esperando. Sin prestar mucha atención, continuó su marcha hasta atravesar otra puerta más adelante. Al hacerlo, apareció delante de sus ojos los numerosos andenes de la estación. El aroma ácido rancio, mezcla de desinfectante y combustible gobernaba la vasta extensión de rieles, vagones y locomotoras diesel y eléctricas. A lo lejos, en sus respectivos andenes, un par de formaciones urbanas y suburbanas de tracción eléctrica esperaban su horario de partida, mientras una solitaria locomotora diesel GT22 se acercaba ruidosamente hacia un conjunto de vagones. Una pareja de perros vagabundos yacían recostados a un lado del andén, observando con ojos entrecerrados la gran cantidad de personas que colmaban de a poco el lugar, irrumpiendo su tranquilidad. Varias goteras caían insistentemente del techo distante creando grandes charcos de agua sobre los andenes. Contrastando con el resto de la estación, el andén número 14 se encontraba ya repleto de personas de diferentes clases sociales, provenientes de muchos lugares de Buenos Aires y de otras provincias del norte y centro del país. Diálogos en voz alta, discusiones, chicos corriendo a lo largo del andén y parejas entrelazadas en besos interminables denotaban la ansiedad y la felicidad por comenzar las tan ansiadas vacaciones de verano. Alzando la vista, Sandra observó el lejano techo metálico de la estación, un inmenso tinglado que se levantaba sobre sus cabezas, sostenido por finas columnas de metal que los resguardaba de la lluvia.

Alejándola de sus pensamientos, el sonido de una nueva llamada la obligó a buscar su celular en la cartera para atender de inmediato.

—¡¿Hola?!

—¿Sandra? —se escuchó la voz del otro lado—. Soy Javier. Por favor, esperame, en cinco minutos estoy ahí.

¿Dónde estás?

—En el andén 14 —contestó Sandra—. Estoy a punto de subir al… —de pronto, la llamada se cortó bruscamente.

Después de todo lo que había pasado entre ellos, Sandra desconfiaba que sus palabras fueran verdaderas. Lo más probable sería que nunca se presentara. Desconocía en qué estaba metido, pero seguramente no sería nada bueno para ella. Cuando estaba a punto de guardar su celular un mensaje entró, iluminando la pantalla. Era Damián: "¿Estás en la estación?" Tecleando con rapidez y sin quitar un ojo de su valija, Sandra respondió. "Sí, acabo de llegar, estoy subiendo al tren." La respuesta de Damián no se hizo esperar: "Ok. Que tengas buen viaje". Con un "gracias", Sandra guardó el aparato en su bolsillo y continuó arrastrando su valija a lo largo del andén.

Nuevamente los altoparlantes dejaron escuchar el ya familiar tono de voz. "Su atención por favor. Se le recuerda a los señores usuarios que está terminantemente prohibido transitar o cruzar las vías." El chasquido siguiente marcó el final de la advertencia, dejando escuchar una vez más el continuo golpeteo de la lluvia sobre los paneles del distante techo. Un pequeño puesto de diarios y revistas se levantaba en el medio del andén, donde un puñado de personas trataba de encontrar la mejor opción para matar el tiempo durante el viaje.

Abriéndose paso entre la gente y los carros que cargaban las pesadas valijas, Sandra caminó varios metros más adelante. Colgados sobre los andenes y cada treinta metros, se encontraban carteles con diferentes números, indicando la ubicación de los coches de pasajeros que aún no habían arribado. Observando nuevamente su boleto para evitar errores, Sandra buscó su número de coche. Recorriendo la interminable extensión del andén, giró su cabeza para descubrir cuán lejos había caminado. Al igual que ella, muchos de los que componían aquella multitud continuaban la búsqueda del coche que les habían asignado. Esquivando valijas, sombrillas, tablas de surf y sillas plegables, Sandra reanudó su marcha. Se disculpó luego de haber tropezado sin querer con un bolso de mano que alguien había dejado en el piso y continuó. A lo lejos, observó la formación que arribaba a la plataforma en su marcha lenta pero segura. Poco a poco los vagones retrocedían impulsados por la locomotora que hacía su ruidoso trabajo muchos metros más adelante. Lentamente arribó a la plataforma una serie de vagones mitad blancos y mitad azules en la parte inferior con una raya horizontal roja en el medio. Cada uno mostraba a un lado, cerca de la puerta de ingreso, un número de identificación. De pie en el andén, Sandra se detuvo justo debajo del cartel que indicaba la posición donde se encontraría su respectivo coche. Delante de ella, unas diez personas esperaban ansiosas para abordar el tren. Viendo el desfile lento de los vagones, Sandra pudo distinguir dos coches clase turista, tres de primera clase, el vagón comedor, dos coches pullman y el vagón del correo; después de éste, la locomotora. Eran en total siete coches de pasajeros. Haciendo un cálculo rápido, en ese momento aproximadamente quinientas personas se disponían a abordar la formación con rumbo a Mar del Plata.

Giró su cabeza en todas direcciones, tratando de distinguir a Javier entre la multitud, en un esfuerzo por creer lo que le había dicho minutos antes, pero no logró verlo. Extrajo nuevamente su celular, pero ninguna nueva llamada o mensaje había ingresado. Suspiró. Un mal presentimiento cruzaba insistentemente por su mente.

8

DEMASIADO TARDE

Constitución, Ciudad del Buenos Aires
Martes 14 de Enero de 2014, 23:15h

El auto clavó los frenos bruscamente en el pavimento ane-
gado por la torrencial lluvia y de inmediato la puerta del
conductor se abrió. Javier Ledesma salió del vehículo para
avanzar corriendo bajo la tormenta y subir las escaleras a
los saltos. Ante él, una multitud de personas se agrupaban
y deambulaban sin rumbo en el inmenso hall de la Estación
Constitución. Agitado y casi sin aliento avanzó con prisa
tratando de no llamar demasiado la atención. Sus ojos recorrían cada rincón del lugar, en búsqueda del rostro de su
esposa. Observó el reloj que marcaba la hora sobre una de
las paredes. Sabía que estaría allí para abordar el tren con
destino Mar del Plata y, si todo salía bien, se encontraría en
esos momentos en el andén, pronta a partir.

Continuó su desesperada búsqueda, girando alrededor
de las personas que esperaban su turno de ingresar al an-

dén. Las miradas desconcertadas seguían cada uno de sus pasos. Se sentía observado por cientos de ojos y el murmullo creciente de la gente que, al verlo pasar, escondía sus objetos de valor. Cientos de rostros, valijas, sillas le hacían la tarea casi imposible. Estaba consciente que el oficial de policía que se encontraba en la entrada lo estaba siguiendo, sospechando de su conducta poco usual. Lo último que quería era levantar sospechas y quedar demorado en ese momento. Debía encontrarla. Debía hacerlo. Y el tiempo se estaba agotando.

Extrajo su celular y marcó. Con impaciencia escuchó el tono de llamada durante interminables segundos. De pronto, su inconfundible voz se escuchó del otro lado.

—¡¿Hola?!

—¿Sandra? —dijo— Soy Javier. Por favor, esperame, en cinco minutos estoy ahí. ¿Dónde estás?

—En el andén 14, estoy a punto de…

De inmediato cortó la llamada. No debía perder más tiempo. Se dirigió rápidamente al inicio de la fila para ingresar al andén. Haciendo caso omiso de las quejas de quienes estaban en la cola de ingreso, se dirigió hacia el oficial que controlaba los boletos.

—Disculpe, necesito entrar —le pidió al tiempo que trataba de mirar más allá—, mi esposa está allí. Necesito verla ahora mismo.

—No puede entrar si no tiene su boleto —aseguró el oficial—. Debe hacer la fila como todos los demás.

—Es muy importante, por favor —insistió Javier—. Déjeme entrar, son solo unos minutos. No pienso viajar en ese tren.

—Lo lamento —dijo—. Puede ir a la oficina de comunicaciones y pedir que la llame por los altoparlantes, pero no puedo dejar que ingrese al andén sin un boleto.

—¡No tengo tiempo! —se exaltó Javier, indignado— ¡Necesito entrar ahora! ¿Me comprende?

—Si no se calma, señor, tendré que llamar a seguridad —le advirtió el oficial empujándolo suavemente con su mano—. Por favor, retírese o haga la fila como corresponde.

La desesperación comenzó a invadirlo. Se encontraba a no más de cincuenta metros de Sandra y desde ese lugar no lograba verla entre la multitud que se agrupaba en el andén. Estudió la posibilidad de saltar la valla y correr hacia ella, pero eso implicaría que lo detengan, cosa que complicaría aún más las cosas. No podía dar a conocer quién era, podría poner en peligro toda la operación. Cada minuto contaba. Se alejó del lugar y comenzó a dar vueltas, tratando de encontrar una solución. Su cabeza daba vueltas. Volvió a tomar el celular, la llamaría nuevamente para pedirle que se acercara a la entrada del andén. Caminó lentamente hacia un lugar alejado de la gente para poder oír mejor. En ese instante sintió el frío metal en su espalda; de inmediato reconoció la forma. Una voz calma le susurró al oído.

—No haga ninguna estupidez, Ledesma —le aconsejó sacándole el celular de su mano para guardárselo en su bolsillo—. ¿O prefiere que lo llame Lince? Ahora venga conmigo y no llame la atención.

Javier dio media vuelta en silencio. Se maldijo a sí mismo por no haber previsto esa posibilidad. Ir solo había sido decisión propia, temiendo por la posibilidad de desatar una balacera con resultados terribles entre tanta gente. Javier sabía con quiénes estaba tratando, y a órdenes de quién estaban actuando. Había mucho en juego como para poder negociar, era a todo o nada. Dos hombres robustos caminaban pocos metros delante de él, mientras otro lo acompañaba a su lado, apoyando el cañón del arma con fuerza contra su costado. Giró la cabeza para verlo. Su característica mancha rojiza en el rostro, su tez blanca y su cabello colorado cortado al ras eran inconfundibles. Se trataba de Mario Trelles, o más conocido como "el Colo", un matón que trabajaba a sueldo, un hombre sin principios y con muchos contactos que conocía muy bien cómo hacer su trabajo sin levantar sospechas ni dejar cabos sueltos. Javier estaba siguiendo su rastro hacía tiempo, aún mucho antes de su último "trabajito" con el infeliz detective de parejas que terminó sus días en el dique de Puerto Madero. Conocía a Trelles más que suficiente para saber que no repararía en eliminarlo en cuanto tuviera la oportunidad. Su sed de dinero y su falta de valores y respeto por la vida ajena lo convertían en una persona idónea para realizar el trabajo sucio. Ricardo Sureda había sido astuto al señalarlo con el dedo para llevar a cabo sus planes. Lo cierto era que había mucho en juego, mucho más de lo que este asesino a sueldo podría siquiera comprender.

—Hace mucho que no nos vemos las caras, Ledesma —dijo Trelles mientras presionaba con fuerza el arma sobre el costado de Javier—. Se lo ve más viejo, más... como decirlo... predecible.

—¿Qué estás haciendo acá, hijo de puta?

—Buscando... —contestó Mario con una sonrisa— Lo mismo que vos, Lince... ¿O tal vez deba llamarte gatito? Espero que no tengas siete vidas...

—Sureda está atrás de todo esto, ¿verdad?

—No te preocupes, pronto vas a estar afuera de todo este jueguito —contestó Trelles acercándose a la salida—. Así como lo está Gennaro y el pobre infeliz de Cardoso. Pero no te preocupes, pronto te vas a encontrar con tu esposa.

Una sensación de terrible impotencia invadió a Javier mientras avanzaban cruzando el hall de entrada y acercándose a la salida de la estación. Con el rabillo del ojo observó el arma gatillada en manos de Trelles, quien presionaba el cañón sobre su costado.

—¿Gennaro está muerto? —preguntó aun sabiendo la respuesta.

—Sí... —contestó Mario negando con la cabeza— no tenía lo que estaba buscando y lo tuve que obligar a hablar. El pobre infeliz cayó en la trampa, haciendo precisamente lo que queríamos que haga... se había convertido en un obstáculo.

Ambos quedaron en silencio. Continuaron caminando, acercándose a la salida lateral. Javier distinguió al oficial de policía que los observaba con el ceño fruncido, clara evidencia que sospechaba que algo raro estaba sucediendo. Disimuladamente ambos hombres pasaron delante de él sin llamar la atención. En ese momento Javier lo vio llevar su mano lentamente hacia la funda del arma y desabotonarla. Era el momento. En ese mismo instante, decidió actuar.

—¡Ladrón! ¡Ladrón! —exclamó con todas sus fuerzas— ¡Policía! ¡Ayuda!

Sin dejar de gritar se alejó de Trelles y comenzó a correr descendiendo las escaleras rumbo a la calle, donde había dejado su vehículo. Si no recordaba mal, las llaves estarían puestas y el motor en marcha. Que siguiera allí sería un verdadero milagro, y eso era lo que estaba necesitando en ese momento. En la carrera empujó a uno de los matones, que comenzó a rodar por las escaleras para desplomarse inconsciente sobre la vereda. Detrás de él, escuchó la voz de alto del oficial y los gritos de las personas que se encontraban en el hall de la estación. No miró hacia atrás. El tumulto y la desesperación de la gente serían suficientes para cubrir su salida. Continuó corriendo. Allí estaba, tal como lo había dejado. Un niño se encontraba a un lado de la puerta del vehículo. Al llegar, lo escuchó decir "se lo cuidé, señor", pero Javier se introdujo rápidamente en el vehículo para luego acelerar a fondo y perderse en las angostas calles de Constitución.

Casi sin respiración, continuó manejando sin rumbo y a toda prisa por unos instantes. Observaba el espejo retrovisor insistentemente, asegurándose que no lo siguieran. Luego de unos minutos, cuando estaba completamente seguro que nadie lo había seguido, se detuvo en un oscuro callejón, debajo de uno de los puentes donde las vías del tren cruzaban por sobre la calle. Buscó en la guantera su otro teléfono y marcó de inmediato. Rápidamente una voz atendió.

—No pude hacerlo —dijo Javier, aún agitado por la reciente corrida—. Está en el tren —después de un momento, respiró hondo y continuó—. Debemos detenerlo, es solo cuestión de minutos.

—¿La viste?

—No, pero estoy seguro que estaba allí —aseguró Javier—. Reúnan a todo el equipo, prepárense para abordar en una hora. Sean cautelosos, no quiero que la gente sospeche lo que está sucediendo.

—Ya estamos en eso —afirmó—. ¿La formación es la misma?

En el interior del vehículo, Javier sintió la vibración del avance de la formación y el sonido penetrante y característico del potente motor diesel de la locomotora EMD GT-22. A través del parabrisas, contempló las luces que escapaban de las ventanillas mientras la formación avanzaba lentamente hacia su destino.

—Sí —contestó—. Tren 307.

Dicho esto, cortó la comunicación. Se mantuvo un instante en silencio, observando los coches desfilar en su lenta marcha sobre el puente. Sabía que en uno de esos vagones viajaría Sandra, sin saber siquiera lo que le esperaba.

9

DESPACHADO

Constitución, Ciudad de Buenos Aires
Martes 14 de Enero del 2014, 23:24h

El sonido constante y penetrante del motor diesel de la locomotora invadía todo el lugar. Luego del fuerte sonido de su silbato, los vagones se detuvieron por completo y el ruido disminuyó lo suficiente como para escuchar nuevamente la voz: "Su atención por favor. La formación número 307 con destino a Mar del Plata se encuentra próxima a partir." Como el cartel lo indicaba, justo delante de ella se encontraba el vagón clase primera cuya sigla PA636 se podía ver a un lado de la puerta de ingreso. Su oído ya se había acostumbrado al sonido agudo de los motores eléctricos en la parte inferior de los viejos coches Fiat Materfer.

En el extremo delantero de la formación se encontraba la imponente locomotora. Una ruidosa y potente GT22CW fabricada por General Motors, con su inmenso motor diesel de dos tiempos con turbocompresor y 12 cilindros en

V, esperaba ansiosa el momento de su partida. A pesar de sus 110 toneladas de peso y sus casi 18 metros de largo, la GT22 podía alcanzar los 170 kilómetros por hora arrastrando consigo toda la formación. Esta locomotora era la más popular en Argentina, se la podía encontrar en cualquier rincón del país transportando cargamentos de cereales, minerales, bobinas, carbón e incontables cosas más. Era además la locomotora indiscutida al momento de transportar trenes de pasajeros de larga distancia, por su poder de aceleración en cualquier servicio. Con sus 2.475 caballos de fuerza brutos de potencia la GT22CW fue en su momento, y hasta muchos años después, la locomotora más potente que operaba Ferrocarriles Argentinos junto con las RSD-16 y Las FPD-7. A diferencia de los que muchos creen, estas locomotoras son impulsadas por motores eléctricos, alimentados por un gran generador impulsado por su poderoso motor diesel. Pero esos detalles técnicos eran ya bastante conocidos por Sandra, quien de chica disfrutaba ver a su padre sumergido en su hobbie preferido: el ferro modelismo, pues era un gran aficionado a las locomotoras. Fascinada por la imponente presencia de aquella máquina, se mantuvo observándola por unos minutos, mientras veía a otro hombre subir con destreza por la escalerilla e introducirse en la cabina, donde el maquinista lo saludaba con un fuerte apretón de manos.

Detrás de la locomotora se encontraba el furgón del correo, un coche como los demás pero sin ventanas, sólo las puertas de acceso, donde un grupo de empleados del ferrocarril cargaban con increíble destreza incontables cajas y paquetes en su interior.

De pronto la puerta se abrió y del interior surgió un

hombre mayor vestido con un pantalón negro y un saco gris que ocultaba su desgastada camisa celeste adornada con una corbata azul. Sobre su cabeza lucía orgulloso una pequeña gorra negra similar al de un oficial de policía. Luego de recibir algunas instrucciones de su radio, extendió la mano para ayudar al primer pasajero a abordar el tren.

Entrecortado por el viento y el bullicio de la multitud, se escucharon gritos provenientes del hall de entrada. Sandra giró su cabeza de inmediato y alcanzó a ver varias personas correr alejándose de la entrada principal. "La inseguridad es cada vez peor" escuchó decir a un señor detrás de ella. El guarda, ajeno a lo que sucedía, extendió su mano para ayudarla a cargar su valija y ascender por la angosta escalerita metálica e introducirse en el coche. Caminando incómodamente por el pasillo, trataba de ver el diminuto número de asiento que se encontraba sobre cada uno de ellos. "36V" indicaba su boleto. De pronto una mano se posó sobre su brazo.

—¿Qué asiento tiene? —preguntó el guarda con cierto tono de impaciencia.

—36 —contestó de inmediato Sandra volviendo a chequear su boleto—. 36V.

—Allí —le indicó—. Ventanilla.

Después de agradecerle, se acercó torpemente y luego de apoyar la cartera sobre su asiento, trató en vano de alzar su pesada valija. En ese momento un hombre acudió en su ayuda.

—Permítame que la ayude —le dijo, cargando la valija en sus brazos y alzándola hasta acomodarla en el receptáculo sobre su asiento.

—Muchas gracias —agradeció Sandra casi sin mirarlo.

—Por favor. Para lo que necesite.

Luego de acomodarse en su asiento, Sandra observó todo a su alrededor. Deseaba que el asiento a su lado quedara vacío para estar más cómoda, pero sabía que no iba a suceder. Era de esperar que esa formación estuviera completamente llena. Haber encontrado un lugar para ese viaje había sido un milagro, literalmente. Del otro lado del pasillo, un joven de aproximadamente su edad se encontraba sentado en su asiento inmerso en la lectura de una revista. El pasillo central se estaba atascando de personas en sus intentos por acomodarse. El guarda parecía disfrutar de su trabajo, cargando pesados equipajes, ayudando a personas mayores e identificando la ubicación de cada pasajero. A pesar de su edad, aquel hombre parecía tener paciencia y energía suficiente para realizar ese trabajo durante todo el tiempo necesario. El aire en el interior del vagón era placentero, más de lo que ella había imaginado. La mayoría de los asientos estaban bien conservados y todas las luces parecían funcionar. Lo único que se lamentaba era el estado de la ventana, ya que la suciedad que cubría el desgastado vidrio le hacía casi imposible ver hacia el exterior. La voz del parlante se escuchó una vez más repitiendo su ya conocido discurso, aunque desde el interior del coche era imposible descifrar lo que decía.

Extrajo su celular para chequear los mensajes; tenía una llamada perdida de Javier. En ese preciso instante volvió a sonar.

—¡¿Hola?!

—¿Sandra? Soy yo, Damián.

—Ah, Damián. ¿Sucede algo?

—Sólo quería saber si está todo bien.

—Sí, todo bien —contestó Sandra—. Ya estoy arriba del tren, a punto de partir.

—Genial —afirmó Damián.

—Gracias por preocuparte —le agradeció Sandra un poco más calmada—. Tal vez tengas razón y deba calmarme un poco.

—Por nada. Cualquier cosa no dudes en llamarme, sea la hora que sea —respondió Damián con tono de preocupación—. Y avisame cuando llegues, por favor. Tratá de descansar durante el viaje.

—Lo haré.

Sandra se sobresaltó al sentir el peso de una persona sobre el asiento contiguo e inmediatamente cortó la comunicación. Girando la cabeza pudo ver a un joven de aproximadamente su misma edad, de pelo corto y vestido prolijamente. Sumergida en su mundo, no había notado que su campera se encontraba ya colgada prolijamente a un lado de la ventana. Reparó de inmediato en sus brazos musculosos y la variedad de tatuajes que los cubrían. Su prolijo corte de cabello y sus modales parecían no encajar con su edad. Para no llamar su atención, Sandra decidió girar la vista nuevamente hacia la ventanilla, observando el resto de los andenes vacíos de la estación. Lo último que quería era entablar una conversación que se extendiera durante todo el trayecto. Utilizando el reflejo de la ventana como un espejo, pudo ver al joven colocarse un "manos libres" en su oreja y comenzar a hablar en voz baja. A pesar del bullicio de la gente, alcanzó a escuchar palabras sueltas como "posición", "equipo" o "necesario", pero poco le interesó aquella charla ajena a sus asuntos. Alzando la vista por sobre los asientos, descubrió que todos ellos ya se encontraban ocupados con sus respectivos pasajeros. El guarda se encontraba de pie en el pasillo hablando a través de su radio. Su reloj le indicaba que faltaban dos minutos para partir.

Luego de un instante, la voz del parlante irrumpió nuevamente con un nuevo discurso. "El tren número 307 con destino Mar del Plata se encuentra despachado. Repito. El tren número 307 con destino Mar del Plata se encuentra despachado".

—Disculpe —la sorprendió el joven a su lado—. ¿Me podrías decir la hora, por favor?

—Sí... —contestó Sandra volviendo a mirar su reloj pulsera— Las once y media.

—Muchas gracias. Este reloj es lindo pero ya no funciona —agregó el joven señalando su reloj pulsera con un sonrisa en su rostro—. Mi nombre es Marcelo.

Al ver la mano extendida, Sandra estrechó su mano con aquel extraño dibujando una falsa sonrisa. Inmediatamente giró su vista hacia la ventana demostrando su desinterés por comenzar una conversación. Recordó la llamada de Javier, minutos antes. Se preguntaba a sí misma qué era lo que le sucedía a ese hombre a quien creía conocer, qué lo había impulsado a hacer lo que estaba haciendo. En ese momento el potente silbato de la locomotora se escuchó justo antes de ser reemplazado por el creciente sonido del motor diesel en su esfuerzo por arrastrar su pesada carga. Después de una leve sacudida, el coche comenzó a avanzar lentamente. Con paso firme, el tren 307 abandonó la protección del techo de la estación Constitución para emprender su viaje bajo la tormenta de verano. El resplandor de un relámpago dibujó por un instante las siluetas de los edificios de la ciudad. Sandra desistió de intentar ver a través de su ventanilla. Una gruesa cortina de agua cubría por completo la vista al exterior. Sólo podía notar las luces de las casas en la oscuridad de la noche. El silbato de la locomotora volvió a hacerse oír. Miró su reloj. Dejó caer su cabeza hacia atrás y respiró profundamente. Sus vacaciones habían comenzado. En aproximadamente cinco horas estaría en Mar del Plata, la ciudad feliz.

SEGUNDA PARTE

FUERA DE CONTROL

1

GERLI

Martes 14 de enero del 2014, 23:45h

Las luces de la ciudad se abrían paso entre las gotas de lluvia, atravesando el desgastado cristal de la ventanilla. Sandra observaba en silencio el paisaje mientras la formación ganaba velocidad lentamente. A sus oídos llegaba el incesante bullicio de las personas que aún continuaban acomodándose en sus asientos, escudriñando sus bolsos y carteras, hablando por sus teléfonos con notable ansiedad. Desde su ubicación, observaba la larga fila de asientos dobles. Iluminados por la tenue y cálida luz del interior del coche. Los pasajeros se sentaban, se volvían a poner de pie y volvían a sentarse una y otra vez. Dos niños de menos de nueve años jugaban en medio del pasillo, interrumpiendo el bullicio con sus fuertes y sorpresivas carcajadas. En todos sus rostros se podían notar las expresiones de felicidad, augurando unas merecidas vacaciones después de un largo año de trabajo y esfuerzo. Los diminutos ventiladores que colgaban del techo apenas giraban, pero el ambiente se mantenía agradable.

El coche se mecía hacia ambos lados de forma continua, acompañando el rítmico sonido de su avance sobre los rieles. La lluvia prácticamente había cesado y a través de las ventanas se veía el paso rápido de las luces de las casas aledañas y los autos detenidos en los pasos a nivel. El sonido lejano de la locomotora llegaba a sus oídos entrecortado por el viento. Toda la escena le devolvía la calma después de lo vivido días anteriores, y le daba sosiego a pesar de las preocupaciones que aún llevaba consigo. Sandra cerró los ojos una vez más en un intento por relajarse y disfrutar del viaje, pero a su mente regresaba insistente el recuerdo de su esposo y las palabras de Damián antes de su partida. Por momentos, se preguntaba cómo continuaría todo aquello. Deseaba con su ser olvidar todo lo relacionado con su trabajo y relajarse, pero comenzaba a creer que era imposible hacerlo. El potencial de los resultados obtenidos por GenAr era inimaginable, invaluable. Por un momento cruzó por su mente que tal vez, solo tal vez, sería mejor ocultar el hallazgo. Observó su reloj una vez más de forma insistente. Solo habían transcurrido diez minutos desde que había dejado atrás Constitución.

Ante sus ojos cruzó con rapidez el andén de una estación. Un gran cartel negro de letras blancas rezaba "GERLI". Pero la formación no se detuvo ni aminoró la marcha, haciendo sonar nuevamente el silbato, la locomotora continuó su rutina dejando atrás las luces de aquella estación. Uno tras otro, en un monótono desfile metálico, los vagones continuaron su viaje. En ese instante la melodía inconfundible de su celular se dejó escuchar desde el interior de su bolso. Sandra extrajo rápidamente el teléfono y, luego de ver la pantalla, atendió la llamada de inmediato.

—Hola, ¿má?

—Nena ¿cómo está todo? —preguntó Nely desde el otro lado del teléfono, con un notable tono de preocupación— ¿Está todo bien? ¿Por dónde andás?

—Todo bien —contestó Sandra—. Acabo de pasar por Gerli. Está todo bien, quedate tranquila. ¿Vos cómo estás? ¿Y Sofi? —agregó con una sonrisa en un intento por tranquilizarla.

—Bien... —aseguró Nely; luego de un breve silencio, continuó—. Llamó Javier recién.

—¿Javier? ¿Qué te dijo?

—Nada... —contestó Nely— Ese es el problema. Sólo me preguntó si estaba todo bien aquí y cuando le contesté que sí, colgó de inmediato. Se le escuchaba agitado, nervioso...

—Todo es muy extraño, mamá —suspiró Sandra—. Por favor, tené cuidado, cerrá todo bien y no salgas, por favor —hizo una breve pausa y continuó—. Cuidá de Sofía, ¿sí?

—La voy a cuidar, te lo prometo —aseguró Nely—. Vos también cuidate, abrí bien los ojos... y, por favor —agregó—, avisame apenas llegues a la estación.

—Lo haré —asintió Sandra.

Luego de despedirse, Sandra cortó la comunicación. ¿Qué pasaba con Javier? ¿Acaso se había perdido la cordura? ¿En qué estaba metido? Miles de preguntas sin respuesta comenzaron a dar vueltas por su cabeza. Era evidente que sabía algo que ella desconocía ¿pero qué era? Volvió a respirar profundamente y observó la pantalla de su celular, que mostraba una foto de ella con Sofía durante una hermosa tarde de primavera en el parque. Sus ojos se llenaron de lágrimas. Si algo le sucedía a aquella niña, no se lo perdonaría nunca. La vida aun no le había dado hijos, pero esa pequeña era todo para ella. Cerró los ojos y guardó el celular en el bolsillo de su pantalón. Abrió su cartera para extraer un pañuelo descartable. Fue en ese instante cuando sus manos palparon algo rígido en el interior. Abrió la cremallera un poco más y observó.

Una carpeta. En su portada se leían las siglas "RZM281778".

Por un momento no le encontró sentido a aquel objeto. Luego recordó. La carpeta que Damián le había entregado en el café el día de su partida. La información del proyecto. Una sensación de inseguridad la invadió por completo. Observó a su alrededor, nadie la estaba mirando. A su izquierda, el joven del que no recordaba el nombre se encontraba sumergido en la pantalla de su celular, completamente ajeno a su alrededor.

En ese preciso momento se escuchó el chirriar de la puerta del vagón al abrirse. Un hombre vestido de gris apareció tras ella, para luego comenzar a avanzar por el pasillo, cargando consigo una bandeja colmada de bebidas, sándwiches, golosinas, vasos descartables y termos. A medida que caminaba repetía con voz fuerte su característico canto al son de "caaaafé caféeeee". Al verlo, Sandra cerró con rapidez su cartera.

El joven a su lado apagó el dispositivo y, luego de guardarlo en su mochila, se acomodó en su asiento. En ese instante Sandra recordó su nombre. Marcelo. Lo observó detenidamente mientras éste permanecía con sus ojos cerrados y la cabeza hacia atrás. Parecía un joven culto, de cabello prolijamente cortado al ras y bien vestido. Reparó un instante en los tatuajes que presentaba en su brazo derecho, una serie de dibujos y líneas que no pudo comprender del todo bien. De pronto, el joven abrió los ojos y alzó la mano para llamar la atención del cafetero. Con la pesada carga sobre sus hombros, el hombre se acercó, desplegando toda la variedad de termos, sándwiches y bebidas.

—Buenas noches, joven. ¿Qué le sirvo?

—Buenas noches —saludó respetuosamente—. Un café, por favor. Bien cargado.

El cafetero extrajo uno de sus termos y llenó un vaso de plástico con un equilibrio milagrosamente increíble. A pesar del movimiento del tren, le entregó el vaso en las manos sin derramar una sola gota de café. Luego de recibir el pago, se alejó lentamente continuando con su característico e incesable canto. Sandra quedó observando la escena, sin percibir que el joven la estaba mirando.

—¿La puedo invitar con algo? —le preguntó con una sonrisa.

Por un instante Sandra quedó en silencio, sorprendida por la inesperada pregunta.

—No, gracias —respondió tímidamente negando con su cabeza—. Te lo agradezco.

El joven respondió asintiendo levemente con su cabeza y bebió un sorbo de su café humeante. Luego de decir esto, Sandra giró su cabeza con su mirada perdida en la oscuridad que el exterior le ofrecía. Muchas de las personas que ocupaban aquel coche se encontraban ya con sus ojos cerrados, acomodadas en sus asientos con la intención de transcurrir la noche y descansar durante el viaje. Pero nuevamente el silencio de la escena se vio interrumpido por la presencia del oficial de viaje, quien avanzaba por el pasillo solicitando los boletos a cada pasajero. Sandra extrajo su boleto para tenerlo a mano llegado su momento. A medida que el hombre avanzaba, podía observar los gestos de desgano de las personas que veían interrumpido su descanso ante tal pedido. Muchos de ellos comenzaban a escudriñar sus carteras, bolsos y bolsillos en busca de sus boletos. El oficial recibía cada boleto y, luego de observarlo detenidamente, realizaba un pequeño agujero en él con un sacabocado, para luego solicitar el siguiente boleto a la persona contigua. Al llegar a su lado, Sandra extendió su mano y le entregó el pasaje. Sin inmutarse ni alzar la vista, el oficial tomó el papel y de inmediato lo marcó para luego entregárselo inmediatamente. Al llegar su turno, el joven a su lado apoyó con cuidado el vaso vacío de café sobre el apoya manos y se puso de pie. Se acercó al oído del guarda, hablándole tan sutilmente que Sandra no alcanzó a escuchar. El oficial frunció el entrecejo y lo observó de arriba abajo.

—Lo lamento, pero me va a tener que acompañar —le indicó.

Acatando la orden, el joven tomó su mochila y ambos se alejaron por el pasillo. Sandra los observó con curiosidad hasta que se perdieron detrás de la puerta que comunicaba con el coche contiguo. Se preguntaba en silencio qué habría sucedido. No parecía haberse puesto nervioso, tampoco creía posible que haya ocupado un lugar que no era el suyo. Había algo en él que le provocaba desconfianza. Por un momento sintió que su cabeza iba a estallar. Se sentía paranoica, creyendo que todo el mundo a su alrededor era un peligro potencial. Demasiadas preguntas, demasiadas incógnitas surgían en todo momento. Debía relajarse, de lo contrario no podría disfrutar de sus vacaciones, y mucho menos afrontar el gran año que comenzaba. Casi como un acto reflejo, alzó la mano para observar nuevamente su reloj. Cerró los ojos e intentó ahogar sus pensamientos concentrándose en el rítmico sonido del avance del tren.

2

LANÚS

El brusco movimiento del vagón alejó a Sandra de los pensamientos que la mantuvieron aislada de su entorno por un instante. A través del maltrecho vidrio de la ventanilla divisó las calles de una ciudad que podía reconocer. Lanús. Se acercó aun más hasta casi tocar el vidrio con su nariz, intentando fijar su mirada en los nombres de las calles que se perdían rápidamente en la oscuridad de la noche. A su mente cruzaron, vagamente y de forma fugaz, escenas de su adolescencia y de una lejana relación con un joven que vivía en aquella localidad. Pero sus pensamientos se vieron eclipsados inmediatamente por otros más preocupantes. Las llamadas de su esposo, el auto que la había seguido durante la trayectoria a la estación y tantas otras cosas que le era imposible pensar con claridad. Tal vez hubiera sido mejor postergar sus vacaciones para más adelante. Quizás hubiese sido mejor esperar a que todo el incidente en GenAr fuera resuelto. Quizá… tomar aquel tren había sido una mala decisión.

Sandra giró su cabeza rápidamente. El asiento a su lado continuaba vacío. Las demás personas permanecían ajenas en el silencioso coche que se mantenía a media luz. Muchos reposaban con sus cabezas echadas hacia atrás y sus ojos cerrados, meciéndose al ritmo del movimiento del tren, al igual que una gigantesca mecedora. Un hombre mayor se abstraía de la escena sumergido por completo en la lectura de un pequeño libro de bolsillo de hojas amarillentas. Dos hermanos mataban el tiempo en un juego de cartas, tratando de no interrumpir el silencio que reinaba en el lugar. Afuera, la lluvia había cesado por completo, y en el cielo nocturno se dejaban ver las primeras estrellas que se asomaban tímidas y titilantes entre las nubes. Ahora podía ver con más claridad a través del cristal. Suspiró profundamente. El sonido lejano del silbato de la locomotora se coló por la ventanilla y Sandra alcanzó a ver el paso fugaz del cartel ante sus ojos, cuyas grandes letras blancas rezaban "Lanús". El andén de la estación desfiló ante ella rápidamente, mostrando un puñado de personas que observaban curiosas el paso de aquella formación, la cual no aminoró su paso, continuando su viaje. Decenas de luces de automóviles aguardaban con paciencia infinita detrás de cada paso a nivel.

Fue entonces que comprendió que no podría descansar durante el viaje, tal como lo había planeado. Su ansiedad y preocupación eran tales que le hacía imposible cerrar sus ojos y mucho menos dormir. Observó su cartera, que mantenía segura sobre sus piernas. Trató de recordar las palabras de Damián. En esa carpeta se encontraba toda la información de la investigación y, aunque el código no estaba allí, era de suma importancia resguardar esos datos. Se maldijo a sí misma por no haberse dado cuenta al momento de partir. Llevar esa carpeta consigo no era una buena idea. En ese instante extrajo su celular. Tenía dos llamadas perdidas de un número desconocido. Estaba tratando de comunicarse. Miró a su alrededor, tomó firmemente la cartera en sus manos y se puso de pie. Caminó lentamente por el extenso pasillo central tratando de mantener el equilibrio ante el movimiento del tren. El desgastado cartel ubicado en uno de los extremos del coche indicaba con letras apenas legibles la existencia de un baño de damas. Apoyándose en los respaldos de los asientos, Sandra avanzó unos pasos más hasta llegar a la puerta. Nadie levantó la cabeza, el vagón permanecía silencioso. Al abrirla, pudo sentir el intenso ruido exterior, bajo sus pies se mecían las plataformas metálicas de los dos coches que se rozaban una sobre otra, dejando ver, más abajo, las vías que cruzaban a una velocidad atemorizante. El rugido del tren deslizándose sobre los rieles se podía escuchar intensamente, sintiendo realmente la velocidad con la que estaba viajando. Todo a su alrededor parecía moverse frenéticamente. A su derecha se encontraba un pequeño cobertizo que guardaba en su interior varias maletas y pesadas valijas. Girando su cabeza se encontró con una angosta puerta y, en ella, un pequeño ícono que le indicaba el baño de damas. Empujó con su cuerpo la puerta, abriéndola con un chirrido agudo para luego cerrarse con un golpe seco. En su interior, Sandra cerró la perilla con fuerza, asegurándose que nadie pueda ingresar. El baño era pequeño y desprendía un fuerte hedor a humedad y acaroína. El espejo se encontraba partido en mil pedazos y no salía agua de la pequeña canilla. Apoyó el bolso sobre el lavamanos de acero inoxidable y extrajo nuevamente su celular. Marcó con rapidez el número del buzón de voz y presionó el aparato con fuerza contra su oído, intentando escuchar. Una voz grabada le indicaba que tenía un mensaje, y éste había sido recibido minutos atrás. Luego de un chasquido, alcanzó a oír una voz del otro lado. Una voz conocida. Era Javier.

—Sandra, escuchame bien, no tengo mucho tiempo. Necesito que desciendas del tren cuando llegue a Glew. ¿Me entendiste? No hables con nadie. Te voy a estar...—

La comunicación se interrumpió de forma brusca y repentina. Sandra marcó el número que figuraba en pantalla, pero fue en vano. Observó el celular. No tenía señal. Alzó el aparato hacia la diminuta ventanilla, luego lo movió insistentemente hacia los rincones, pero no encontraba señal suficiente. Maldijo en voz alta mientras lo guardaba nuevamente en su cartera. En ese instante escuchó voces. Dos personas estaban hablando en el pasillo, justo detrás de la puerta. De inmediato reconoció una de las voces. Era Marcelo, el joven que se sentaba a su lado. Estaba hablando con el guarda del tren. Sandra acercó su oído a la puerta silenciosamente, en un intento por entender la conversación. Entrecortado por el ruido, alcanzó a oír al guarda disculparse por lo sucedido. Luego, el golpe de la puerta al cerrarse nuevamente. Después silencio. Con su mejilla apoyada en la puerta, Sandra quedó en silencio unos segundos más y luego la abrió silenciosamente. El pasillo estaba vacío. Alcanzó a ver al joven que ya se encontraba sentado en su lugar, hablando por teléfono. Dio media vuelta y, evitando perder el equilibrio, abrió la puerta tras de sí para ingresar al coche contiguo.

Ante sus ojos se presentó el coche comedor. Un salón prolijamente cuidado con un pasillo central y, a los lados, dos filas de mesas para cuatro personas. Cada una de las mesas se encontraba decorada con un mantel blanco y rosa y, sobre ellas, un pequeño y delicado arreglo floral. Las ventanas estaban cubiertas por cortinas color bordó y, sobre las paredes, unos pequeños cuadros descoloridos daban el toque final a la decoración del lugar. El coche se encontraba a media luz y casi vacío. Sandra avanzó unos pasos y se detuvo en una de las mesas para luego sentarse. Notó en ese instante cuán pesadas eran las sillas. Un mozo se encontraba de pie tomando el pedido de una pareja de ancianos en el otro extremo del coche. En otra de las mesas, una solitaria mujer estaba inmersa en la lectura de un libro, con una copa de vino como única compañía. En el aire se podía sentir un aroma a flores, y el lugar se presentaba cuidado y limpio. Con su bandeja metálica en la mano, el mozo se acercó hacia Sandra con una sonrisa.

—Buenas noches —saludó—. ¿Qué le puedo servir?

—Agua saborizada sin gas, por favor —contestó Sandra.

—En seguida.

Cuando el mozo se alejó lo suficiente, giró la cabeza a ambos lados y extrajo la carpeta de su cartera para apoyarla sobre la mesa. Se quedó un instante observándola, tratando de descubrir qué significado tendrían esas siglas en su portada, pero no le podía encontrar sentido alguno. En su interior guardaba todos los resultados de las investigaciones referentes al proyecto que habían denominado "SECTI" o Sistema Energético Continuo de Transferencia Ininterrumpida. Un proyecto ambicioso y sin precedentes en el campo de la biotecnología combinada con nanotecnología de avanzada. Investigaciones que habían surgido como un reto de improbables resultados, cuyos primeros logros resultaban inútiles y carentes de interés. A través de los meses, SECTI fue tomando forma y conquistando el interés del equipo, sobre todo de Gennaro, quien había decidido invertir millones en la investigación. Investigación que ahora se encontraba en su poder, y cuyos resultados estaban ahora en manos inciertas.

Hoja tras hoja, Sandra recorría con sus ojos los increíblemente complejos algoritmos, diseños y códigos que comprendían la totalidad de aquella investigación. A pesar de sus conocimientos, era incapaz de entender del todo la complejidad de los datos impresos. Tal como le había comentado Damián, ella sólo era una pequeña parte del rompecabezas. Intentó en vano comprender la información que la carpeta contenía, y comenzó a pasar con rapidez cada página hasta la última de ellas. Fue en ese instante cuando lo vio. Allí estaba, pegado con cinta adhesiva a la parte interna de la contratapa. Pequeño, sólido, con su brillo metálico y su incalculable valor.

Una memoria de almacenamiento.

En la parte interior de la contratapa se encontraba el diminuto dispositivo. Una unidad USB metálica, visiblemente resistente, color gris oscuro. En una de sus caras tenía grabadas las siglas "RZM-SECTI". Un escalofrío recorrió su cuerpo al verlo. ¿Podía ser ese el dispositivo del que le había hablado Damián? ¿Acaso todo había sido un plan para alejar la información de Buenos Aires hasta que fuera más seguro? Miles de pensamientos cruzaban por la mente de Sandra mientras sostenía con sus manos temblorosas el pequeño aparato. Lo hizo girar entre sus dedos, viendo el reflejo metálico. Era sorprendentemente pesado y sin uniones visibles. La única parte móvil era la diminuta tapa que cubría el conector USB. De pronto, una voz la sobresaltó.

—Aquí tiene —dijo el mozo sin perder su sonrisa—. Que lo disfrute.

Sin poder evitar su expresión de sorpresa, Sandra guardó el pequeño dispositivo en el bolsillo de su pantalón jean. De inmediato introdujo la carpeta en su cartera y, luego de dejar el dinero sobre la mesa, tomó la botella plástica para dirigirse de nuevo a su asiento. Sentía que su corazón iba a salirse de pecho.

En el trayecto se cruzó con el guarda, quien la saludó con un leve movimiento de su cabeza y continuó su camino. Al pasar nuevamente por la puerta notó que el joven, su compañero de asiento, había vuelto a desaparecer. Apoyó su cartera en el piso y se acomodó en su asiento. Podía sentir su corazón latir más rápidamente que lo normal. Se sentía mareada y le dolía la cabeza. Bebió un sorbo de la botella y respiró profundamente, recordando las palabras que Javier le había dejado en el mensaje. ¿Por qué razón debería descender del tren en Glew? Javier sabía algo que ella desconocía. Por más que lo intentase, no podía unir las piezas de todo lo ocurrido las últimas horas.

Pasó su mano sobre su cintura. El dispositivo continuaba allí, en su bolsillo. Todo era real. ¿Por qué motivo Damián no se lo dijo? Era evidente que él lo había puesto en la carpeta. ¿Qué había sucedido con Gennaro? ¿Acaso sabrá que había terminado en sus manos? Incontables preguntas surgían en su mente sin poder detenerlas. No tenía manera de ver el contenido de la memoria. Tampoco estaba del todo segura sobre su verdadero valor. "El proyecto no existe más en GenAr. Todos los archivos fueron movidos a un dispositivo de almacenamiento" habían sido las palabras de Damián. Era evidente que sus vacaciones se habían esfumado, ahora solo restaba esperar. Por su cabeza pasó la imagen de su madre y de Sofía; sabía que no debía informarle de lo que ocurría.

Fijó la mirada en la oscuridad de la noche. Observó su reloj, a ese ritmo estaría en Glew dentro de una hora. Debía bajar en esa estación. No estaba del todo convencida pero, después de todo, sentía que podía confiar en Javier, era la única persona que sabía con certeza lo que estaba sucediendo.

3

REMEDIOS DE ESCALADA

Miércoles 15 de enero del 2014, 00:21h

El súbito y desgarrador llanto de un bebé quebró el silencio que reinaba en el vagón. Varias cabezas se alzaron por sobre los asientos en busca de la procedencia de aquel sonido que los había despertado de su descanso. Casi al mismo tiempo, un celular comenzó a sonar en el otro extremo del coche, una reconocida música de los ochenta se escuchó por un momento hasta que la llamada fue atendida. Como en una coreografía ensayada, muchos se acomodaron nuevamente en sus asientos y cerraron nuevamente los ojos para seguir descansando. El coche se sumergió nuevamente en silencio, y solo podía escucharse el rítmico sonido del tren que se colaba a través de las ventanillas. En el exterior, aún podían observarse las luces de las casas que cruzaban rápidamente como estrellas fugaces en la oscuridad de la noche.

Sandra bajó su mirada y observó por tercera vez su celular. Continuaba sin señal. Damián no le había contado todo lo que sabía. Lo conocía muy bien y comprendía que la situación era más complicada que lo que le había comentado. Su intento por mantenerla en calma había provocado en ella el efecto contrario. Se preguntaba una y otra vez qué era lo que estaba ocurriendo. ¿Tendría algo que ver con la desaparición de su esposo semanas atrás? ¿Qué había ocurrido en la estación antes de su partida? ¿Acaso Gennaro estaba al tanto de lo que sucedía? Demasiadas interrogantes. Volvió a mirar su celular. Si tan solo pudiera…

—Disculpe —dijo el joven, sorprendiéndola al sentarse nuevamente a su lado—. No quise asustarla. Sólo quería preguntarle si sabe a qué hora llega este tren a Mar de Plata…

—¿A Mar del Plata? —contestó Sandra, avergonzada en parte por su tonta respuesta, ya que era el único destino final del viaje— Tengo entendido que a las 5 de la mañana aproximadamente.

—Muchas gracias —asintió Marcelo con una sonrisa y ajustó su reloj pulsera, el cual parecía extrañamente complicado. Se acomodó nuevamente en su asiento. Luego de apoyar suavemente su mochila en el piso tomó su celular y comenzó a escribir un mensaje. Sandra podía ver sus manos lastimadas, los nudillos rojos y rasguños en las muñecas. No recordaba habérselos visto anteriormente. Por un instante no pudo evitar su curiosidad.

—¿Todo bien con el guarda? —preguntó tratando de ser amable.

—Sí —contestó el joven alejando su teléfono de la vista—. Estas cosas suelen pasar… pero todo bien, sólo fue un malentendido.

—Me alegro —asintió Sandra para volver a fijar su mirada en la oscuridad del paisaje.

—¿Vacaciones o trabajo? —inquirió el joven.

—Vacaciones —respondió Sandra esbozando una falsa sonrisa amable. Se sentía lo suficientemente confundida como para entablar una conversación amigable.

—Excelente —continuó—. El mejor momento del año, ¿verdad?

Sandra asintió en silencio. A su lado, el joven se acomodó en su asiento. Era prácticamente inevitable observarle las manos lastimadas, con rasguños que parecían recientes, pero evitaba en todo momento hacer cualquier referencia al respecto. Había algo extraño en él. Podía ver sus ojos recorrer su cuerpo y observar su cartera insistentemente, como buscando algo. A pesar de estar sentado, se lo escuchaba notablemente agitado.

—A propósito… —insistió el joven— No me dijiste aun tu nombre.

—Sandra.

—Sandra… —repitió Marcelo— Bonito nombre. Tengo una hermana mayor con ese mismo nombre, aunque es mucho más grande que vos. A decir verdad —continuó a pesar de la notable indiferencia de Sandra—, tengo muchos hermanos, pero no los veo hace años. Muchos años. Ya ni recuerdo sus rostros. Es probable que me los cruce por la calle y no los reconozca. ¿Primera vez en tren?

—No —contestó Sandra—. No es la primera vez.

—Bien. Es lindo viajar en tren —agregó—. Mucho más que hacerlo en micro. Siempre viajo en primera, evito hacerlo en Pullman, no me gustan las ventanillas herméticas. Prefiero escuchar el sonido de los rieles, el andar del tren, el aroma del campo y el viento en mi cara… ¿a vos?

—No mucho —negó Sandra—. Viajo siempre en Pullman, es solo que no encontré pasaje esta vez. Lo saqué sobre la hora; fue un milagro que haya conseguido este asiento.

—La vida es un milagro —acotó el joven—. Hay que aprovechar cada momento, cada instante al máximo. Nunca se sabe cuando nos llega el día.

Sandra no realizó ningún comentario al respecto. Era evidente la voluntad del joven de entablar una conversación, pero ella no estaba en condiciones de hacerlo en ese momento. Observó su reloj una vez más. Las luces de una estación pasaron velozmente ante sus ojos, pero no lo suficiente como para evitar leer el nombre. Remedios de Escalada. Hizo la cuenta mentalmente. Faltaban siete estaciones para llegar a Glew, donde descendería del tren y se encontraría con su esposo. Suspiró profundamente. Estaba ansiosa de saber qué era lo que estaba ocurriendo. Quién la estaba siguiendo. Por qué aquel dispositivo contenedor de una información extremadamente importante había terminado en sus manos. Miles de preguntas por hacer.

La tranquilidad del coche se vio interrumpida repentinamente por el paso apurado del guarda que intentaba comunicarse insistentemente a través de su radio. Detrás de él, dos hombres fornidos seguían sus pasos. Era evidente que se trataban de policías de civil, sin uniforme, quienes viajaban en el tren por seguridad. Algo había ocurrido. A pesar de eso, Sandra no se sobresaltó, al igual que ninguno de los que ocupaban aquel coche. El robo de pertenencias en el interior del tren era moneda corriente aquellos días, cuando las formaciones partían colmadas de familias y personas que llevaban consigo dinero suficiente para vivir, por lo menos, varios días. Carteras, bolsos de mano y valijas eran una presa fácil para los rateros de profesión que aprovechaban la temporada de vacaciones para "hacerse la temporada". De inmediato el bullicio dentro del vagón comenzó a aumentar. Todos comentaban y cada uno tenía su versión de lo ocurrido. Otros expresaban su enojo y sus opiniones ante la falta de seguridad en el transporte público. No faltaba quienes aprovechaban el momento para contar sus increíbles anécdotas sobre robos y asaltos. A su lado, Marcelo siguió con su mirada el paso de los hombres hasta perderse en el coche contiguo. Luego agachó la vista y se mantuvo en silencio, tomó su celular y comenzó a escribir.

—Es parte de la experiencia de viajar en tren —dijo sin sacar la mirada de su celular, sabiendo que Sandra lo estaba observando—. Hay que cuidar las pertenencias en todo momento, sin sacarle un ojo de encima nunca, pase lo que pase.

Dicho esto, alzó su mirada y dibujó una sonrisa en su rostro. Sandra asintió con su cabeza. En un acto reflejo, metió sutilmente su mano en el bolsillo de su pantalón. El dispositivo aun continuaba allí.

—Te voy a contar una anécdota —continuó Marcelo—. Hace unos años, al igual que hoy, tomé el tren para Mar del Plata. Era un quince de enero, al igual que hoy. Poco después de salir nos quedamos sin agua, no había agua en los baños; además, los ventiladores no funcionaban y la temperatura llegaba a los cuarenta grados de sensación térmica. Pero eso no es todo —agregó—. Era sólo el comienzo. Una hora más tarde el tren entero se quedó sin luz, pero gracias a Dios continuamos el viaje. Unos minutos después, al pasar por Témperley, el tren se detuvo bruscamente. Todos preguntaban qué había ocurrido, qué más podría pasar. Por las ventanillas vimos los patrulleros detenerse. ¿Sabés qué había pasado?

—No —contestó Sandra.

—Un suicidio —respondió Marcelo—. Al asomarme por la ventanilla pude ver las dos piernas justo debajo de mi ventana, asomándose por debajo de las ruedas del vagón. Estuvimos detenidos más de media hora —continuó—. Luego el tren comenzó a avanzar lentamente, aun cuando el cuerpo continuaba en las vías. Seis vagones restaban pasar por encima del pobre infeliz, pero pareció no importarles. Pero la odisea no terminaba allí —agregó acomodando su cuerpo en el asiento—. Dos horas más tarde, en pleno campo, la formación se detuvo. Al asomarme nuevamente por la ventanilla, pude ver los pastizales envueltos en llamas. Llamaradas levantándose más de diez metros y cubriendo una gran extensión del terreno donde las vías los atravesaban. La locomotora se vio obligada a retroceder para evitar las llamas de más de cinco metros de altura. Estuvimos allí más de dos horas, bajo el sol de la tarde en pleno verano, sin agua ni luz. La gente comenzó a desesperarse y a descender del tren rumbo a la autovía 2, que se encontraba a más de quinientos metros. Los rateros vieron la oportunidad y no tardaron mucho en aparecer. Una multitud cruzando el campo de pastos altos, con sus bolsos y valijas. Siete horas habían transcurrido desde que habíamos partido de Constitución.

—Increíble —acotó Sandra prestando toda su atención a la anécdota. Por un instante pudo abstraerse por completo de sus preocupaciones, y eso le gustaba.

—Desde Mar del Plata enviaron vehículos a buscar a las

personas que se encontraban varadas en medio de aquel campo —continuó Marcelo—. Poco a poco el fuego se acercaba a la ruta. Una columna de humo negro hacía casi imposible transitar por el lugar. Gracias a un hombre de buena voluntad pude llegar a Mar del Plata, junto con otras personas que se encontraban en mi misma situación. Al día siguiente, por la televisión, me entero que la formación había llegado a destino cinco horas después. Gente que había decidido no descender del tren, se vieron inmersas en el viaje más largo de sus vidas. Pero… —aseguró Marcelo asintiendo con su cabeza— El tren sigue siendo mi transporte favorito, y lo seguirá siendo, pase lo que pase.

—Espero que nada de eso ocurra durante este viaje —aseguró Sandra.

—Esperemos que no —dijo y tomó su celular, que comenzaba a sonar—. Perdón… —se disculpó y atendió la llamada.

A su lado, Sandra revisó su teléfono. Aún continuaba sin señal, algo estaba funcionando mal. Extrajo la batería y, luego de esperar unos segundos, volvió a colocarla para encenderlo nuevamente. Intentó prestar atención a la charla que el joven mantenía por teléfono, pero le fue imposible hacerlo, hablaba demasiado bajo como para poder comprender lo que estaba diciendo. A saber por sus ademanes, parecía una discusión bastante fuerte.

En ese momento se escuchó un fuerte golpe en el extremo del coche y la puerta se abrió. Uno de los hombres cruzó por el pasillo corriendo con un arma en su mano. De inmediato la gente comenzó a sobresaltarse. El grito de una mujer se hizo oír en uno de los asientos, mientras muchos pasajeros pedían explicaciones al guarda que se acercaba con la radio en su mano.

—Tranquilos, no pasa nada —aseguró en un intento de calmarlos—. No hay nada de qué preocuparse.

Dicho esto continuó su trayecto en el coche contiguo. Sandra se apoyó en el respaldo del asiento y estiró el cuello para observar a través de la pequeña ventana redonda de la puerta. Podía alcanzar a ver al guarda discutir con el otro hombre y hablar acaloradamente a través de su radio. A su lado, Marcelo cortó la comunicación y bajó la cabeza entre sus piernas, tomándose la frente con su mano. A pocos asientos de donde se encontraba, una mujer se puso de pie.

—¿Alguien sabe qué pasó?

—Una mujer que viajaba en el tren… —respondió un hombre en el extremo posterior del coche— Parece que se arrojó a las vías.

4

BANFIELD

Miércoles 15 de enero del 2014, 00:42h

Suspiró y se alejó de la ventana, hacia la habitación del pequeño departamento. Se acercó al cuerpo sin vida y se detuvo a contemplarlo. A pesar de su estatura, no había sido un problema controlarlo; después de todo, era sólo un joven. El departamento se encontraba ordenado y limpio. No había signos de violencia alguna alrededor. Con sus manos cubiertas con guantes de látex, abrió el pequeño frasco de plástico y derramó las pastillas restantes a un lado, sobre el piso. Luego lo arrojó contra la pared y colocó un vaso con agua sobre la mesa. Observó su reloj. No habían transcurrido más de diez minutos. Tomó su cámara y, alejándose unos pasos, fotografió el cadáver y todo a su alrededor. Esa sería su garantía. La policía ya habría recibido la llamada, era cuestión de minutos para que el comisario y sus oficiales llegaran al lugar. Debía dejar el sitio de inmediato, pero necesitaba cubrir cualquier evidencia de su presencia.

Luego de quitarse los guantes, los guardó en su maletín y se acercó hacia el escritorio del pobre infeliz. Las dos computadoras se encontraban encendidas. En sus pantallas se veían varios archivos propiedad de GenAr e incontables ecuaciones sin aparente sentido. A un lado, una carpeta con las siglas LL-SECTI y, sobre ella, varias fotografías de un hombre con una visible cicatriz en su rostro. Parecía haberlas tomado desde muy lejos. De pronto lo encontró. Escondido entre papeles estaba su celular. Lo tomó y comenzó a revisar la agenda. P... Q... R... S... Sandra. Sandra Marcela Zemog. Comenzó a escribir un mensaje de texto. Eso era lo último que debía hacer antes de abandonar el lugar.

5

TÉMPERLEY

Miércoles 15 de enero del 2014, 00:46h

La conmoción y la sensación de inseguridad reinaba en el interior del coche de primera clase del tren 307 con destino la ciudad de Mar del Plata. La noticia de un accidente o un suicidio, como algunos especulaban, se había apoderado por completo de la otrora tranquilidad que gobernaba el lugar. El incesante bullicio de los pasajeros aumentaba con el paso de los minutos, tratando de dilucidar qué había ocurrido. Sin ninguna otra explicación por parte de los oficiales de seguridad del tren, las personas intentaban crear una interpretación razonable, inventando situaciones y creando motivos por los que una mujer había tomado tal drástica decisión de acabar con su propia vida. Otros alertaban sobre la posibilidad de un robo, algunos suponían un problema amoroso, y no faltaba quienes se volcaban a las hipótesis más absurdas jamás escuchadas. Lo cierto era que todos los pasajeros de aquel tren se encontraban ahora exaltados y temerosos por lo que había sucedido minutos antes.

Ajeno a lo que sucedía en su interior, el tren continuaba su marcha sin disminuir la velocidad, alejándose cada vez más de la ciudad de Buenos Aires en la oscuridad de la noche. Como haciendo saber su imponente presencia, la locomotora hacía sonar su silbato, el cual se escuchaba a la distancia, entrecortado por el viento. Desde su asiento, Sandra frotaba la palma de sus manos contra sus piernas, en un intento por secar el sudor que los nervios le provocaban. Atenta a todo su alrededor, observaba con ojos bien abiertos el ir y venir de los oficiales y de otros curiosos por el pasillo central del vagón. Cerró los ojos por un instante, pero a sus oídos llegaban las innumerables hipótesis que los pasajeros, sin ninguna información certera, imaginaban sobre lo ocurrido. A su lado, el joven se mantenía inmóvil e inmutable a la situación, observando con mirada casi calculadora cada movimiento.

—¿Tenés familia? —preguntó el joven de forma repentina, en un intento por abstraerla de sus pensamientos. A su lado, Sandra giró la cabeza y titubeó antes de contestar, recordando las palabras que su marido le había dicho.

—Sí —contestó asintiendo con su cabeza—, mi madre y dos hermanos. También tengo una sobrina —agregó.

—¿Cuántos años tiene tu sobrina?

—Cinco —contestó con una leve sonrisa—, cinco años. Es… todo para mí. Ahora está viviendo en casa de mi madre porque mi hermano se encuentra de viaje por trabajo, y no podía llevarla con ellos.

—Entiendo… ¿Y de dónde sos?

—De capital, más precisamente del barrio de Caballito

—dijo Sandra—. Toda mi familia vive allí.

En ese momento se sintió culpable por haber dado tanto detalle de su vida sin que se lo hubiese pedido, pero los nervios del momento le estaban jugando una mala pasada. Intentó calmarse, responder solo lo necesario, pero por su cabeza se cruzaban miles de pensamientos, y las respuestas que daba parecían salir de forma natural, sin filtros.

—¿Caballito? —repitió Marcelo alzando las cejas— Viví en Caballito durante un tiempo. Iba al colegio al que llamaban "El Pepe", frente a la estación de bomberos de Flores, no sé si...

—Mmmm la verdad que no —negó Sandra.

—Olvidate —rió el joven negando con su cabeza—, me vino a la memoria varios lindos recuerdos de esa época. Entonces, Sandra, —agregó— ¿de qué trabajás?

—Soy bioquímica —respondió Sandra—, trabajo para un laboratorio.

—Suena interesante.

—Lo es —afirmó Sandra—. Es algo que me gusta hacer. El ambiente de trabajo es agradable y mis compañeros también lo son, la paga es buena, así que no me puedo quejar en verdad.

A medida que respondía las incesantes preguntas del joven, Sandra observaba el ir y venir de las personas por el pasillo, tratando de esquivar con silencios las preguntas insistentes de los curiosos. La marcha del convoy parecía aminorar lentamente.

—Gracias por distraerme —le agradeció al joven—, la verdad que estas cosas me ponen nerviosa.

Sin apartar la mirada del guarda que permanecía de pie

en el extremo del vagón, el joven permaneció en silencio. Luego de unos segundos, volvió a disparar una nueva pregunta.

—Así que de esta manera arrancan tus vacaciones… —dijo— La idea es descansar, ¿no?

—Eso intento… —asintió Sandra suspirando.

—¿Un año duro?

—Podría decirse que sí —contestó—, sobre todo los últimos días… pero prefiero no hablar de trabajo, necesito enfocarme en mis vacaciones. ¿Cuál es tu segundo nombre, Marcelo? —preguntó en un gesto de repentina curiosidad, o quizás para intentar despejar su mente por un instante.

—¿De verdad querés saber? —contestó el joven luego de titubear por un instante. Ante la insistencia de Sandra, continuó— Mi segundo nombre es Valeriano.

—Que mala idea la de tus padres… —asintió Sandra con una sonrisa.

—Eso fue lo que les dije antes de matarlos —reconoció el joven.

Luego de un segundo de desconcierto, ambos comenzaron a reír. Sandra continuó.

—Mi segundo nombre es…

—Dejame adivinar —la interrumpió el joven—. Tu segundo nombre es Mar… —en ese instante sonó su celular el cual atendió de inmediato.

—Estás muy solicitado —dijo Sandra con una sonrisa, pero el joven ya no la escuchaba. Alzó la vista para ver un grupo de personas discutir acaloradamente sobre la seguridad en los trenes. Fue entonces cuando su celular sonó. Era un mensaje de texto. Ansiosa por cualquier novedad, abrió la cartera y extrajo el aparato de inmediato. En pantalla se mostraba un mensaje de Damián.

"Gennaro está muerto."

Al leer esa línea, su corazón comenzó a latir sin control. ¿Muerto? ¿En qué circunstancias? ¿Qué había ocurrido? Giró su cabeza a ambos lados y luego tecleó rápidamente un mensaje de respuesta. Sus manos temblaban, haciendo casi imposible escribir.

"¡¿Muerto?! ¿Qué sucedió?"

Después de enviar el mensaje, alzó la mirada para descubrir a Marcelo quien, desde su lugar, escudriñaba con curiosidad el interior de su cartera. Se preguntaba si estaba siendo demasiada paranoica, si todo era producto de su imaginación, de su desesperado instinto de protección. Gennaro estaba muerto, y ella tenía la convicción del por qué lo mataron. Si su razonamiento era verdadero, entonces irían por ella.

—Ambos estamos solicitados —dijo Marcelo con una sonrisa.

A pesar de la reciente y devastadora noticia, Sandra dibujó una leve sonrisa en su rostro. Conocía a Gennaro desde hacía muchos años, era casi como un padre para ella, la noticia de su repentina y sospechosa muerte había sido un balde de agua helada. Por más que lo intentara, le costaba tomar conciencia de todo lo sucedido. Sentía que le faltaba el aire. Sólo deseaba llegar a Glew cuanto antes. Pasó su mano lentamente por el bolsillo, la memoria continuaba allí, segura. Inspiró profundamente, necesitaba tomar control de su mente, de sus emociones.

—¿De qué trabajás, Marcelo? —fue la primera pregunta que le vino a la cabeza. Después de unos instantes en silencio, Marcelo respondió.

—Soy asesino a sueldo —dijo con una sonrisa—. Lo que podría llamarse un mercenario, aunque esa palabra nunca me gustó del todo.

—¿Trabajás para la mafia? —inquirió sonriente, intentando seguirle el juego— ¿Un espía? ¿Ladrón? —ante la negativa del joven, Sandra continuó— ¿Trabajás para el gobierno?

—Si lo hiciera no te lo podría decir.

—Bueno… entonces decime —se rindió Sandra.

—Ya te lo dije.

Esa respuesta la desconcertó por completo. No era momento para continuar con ese juego, no se sentía precisamente de buen humor.

—Perdón… —dijo Sandra, avergonzada por su insistencia— Lo que hagas es problema tuyo, no es necesario que me digas…

—Es verdad, mi trabajo es problema únicamente mío —afirmó Marcelo—. Aunque en esta ocasión también te incumbe a vos, Sandra.

—No entiendo lo que me estás diciendo —dijo Sandra frunciendo el entrecejo, totalmente consternada ante las palabras del joven. En ese momento volvió a prestar atención a sus manos lastimadas—. ¿Por qué a mí?

—Porque sos una pieza muy importante, Sandra.

—Disculpame, sigo sin entender…

—¿Roberto Gennaro te suena familiar? —preguntó Marcelo.

—No —negó Sandra rotundamente en un intento por

evadirse—. ¿Debería?

—Sí, deberías —asintió el joven con un tono de voz más grave, enérgico. Su rostro se había transformado por completo y ya no quedaba en él rastros de cordialidad. Luego continuó, mirando su reloj—. Porque en este momento debe estar muerto y, si no cooperás, vas a ser la siguiente. Necesito que me escuches bien.

—Lo lamento… —negó Sandra confundida, y poniéndose de pie— no creo que deba escucharte.

—Vas a tener que escucharme, si querés que tu madre y tu pequeña sobrina continúen con su tranquila y adorable vida.

En ese instante se escuchó el penetrante sonido agudo y estridente del metal bajo sus pies. El coche entero se sacudió bruscamente y segundos después se detuvo por completo. A través de las ventanillas, Sandra pudo observar que se encontraban en la estación de Burzaco. De pie, y apoyada sobre el respaldo del asiento delantero, Sandra sintió la presión de la mano de Marcelo que la sujetaba con fuerza del brazo. Sus palabras resonaban fuerte e insistentemente en su cabeza. A pocos metros del tren, alcanzó a ver las inconfundibles luces de los patrulleros que se habían detenido al costado de las vías. La policía estaba allí. Se sintió afortunada.

6

ADROGUÉ

Miércoles 15 de enero del 2014, 00:58h

El interior del coche PA636 de la formación 307 se iluminaba por completo con las intermitentes luces rojas y azules de los patrulleros detenidos a un costado de las vías. Una multitud de curiosos se amontonaban detrás de las ventanillas en un intento por mirar hacia el exterior. La calma y paciencia de los pasajeros se agotaba rápidamente a medida que pasaban los minutos. Podía escucharse el murmullo continuo y creciente de las personas que aguardaban impacientes por una respuesta. Nadie estaba completamente seguro si continuarían el viaje. La seguridad del tren se abría paso entre la gente que colmaba los pasillos y volvía a perderse en el coche contiguo. Nadie daba explicaciones.

Sentada en su asiento, Sandra agachó la cabeza. Le dolía el brazo por el apretón recibido. Sentía inmensas ganas de llorar de impotencia, pero sabía que no debía demostrar debilidad. Se preguntaba qué sería de su madre si a ella le pasara algo. Sin quererlo, su vida entera comenzaba a cruzar por su cabeza. A su lado, Marcelo se encontraba rebuscando en su cartera, revolviendo todas sus pertenencias. Encontró su celular y le extrajo el chip para luego partirlo en dos. La carpeta se hallaba tirada en el piso y sus hojas desparramadas bajo los asientos. Era evidente que no le interesaba en lo más mínimo. Seguramente las órdenes que había recibido era buscar y encontrar aquel diminuto dispositivo de almacenamiento. En un gesto de frustración, arrojó la cartera a un lado y giró la cabeza hacia Sandra, apoyando la navaja en su costado, ocultándola de la vista de los demás.

—Dame la memoria —dijo.

Sandra titubeó. Mirándolo a los ojos, comprendó que estaría dispuesto a todo para obtenerla. De eso dependía su paga. No tenía la menor duda que sería capaz de terminar con su vida si de eso dependiera. Ella no era para nada imprescindible, sólo un obstáculo más, una piedra en el camino para alcanzar aquello por lo que ese asesino había subido al tren. Sintió la punta de la filosa navaja en sus costillas mientras repetía su pedido insistentemente. Comprendió que su vida dependía de ese pequeño artefacto. No debía entregarlo bajo ninguna circunstancia. No sólo era cuestión de exponer su contenido, sino que su propia vida dependía de eso. Su corazón comenzó a latir a una velocidad insoportablemente veloz, y pudo sentir el flujo de la adrenalina correr por sus venas.

—No lo tengo —aseguró negando con su cabeza.

—Sé que lo tenés —afirmó Marcelo—. Dámelo ahora y prometo no lastimarte.

—Te digo la verdad —repitió Sandra—. No lo tengo, no

sé qué me estás pidiendo. Sólo me dieron esa carpeta. Por favor, no me lastimes.

—Bien… vamos a hacer una cosa, Sandra —dijo con un tono sorprendentemente calmo—. Voy a mostrarte algo que seguramente te hará cambiar de opinión.

Guardando el arma blanca, Marcelo tomó su celular e hizo unos toques en la pantalla, unos segundos después la acercó al rostro de Sandra. Con ojos llenos de lágrimas, Sandra hizo un esfuerzo por ver con claridad la pequeña pantalla que tenía frente a ella. Con sus manos temblorosas tomó el celular para acercarlo aun más. La imagen mostraba el balcón del departamento de su madre y, a un lado, la ventana de su dormitorio con las persianas abiertas como solía hacerlo las noches de verano. A pesar de la oscuridad, podía verse la silueta de ella y de la pequeña niña recostada sobre la cama. Era evidente que la imagen estaba siendo tomada desde un punto alto del Parque Rivadavia. Quiso acercar más la imagen, pero de inmediato Marcelo arrebató el teléfono para guardarlo nuevamente. Miró por la ventanilla, hacia los policías, y luego regresó la vista hacia Sandra, quien permanecía en silencio.

—No creo que ese pequeño aparato sea más importante que tu familia —dijo Marcelo, impaciente por el movimiento policial que se desarrollaba en el exterior—. Sólo necesito hacer una llamada para que mi colega haga su trabajito.

—Te juro que no lo tengo. No te estoy mintiendo. Por favor, no les hagas daño, ellas no tienen nada que ver con esto.

—Vamos, Sandra —insistió el joven—. Somos grandes, no me hagas revolver tu valija frente a todas estas personas. Sólo tenés que decirme dónde está y podrás continuar con tus vacaciones como si no hubiese pasado nada.

—¿Cómo sé que ellas van a estar bien?

—No te preocupes —respondió sonriente—. Mi colega es un perro fiel, no mueve un dedo sin que la orden salga de mi boca. Ahora bien… ¿me lo vas a entregar o no?

Sandra contuvo la respiración. Observó las manos de Marcelo que hacían girar su celular entre los dedos. Miles de posibilidades cruzaban por su mente, pero se sentía mareada, sin fuerzas. A través de la ventanilla observó a los policías ascender a la formación mientras otros continuaban hablando a un lado de las vías del tren. Uno de ellos la miraba insistentemente, pero sabía que no podía realizar ningún gesto que pudiera complicar las cosas aun más. Giró su cabeza hacia el joven, que continuaba esperando su respuesta. Reparó nuevamente en sus manos, sus heridas recientes.

—¿Vos la mataste, verdad? —le preguntó.

Marcelo sonrió pero se mantuvo en silencio. Luego de un instante guardó el celular y respiró profundamente. Era evidente que estaba perdiendo la paciencia.

—La pobre infeliz —dijo— tuvo la mala suerte de estar en el lugar equivocado en el momento equivocado.

En ese instante un hombre pasó corriendo por el pasillo. Las personas comenzaron a volver a sus asientos lentamente. Sandra los miraba detenidamente, en búsqueda de alguien a quien pedirle ayuda, alguien que pueda sacarla de esa situación. Delante de ella se encontraba una pareja de ancianos que se mantenían tranquilos y serenos. En los asientos posteriores, un par de jóvenes continuaban ajenos a su alrededor, con sus auriculares y sumergidos en las pantallas de sus celulares. El resto de los pasajeros de aquel coche eran familias con chicos pequeños y adolescentes, gente normal como ella que habían decidido disfrutar del viaje. Un asesino a sueldo como aquel joven podía fácilmente terminar con la vida de cualquiera de ellos sin el menor resentimiento. No debía involucrar a nadie en aquella situación, nadie merecía morir por esa cusa, tampoco ella. Así como había terminado con la vida de esa pobre mujer, también acabaría con la suya en cuanto tenga en sus manos lo que estaba buscando. Estaba completamente segura que sus órdenes habían sido no dejar cabos sueltos, y ella era precisamente uno de esos cabos. Tenía que encontrar la manera de deshacerse de esa pequeña memoria. De eso dependía su vida, y tal vez la vida de muchos de los que estaban en aquel tren.

—Voy a tener que revisar tus bolsillos —dijo el joven—. No intentes nada extraño o las cosas se pueden poner feas, ¿entendiste?

Sandra asintió con la cabeza en silencio. En ese instante dos uniformados ingresaron al vagón. Se detuvieron justo delante de la puerta y solicitaron a los pasajeros que se ubiquen en sus respectivos asientos y tengan a mano los documentos de identidad y los pasajes. Dicho esto, el primero avanzó, observando a ambos lados cada rostro hasta perderse por la puerta posterior. El segundo se detuvo junto a la primera fila de asientos y tomó los documentos de las personas sentadas allí para revisarlos cuidadosamente.

Marcelo se acomodó en su lugar, acomodándose la ropa y el cabello. Giró la cabeza hacia Sandra con una mirada penetrante.

—Si hacés algo heróico, la pequeña y la anciana mueren —le dijo—. ¿Soy claro?

Sandra asintió. Sentía que su pecho iba a estallar. El sudor comenzaba a recorrer su rostro y su respiración se había acelerado visiblemente. Vio al policía avanzar por el pasillo y detenerse en la fila de asientos justo delante de ella. Bajó la visa hacia su cintura, observando el arma reglamentaria que portaba en ella. Se preguntaba si aquel joven oficial podría reducirlo y terminar con la pesadilla. Giró su cabeza hacia el otro extremo del coche, su compañero ya no estaba a la vista. Lenta y disimuladamente apoyó su mano sobre el bolsillo de su pantalón, sintiendo la pequeña forma del dispositivo que aún conservaba en su poder. Con el rabillo del ojo observó a Marcelo. Se veía claramente nervioso por la presencia de la policía en el tren, podía ver sus manos moverse incesantemente, haciendo sonar los nudillos. Miraba todo con la frialdad de un asesino, calculando cada movimiento del joven oficial. Era más que seguro que terminaría con su vida a la más mínima posibilidad de descubrirlo. Su rostro permanecía inmutable cuando el oficial se detuvo justo a su lado. Su arma se encontraba a centímetros de su rostro. Éste se acomodó la gorra y extendió la mano hacia ella.

—¿Me permite sus documentos, por favor?

7

BURZACO

Por un instante Sandra permaneció atónita, con su mirada perdida en el rostro del oficial que continuaba con su mano extendida a la espera de sus documentos. Sentía que su mente quedaba en blanco, paralizada por completo ante la situación. Recorrió con su visa el rostro del joven policía, su cuerpo, su cintura, su arma. ¿Qué posibilidades tenía si, de pronto, pidiese ayuda? Una palabra suya tenía el poder de desatar un infierno en el interior de ese coche. Era probable que su vida terminara allí, quizás junto con las de otros inocentes ajenos al infierno que estaba viviendo. Observó a Marcelo, con su mirada sin expresión alguna, tenso, a la espera de cualquier movimiento que pusiera en peligro su misión. Si pudiera tan sólo, de alguna manera decirle…

—¿Me permite sus documentos, por favor?

La voz del oficial retumbó en su cabeza una vez más. Miró sus manos, en las cuales tenía el documento y su boleto. De inmediato se los entregó, sin poder ocultar los nervios que hacían temblar levemente sus manos sudorosas. El oficial los observó un instante y luego dirigió su mirada hacia ella. Escudriñó su boleto y, después de unos segundos, le devolvió los papeles. Inmediatamente el joven a su lado extendió la mano y le entregó sus documentos. Sandra notó de inmediato que su pasaje no estaba allí. El policía tomó el documento y lo miró con el ceño fruncido.

—¿Marcelo Nova?

—Así es —respondió con calma.

Sin realizar ninguna otra consulta, el oficial entregó el documento y los observó a ambos detenidamente. Era evidente en su rostro que algo estaba pasando por su cabeza.

—¿Vamos a continuar el viaje? —preguntó Marcelo antes que el oficial se retire de su lado.

—Sí —respondió—. Siete compañeros a bordo estarán acompañándolo durante el trayecto. Si nota algo extraño —agregó echando una mirada hacia Sandra—, no dude en avisar a cualquiera de nosotros.

—Lo haré.

El policía hizo un ademán de cortesía para despedirse y se alejó por el pasillo para luego perderse en el coche contiguo. Sandra suspiró profundamente y giró la cabeza. Le resultaba realmente extraño que el policía no continuara solicitando documentos al resto de los pasajeros de aquel coche. La situación se volvía cada vez más fuera de lo normal. A través de la ventanilla vio a un oficial de pie a un lado de las vías, alzando sus manos y agitándolas. De inmediato se escuchó el silbato lejano de la locomotora y el penetrante sonido de su motor diesel que aumentaba rápidamente. Luego de unos segundos un fuerte golpe sacudió el coche y éste comenzó a moverse lentamente por las vías. Apoyando sus manos en el cristal, Sandra observó a los patrulleros y oficiales hablar entre sí mientras permanecían de pie en el paso a nivel, viendo el pasar del convoy. El silbato se escuchó nuevamente traído por el viento, rompiendo con la calma de la noche de verano. El tren 307 reanudaba su marcha.

Cerrando los ojos se echó hacia atrás, sobre el respaldo de su asiento. Una mano la tomó de la muñeca con fuerza, volviéndola en sí.

—Bien… bien… —dijo Marcelo en voz baja— Así me gusta, que te portes bien. Todo va a salir bien si hacés lo que yo te digo. Ahora —agregó—, volvamos a lo nuestro.

—Necesito ir al baño —afirmó Sandra. Fue lo primero que se le cruzó por la cabeza en un intento de evadir la situación.

—¿Al baño? —dijo consternado— No, imposible.

—Por favor, necesito ir ahora mismo. No voy a tardar.

Marcelo soltó su mano, resoplando con furia. Giró la cabeza a ambos lados, como buscando algo. Luego quedó en silencio, con su mirada ausente. Después de unos segundos volvió su vista hacia Sandra.

—Muy bien —dijo visiblemente molesto—. Pero voy a ir con vos. Me quedaré en la puerta. Si intentas algo extraño —agregó— será lo último que hagas.

Sandra asintió levemente con su cabeza. Sabía que era la única que conocía el paradero del dispositivo que estaba buscando. Aquella pequeña memoria era su garantía de vida. La palpó suave y sigilosamente con sus dedos para corroborar que aún se encontraba en su poder. Se puso de pie y pasó por delante del joven hacia el pasillo. Sintió escalofríos al saber que la memoria estaba allí, a escasos centímetros de aquel mercenario dispuesto a todo para obtenerla. Con una calma bien simulada se detuvo a su lado.

—Necesito mi cartera.

—¿Para qué? —preguntó Marcelo.

—Cosas de mujeres.

Con un gesto de enfado, Marcelo tomó la cartera y, entregándosela, se puso de pie. Ambos caminaron por el pasillo hasta el final del coche. Durante el trayecto se cruzaron con un oficial que hizo caso omiso a su presencia. Las personas continuaban en sus asientos, discutiendo sobre lo ocurrido y revisando sus celulares en busca de alguna noticia que los informe sobre lo que había pasado.

Sandra abrió la angosta puerta del baño de mujeres y de inmediato ingresó. Observó a Marcelo, quien se detuvo en el pasillo y luego cerró la puerta con fuerza, trabándola desde el interior con el pequeño pasador metálico. Una vez adentro, recorrió con la vista todo a su alrededor. Pisos, lavamanos, techo, ventana. Necesitaba quitarse de encima la memoria antes que la revisara. Debía encontrar un lugar seguro, escondido, fuera del alcance de la vista de cualquier curioso. Todo se encontraba en penumbras, la desgastada bombilla apenas iluminaba el escaso espacio. Pasó sus manos sobre la ventanilla redonda, pero estaba herméticamente cerrada. El sonido de la marcha del tren sobre los rieles era casi ensordecedor. El inodoro metálico se encontraba soldado al piso, sin remaches ni espacios donde esconder la memoria. El espejo pegado a la pared no ofrecía lugar alguno. "Pensá, Sandra, pensá" se dijo a sí misma. En un rincón se veía una vieja toma de aire, un respiradero, pero desconocía hacia dónde se dirigía; esconderlo allí podría significar que caiga sobre las vías y perderlo para siempre. El olor nauseabundo comenzaba a descomponerla. Debía actuar rápido, Marcelo podría volverse impaciente en cualquier momento. El repentino movimiento del tren le hizo perder el equilibrio; se detuvo, sujetándose del lavamanos de acero inoxidable. En ese instante sus dedos rozaron con una superficie desigual. De inmediato se agachó, a la altura del viejo lavamanos y la vio. Un pequeño espacio entre la bacha y la pared, una hendidura oculta y angosta, pero suficiente para esconder la memoria. ¡Bingo!

La puerta retumbó bajo los golpes que Marcelo le propinaba desde el pasillo. Sandra escuchó su voz, pero no alcanzó a descifrar lo que decía, era evidente que había perdido la paciencia. Necesitaba moverse con rapidez. Arrodillándose sobre el piso, extrajo el diminuto dispositivo. Lo observó un instante, sin poder tener una visión certera del valor que tenía y las cosas que las personas estaban dispuestas a hacer por obtenerlo. Sacudió la cabeza para alejar sus pensamientos y actuar con celeridad. Los golpes volvieron a retumbar en el pequeño cubículo. Tomó la memoria y la introdujo con extremo cuidado en el espacio que había entre el lavamanos metálico y la pared. Calzaba perfectamente. Después abrió la cartera y tomó un chicle, lo masticó unos instantes y luego tapó la hendidura con él. Ahora se encontraba totalmente fuera del alcance de la vista. Era casi imposible que alguien decidiera retirar el chicle masticado de aquel sitio y revelar la ubicación del dispositivo. Una leve sonrisa se dibujó en su rostro. Se puso de pie de inmediato y se dispuso a cerrar la cartera. Fue cuando una loca idea cruzó por su cabeza. Tomó su lápiz labial y lo hizo girar entre sus dedos. Volviéndose hacia el espejo comenzó a escribir rápidamente sobre él.

Nuevamente los golpes hicieron temblar la puerta, haciendo saltar uno de los tornillos del pasador. Sandra cerró la cartera y de inmediato abrió para salir al pasillo. Marcelo estaba de pie, delante de ella, impidiéndole el paso. Empujándola con su cuerpo, la obligó a retroceder. Sin poder impedirlo, ambos ingresaron nuevamente. Fue entonces cuando el joven giró la cabeza, tal vez guiado por la mirada de terror que Sandra no podía disimular. Allí, sobre el espejo roto, escrito con lápiz labial, podía leerse "Ayúdenme. Secuestrada. 36 V." Marcelo la toma entre sus brazos con fuerza, cortándole la respiración. Sandra quiso gritar, pero le fue imposible. Vio la cabeza del joven acercarse rápidamente y golpear su frente, justo antes de que el mundo girara a su alrededor y quedara sumergida en oscuridad.

Las luces del vehículo cortaban la noche cerrada como una cuchilla afilada mientras avanzaban velozmente por la calle desierta. Sin aminorar la marcha, Javier Ledesma aferraba con fuerza el volante, dando tumbos al pasar por los incontables badenes. Sus cuatro compañeros permanecían en silencio en el interior del coche, tratando de imaginar en sus mentes lo que les depararía aquella misión. Conocían muy bien al Lince y estaban dispuestos a todo para llevar adelante lo que él tenía encomendado. Pablo, Rodrigo, Gari y Adrián eran jóvenes de edad, pero habían llevado a cabo incontables operativos de seguridad alcanzando el éxito en todos ellos. Todos eran agentes de seguridad del más alto nivel, especializados en tácticas antiterroristas y estaban entrenados para enfrentar cualquier circunstancia.

El grupo estaba muy bien conformado hacía más de diez años y la comunicación era excelente, y eso era vital para cada uno de ellos. Cuando Javier los puso en conocimiento de la operación, horas antes, todos se sintieron perplejos, abrumados ante la magnitud de lo que se les presentaba. Lo cierto era que no era una operación de rutina, ni mucho menos fácil de llevar adelante. Debían enfrentarse a Mario "el Colo" Trelles, sin tener en cuenta que contaban con el apoyo de Leonardo Gómez y sus más fieles hombres, policías corrompidos por dinero que actuaban sin pensar bajo sus órdenes. Todo esto, en un contexto que no podía ser peor. Más de quinientas personas a bordo de un convoy que, sin no calculaban mal, estaría para entonces cruzando la localidad de Burzaco. Y, entre esas personas, se encontraría Sandra, la esposa del Lince. Si es que todavía estaba con vida.

La reciente llamada de la oficina central detonó como una bomba en el interior del vehículo. La información certera había llegado a oídos del equipo durante el operativo. Ya se había confirmado. Una mujer había aparecido muerta a un costado de las vías a la altura de la localidad de Remedios de Escalada. Al parecer, sería una mujer joven y habría sido arrojada de la formación número 307. Sus pertenencias se hallaron pocos metros adelante. Su cartera había sido cortada en pedazos y su cuerpo llevaba signos de golpes de puño. Esta devastadora noticia había provocado en Ledesma un sentimiento de impotencia y sed de venganza. Maldecía a Gennaro por haberla elegido, en contra de su voluntad, como mula de carga de tan delicada información. Desde aquella llamada, había permanecido en silencio, pensativo, con su mirada ausente. Los demás habían optado no interrumpirlo, permaneciendo en silencio durante el resto del viaje.

El coche aminoró la marcha. Pocos metros adelante, en un paso a nivel cuyo tránsito había sido bloqueado, se encontraban varios patrulleros de la policía. Las luces intermitentes iluminaban la escena con tonos rojizos y azulados, dando un espectáculo irreal en la noche. Una multitud de curiosos se amontonaban alrededor. Javier se preguntaba qué los había hecho despertar a esas horas de la noche. Lentamente fue acercándose hasta detenerse a pocos metros. Con un ademán, les indicó a sus compañeros que permanezcan en el vehículo.

A medida que se acercaba a la escena, Javier contenía la respiración. Sentía su pecho estremecerse cada vez más mientras observaba a los uniformados hablar entre sí de diversos temas. Uno de ellos se acercó para detenerlo pero, luego de identificarse, Javier pudo continuar. A un costado de las vías se hallaba un cuerpo sin vida, precariamente cubierto por un plástico rojo. Sus cabellos sobresalían, al igual que un charco de sangre que se escurría entre el canto rodado. Javier se acercó aun más al cadáver. Arrodillándose a un lado, descubrió parcialmente el cuerpo para ver el rostro de la mujer. Se sintió terriblemente mal por la pobre desdichada al percibir un alivio recorrer su cuerpo. No se trataba de Sandra. No era ella. Aún estaba en aquel tren. Quizás con vida.

Un oficial se acercó mientras encendía un cigarrillo, echó el humo hacia un lado y se detuvo junto a él, contemplando el cadáver.

—Su nombre es Sandra Marcela Gauna —le informó—. Treinta y cuatro años de edad. De la Ciudad de Buenos Aires. Más precisamente de Colegiales.

—Entiendo —dijo Ledesma recobrando el aliento—. ¿Identificaron al asesino?

—No —respondió el oficial—. Aun no sabemos si fue suicidio o asesinato.

—Pero sus pertenencias, los golpes… —dijo Javier frunciendo el entrecejo. Se detuvo. No era momento para discutir la falta de sentido común— ¿La formación continuó con su recorrido programado?

—Afirmativo. Dispusimos a seis compañeros para que escolten a los pasajeros durante el trayecto mientras identificamos a cada uno de ellos.

—¿Quién está a cargo del operativo? —preguntó Javier.

—Gómez —contestó—. El comisario Leonardo Gómez.

Aquellas palabras fueron suficientes para Javier. Se despidió del oficial con un ademán y regresó tras sus pasos hacia el vehículo, donde lo esperaban sus compañeros. Rápidamente ingresó y se ubicó tras el volante. El coche avanzó con prisa por la calle paralela a las vías del ferrocarril Roca. A su lado, Rodrigo rompió el silencio.

—¿Novedades?

—Sandra está con vida —respondió Javier—. La mala noticia es que está aun en el 307. Gómez y seis uniformados están arriba de la formación, no sabemos cuántos de ellos están involucrados.

—La situación está empeorando —agregó Gari en el asiento trasero.

—Debemos encontrar a Trelles —indicó Javier—. Seguramente está al frente de todos ellos.

8

LONGCHAMPS

Lentamente fue recobrando la sensibilidad en sus extremidades. Podía sentir la sangre fluir nuevamente por sus venas, provocando un intenso cosquilleo bajo la piel. Segundos después los sonidos comenzaron a aparecer uno tras otro, llegando a sus oídos como un rumor lejano que se iba aclarando con el paso del tiempo. Un murmullo continuo, casi opacado por el rítmico sonido del andar de un tren. Sentía su boca seca, áspera. Un intenso dolor de cabeza la invadió por completo, obligándola a mantener los ojos cerrados. Se descubrió sentada, con la cabeza hacia atrás, meciéndose al ritmo del sonido que llegaba a sus oídos ahora más intensamente. Tenía miedo de abrir los ojos, de descubrir la realidad, una realidad que tenía mucho de pesadilla. Lentamente, como un desfile de imágenes, comenzaron a surgir los recuerdos de días pasados. Las ideas y pensamientos volvieron a recobrar intensidad en su mente.

Ahora podía entenderlo todo. Sabía dónde se encontraba y por qué. Tenía conciencia de quién estaba a su lado y qué era lo que quería de ella. El pulsante dolor en su cabeza volvió a intensificarse. Hizo un esfuerzo y abrió los ojos muy lentamente. La luz intensificaba el dolor, pero debía mirar a su alrededor.

Una voz vino de su izquierda. Una voz reconocible. Una voz que le provocaba temor, impotencia y desesperación.

—Sandra... —le susurró al oído— Lamento lo ocurrido, pero tuve que hacerlo. No debiste haber hecho eso, Sandra. No debiste hacerlo.

Paulatinamente giró su cabeza hacia el joven que estaba a su lado. Marcelo era su nombre. Se encontraba limpiando un hilo de sangre que caía desde su cabeza, por debajo del cabello. Lo miró fijamente, cada uno de sus gestos, de sus rasgos. No sentía fuerzas para hablar, ni siquiera para moverse. Frente a ella, la pareja de ancianos se encontraba apoyada en sus asientos, mirándola. La mujer acarició suavemente su cara.

—¿Te encuentras bien, querida? —preguntó.

Sandra no respondió, sentía que el mundo a su alrededor giraba en torno a ella con increíble rapidez. Marcelo guardó el pañuelo de papel.

—No se preocupe, señora —dijo—. Está bien, no le pasó nada grave. Esta situación en el tren la puso nerviosa y le bajó la presión. Se desmayó en el baño —agregó— y golpeó su cabeza con el lavamanos. Por suerte estaba yo ahí.

La anciana escuchó el relato y luego volvió a acomodarse en su asiento. Un instante después, y luego de un leve codazo, su marido la siguió. Una mujer se detuvo en el pasillo, junto a Marcelo, sosteniendo un vaso plástico en la mano.

—Aquí tiene el agua para su novia —dijo con un gesto de preocupación—. ¿Está mejor?

—Mucho mejor —asintió Marcelo, sosteniendo el vaso—. Muchas gracias.

Marcelo se mantuvo en silencio, hasta que la mujer volvió a su asiento. Luego acercó el vaso con agua a la boca de Sandra, quien bebió todo su contenido. Acto seguido bajó la mirada, escudriñando el piso bajo sus pies.

—Mi cartera —susurró.

—Tu cartera ya no está en el tren —afirmó Marcelo. Luego de un momento continuó—. Te lo voy a pedir por última vez. La próxima no seré tan amable. Necesito que me des la memoria de almacenamiento que Gennaro te entregó.

Sandra negó lenta y reiteradas veces con su cabeza. Sentía que las palabras no salían de su boca.

—Ya te lo dije… —contesó pausadamente— No tengo ese maldito dispositivo. No sé dónde está ni quién lo tiene.

Marcelo guardó silencio. La observó detenidamente por un momento, como esperando una respuesta que, sabía, no iba a recibir. Inspiró profundamente e hizo sonar sus dedos. Extrajo su celular y comenzó a teclear un mensaje en él. Después de un instante lo guardó y volvió a dirigir su mirada hacia Sandra, que permanecía inmóvil, con la mirada perdida en la oscuridad de la noche.

—Muy bien —dijo—. Será como quieras que sea. La verdad es que me estabas cayendo bien, ¿sabés? Pero tengo un trabajo que terminar esta noche —agregó mientras abría su mochila—. Te aseguro que no quiero hacer esto, pero…

Fue en ese momento cuando sintió una mano en el hombro. Giró su cabeza para ver a un policía uniformado de pie, junto a él. Casi instintivamente llevó su mirada hacia su otra mano, que se mantenía a centímetros del arma reglamentaria. La cubierta del estuche se encontraba abierta. Estaba listo para accionar, llegado el momento. Supo en ese instante que la situación se estaba volviendo difícil.

—¿Es usted Marcelo Nova? —preguntó.

—Sí, lo soy.

—Necesito que me acompañe ahora mismo, por favor —afirmó el uniformado tomándolo del brazo.

Marcelo tomó su celular y se puso de pie. En el otro extremo del coche se encontraba un segundo oficial, observando todo el movimiento. Giró la cabeza para ver a Sandra, que parecía ajena a lo que estaba ocurriendo a su alrededor. Con el policía tomándolo del brazo, Marcelo avanzó por el pasillo. Unos pasos más adelante volvió a mirar hacia atrás, su mochila continuaba allí. Debía regresar pronto.

Una sensación de libertad la invadió al ver el asiento contiguo ahora vacío. Al mirar hacia atrás, Marcelo y los dos uniformados habían desaparecido. El mundo a su alrededor aun giraba con rapidez y un fuerte dolor punzante invadía su cabeza. No podía pensar con claridad, pero debía aprovechar la oportunidad. Apoyó sus manos sobre el asiento delante de ella y se puso de pie lentamente. Estaba decidida a terminar con la pesadilla. La pareja de ancianos estaba hora descansando con sus ojos cerrados. Su teléfono estaba inutilizable y, por más que lo intentase, no podía recordar ningún número. El golpe en la cabeza la había dejado aturdida. Se movió hacia el pasillo, cuando se tropezó con la mochila del joven, que se encontraba abierta a sus pies. Se agachó, revolviendo sus pertenencias con curiosidad. Entre ropa y extraños objetos metálicos, divisó una pequeña pistola calibre 22. Evitando ser vista por los demás, tomó el arma y la escondió en su cintura, debajo de su camisa. Nunca había disparado un arma, pero sabía que podría llegar a hacerlo si su vida dependiera de ello. Además, se sentía más segura sabiendo que aquel asesino se encontraba desarmado. Dejó atrás su asiento y comenzó a caminar erráticamente por el pasillo central hasta la puerta. Necesitaba encontrar un oficial de policía e informarle sobre su situación, pero sabía que no podía hacerlo hasta que ese asesino esté bajo control, de lo contrario, la vida de su sobrina y de su madre corrían peligro. El ya familiar silbato de la locomotora llegó a sus oídos mientras observaba a través de las ventanillas el cartel de una nueva estación que dejaban atrás. Longchamps. Si su memoria no le fallaba, la próxima estación sería Glew, donde la esperaría Javier, su esposo; aunque prefería no ilusionarse demasiado con aquella idea. Giró su cabeza hacia atrás instintivamente. No había señales del él ni de los policías. Continuó avanzando, pasando delante de la puerta del baño de damas, donde sabía que la memoria estaba aún segura. Luego cruzó la puerta, y delante de ella apareció nuevamente el coche comedor.

El salón se encontraba completamente vacío. Muchas de las luces estaban apagadas y las cortinas cerradas impedían ver al exterior. Las mesas estaban desprovistas de manteles y cualquier decoración. Sandra suspiró y continuó avanzando, tratando de mantener el equilibrio a pesar del movimiento del tren, que no parecía aminorar su marcha. Un instante después se hizo presente un hombre vestido con un delantal color bordó. Sandra lo reconoció. Era el mozo que la había tendido un par de horas antes. Lo vio acercarse a ella, con un gesto de desconcierto, negando con su cabeza y alzando las manos.

—Lo lamento —dijo—. El coche comedor se encuentra cerrado a esta hora.

Sandra quiso responder, pero sintió una fuerte sacudida. El suelo a sus pies se movió con rapidez y perdió el equilibrio, cayendo al piso. Delante de ella, el mozo se sujetaba a una de las mesas. El silbato de la máquina se repetía insistentemente. El tren estaba reduciendo su marcha bruscamente. Sandra alzó la mirada, una mano extendida le ofrecía ayuda.

—¿Está usted bien? —preguntó el mozo.

Sandra se puso de pie, asintiendo con la cabeza. Ya no recordaba qué significaba "estar bien". Miró hacia atrás y luego apoyó sus manos sobre los hombros del hombre frente a ella.

—Necesito ayuda —murmuró—. Sé quién es el asesino de la mujer de este tren. Y ahora está detrás de mí.

Ante aquella declaración, el hombre quedó sin palabras. Por un instante permaneció en silencio, atónito. Luego pareció reaccionar.

—Venga conmigo —le dijo—. Tenemos un policía en la cocina.

En el otro extremo del coche comedor, Sandra cruzó una angosta puerta y ante ella apareció la pequeña pero prolijamente ordenada cocina. Contrariamente a lo que había imaginado, todo el amueblamiento de acero inoxidable se encontraba reluciente, pero ese detalle poco le importaba en ese momento. En un rincón se hallaba uno de los cocineros, vestido con un delantal blanco hasta sus rodillas, hablando sonriente con un policía uniformado. Al verla, no disimularon su desconcierto. Sandra se apoyó contra una de las lacenas, sentía que iba a desmayarse en cualquier momento. El mozo se adelantó y le dijo unas palabras al policía. Al escucharlo, el oficial se acercó a ella y le ofreció sentarse en una de las sillas. Una vez sentada, Sandra rompió en llanto. El cocinero le acercó un vaso con agua que bebió a pequeños sorbos, mientras el uniformado se agachaba frente a ella.

—Está segura ahora, no tenga miedo —le dijo—. Ahora bien. Necesito que me diga dónde está él ahora.

De pronto su intercomunicador comenzó a sonar. A través del pequeño parlante se escucharon sonidos extraños, un jadeo acompañado de un sonido gutural. Fue en ese momento cuando todos en la cocina se sobresaltaron al escucharlo. A través de la puerta llegó a sus oídos. Un sonido lejano, pero inconfundible.

Un disparo.

9

GLEW

Javier Ledesma pisó con más fuerza el acelerador. El vehículo avanzaba rápidamente dando grandes saltos por la calle paralela a las vías. Delante de él se alcanzaban a ver las luces rojas del último vagón de la formación. Lentamente el coche se fue acercando, haciendo caso omiso a los semáforos. Agradecía que, a esas horas de la noche, las calles se encontraran completamente desiertas. Unos instantes después el vehículo alcanzó el último vagón mientras se adelantaba lentamente. Delante de sus ojos desfilaron uno tras otro los coches del tren 307. Asido con firmeza al volante, Javier intentaba ver a través de cada ventanilla, en un intento por reconocer la silueta de Sandra. Sólo deseaba que se encontrara con vida. Observó el velocímetro, que marcaba 95 kilómetros por hora. Era una velocidad muy peligrosa para aquellas calles, aún cuando estando desprovistas de tráfico. Sus compañeros se mantenían callados, recorriendo con la vista toda la extensión del convoy que no aminoraba la marcha. En sus cabezas imaginaban una y otra vez qué movimientos y tácticas utilizarían para reconocer y reducir a Trelles, Ledesma y sus hombres. Se preguntaban si todo valdría la pena, si Sandra estaría con vida para ese entonces. No podían comprender del todo la importancia de la información contenida en ese pequeño aparato. ¿Qué era tan importante como para movilizar tantas personas para obtenerlo? Esa operación podría poner en peligro la falsa reputación de Ricardo Sureda y todo su equipo. Un paso en falso y su fachada se derrumbaría por completo; no tendría escapatoria. Además, para ese momento, la vida de las quinientas personas a bordo de ese tren estaba en peligro. Inconscientes de lo que estaba sucediendo realmente, para todos los pasajeros del 307 la situación se encontraba prácticamente bajo control. La muerte de una mujer bajo las ruedas del tren suponía un suicidio premeditado y, de no ser así, había suficientes uniformados en la formación como para detener al sospechoso, o por lo menos para evitar un nuevo acto de violencia. Pero Javier y sus hombres sabían que eso no era real. Lo cierto era que a bordo de aquel tren se encontraba uno de los más peligrosos mercenarios, llamado Mario Trelles, en complicidad con el Comisario Leonardo Gómez y seis de sus efectivos. Pero desconocían cuántos de esos efectivos sabían las verdaderas intenciones de Gómez. Tampoco estaban completamente seguros si Trelles había tomado el recaudo de contar con otro de sus hombres a bordo de ese convoy. A Trelles le gustaba jugar de último recurso, ser la última línea de acción. Prefería arriesgar la vida de sus hombres y, si éstos fallaban, terminar el trabajo con sus propias manos. Y esto Javier lo sabía muy bien.

Sin dejar de acelerar, el vehículo se adelantó lentamente hasta quedar paralelo a la locomotora. Javier aminoró la marcha, igualando la velocidad del tren a su lado. La calle frente a él se abría por varios cientos de metros, suficiente para realizar la maniobra que tenía en mente. De inmediato comenzó a tocar la bocina mientras encendía intermitentemente las luces altas del coche. Estaba consciente que el ruido del motor diesel de la locomotora eclipsaría por completo la pequeña bocina de su vehículo. A través de la ventanilla alcanzaba a ver al conductor y su acompañante, sentados tras los instrumentos de aquella inmensa máquina de más de cien toneladas. Sin dejar de hacer sonar la bocina, Javier hacía un esfuerzo por mantenerse a la par. Fue en ese momento cuando uno de los maquinistas giró la cabeza y asomó su rostro por la pequeña ventanilla de la cabina. Javier y sus hombres comenzaron a agitar las manos a través de las ventanas, haciendo señas que se detengan. El maquinista volvió a su puesto, haciendo sonar el silbato. Seguramente suponían que eran un grupo de jóvenes tratando de divertirse.

En ese momento Pablo desenfundó su arma y sacó su brazo por la ventanilla, apuntando hacia la locomotora. A través del espejo retrovisor, Javier lo observó en silencio. Sabía que era una medida arriesgada, pero no podía concebir otra idea mejor en aquel momento. Segundos después se escuchó un disparo y a lo lejos se vio la chispa de la bala impactando contra uno de los lados de la cabina. Los dos hombres en el interior se agacharon de inmediato y, un instante después, asomaron sus cabezas lentamente. Javier hizo señas que se detengan, sin dejar de hacer sonar la bocina.

—Esto no va a funcionar —afirmó Adrián desde su asiento—. Pasamos de ser un grupo de jóvenes borrachos a piratas de las vías.

Javier y los demás sabían que tenía toda la razón. Debían buscar una manera de detener el convoy antes que llegue a la estación. Si el tren se detenía en Glew, corrían peligro de perder el rastro de Trelles y sus hombres, quienes llevarían consigo a Sandra. A esa velocidad, no quedaba mucho tiempo. Al ver nuevamente el velocímetro, Javier notó que la locomotora había aminorado la velocidad de forma repentina. El disparo los había asustado, pero no lo suficiente para detener el tren. Era cuestión de tiempo para que informen sobre lo sucedido a los uniformados. La situación podría complicarse aún más. Ledesma giró la cabeza hacia Rodrigo.

—Tenemos que abordarlo sobre la marcha —dijo—. Y solo nos quedan unos pocos minutos.

Rodrigo asintió con la cabeza. Sabía perfectamente lo que eso significaba. De inmediato tomó el volante mientras Javier se libraba del cinturón de seguridad y abría la puerta del vehículo en marcha. Con cuidado tomó su arma y un par de cargadores, ajustándolos en su cintura. Luego miró hacia atrás.

—Pablo y Gari. Ustedes van a venir conmigo —les indicó.

Dicho esto, el vehículo aminoró la marcha hasta ubicarse detrás de la locomotora, frente al furgón de carga, lejos de la vista de los maquinistas. Lentamente el coche fue acercándose más a las vías, dando tumbos a medida que pasaba a gran velocidad sobre las irregularidades del terreno. Sosteniéndose del techo del coche, Javier podía sentir el intenso calor que se desprendía del motor diesel de la máquina, diez metros adelante. Bajo sus pies podía notar ahora con más claridad la velocidad a la que estaban avanzando. Detrás de él Pablo y Gari se encontraban ya dispuestos a seguirlo. En sus rostros se marcaba un gesto de temor a medida que se aproximaban más al furgón en marcha.

Javier miró hacia adelante, sabía que una columna, a esa velocidad, podría arrancarle el brazo en un segundo. El camino parecía limpio de obstáculos, por lo menos los próximos trescientos metros, eso significaba unos pocos segundos. Extendió el brazo hasta que sus dedos alcanzaron a tocar la barandilla de una de las puertas del furgón de carga, en seguida su mano se cerró en torno a ésta y de un impulso saltó del vehículo, quedando colgado de un brazo. Escuchó a sus hombres gritar algo, pero no alcanzó a entender. El fuerte viento caliente golpeaba su rostro, el olor a gasoil y aceite era insoportable y le impedía respirar con normalidad. Sentía su chaleco antibalas increíblemente pesado. Bajo sus pies, los durmientes cruzaban a una velocidad increíble. Levantó su pierna hasta lograr asegurarla sobre uno de los escalones de la puerta. Ahora se encontraba firme. Tratando de no perder el equilibrio, sujetó la manija con fuerza y con un movimiento abrió la puerta. En la oscuridad del interior del furgón alcanzó a ver el reflejo de un arma, apuntándole al rostro.

Miércoles 15 de enero de 2014, 01:57h

Todos en el interior de la cocina quedaron en silencio. Al escuchar el disparo, el uniformado se reincorporó inmediatamente y extrajo su arma. Hizo un ademán con su mano, indicando que todos se queden allí, mientras avanzaba lentamente hacia el salón del coche comedor. Segundos después desapareció de la vista. Sandra continuaba sentada, secándose las lágrimas. Aquel sonido pareció no afectarle. Se sintió culpable al desear que aquel disparo hubiese sido para abatir a su captor. Observó al mozo y al cocinero, quienes permanecían en silencio, atentos, con la mirada perdida hacia el salón. Sentada en el rincón, Sandra se puso de pie lentamente. Se sentía mejor, mucho mejor. Una sensación de curiosidad la invadió. Debía saber si su pesadilla había terminado. No podía dejar de pensar en su madre y en Sofía, su sobrina. No tenía noticias de ellas. No tenía manera de saber si la persona que las acechaba les había hecho daño. Tampoco podía alertar a la policía, no tenía dudas que aquel asesino cumpliría su palabra si hablaba. De pronto recordó. La mochila. Marcelo había dejado la mochila en su sitio. Tal vez allí se encontraba el celular con que haría la llamada. Llamada que debía evitar. Necesitaba regresar, y debía hacerlo rápido.

Giró la cabeza para ver a ambos hombres agazapados contra la puerta trasera del coche comedor. Después se asomó hacia el salón. Estaba vacío. Silencio. Lentamente avanzó por el pasillo, intentando ver más allá de la puerta en el otro extremo del coche. El silbato de la locomotora sonó un par de veces, rompiendo la monotonía del ruido provocado por el rápido avance sobre los rieles. Sandra continuó caminando sigilosamente a través del vagón. Solo unos pasos la separaban de la puerta que comunicaba con el coche de primera clase donde estaba su asiento. La mochila. Quizás el celular del asesino. Se preguntaba qué debía hacer cuando lo tuviese en sus manos. Fue entonces cuando vio una silueta acercarse corriendo hacia la puerta. A través del cristal distinguió al policía. Alguien lo seguía. Sandra se paralizó. Con espanto vio al uniformado golpear la pequeña ventana de la puerta con su rostro. Después de eso se escucharon dos disparos. Las personas comenzaron a gritar con desesperación. La locura se había apoderado de aquel coche. El joven policía desapareció tras la puerta, dejando un rastro de sangre sobre el vidrio. Sandra dio pasos hacia atrás. La puerta se abrió lentamente, dejando ver el cuerpo del oficial tendido sobre el piso, sin vida. Un hombre de pie en la puerta sostenía un arma en la mano, tenía uniforme de policía. Sandra no podía comprender bien la situación. Todo era confuso. A medida que retrocedía lentamente, vio la mano del hombre elevarse y apuntarle con el arma. La escena parecía ocurrir en cámara lenta. Vio un resplandor en el extremo de su mano, seguido de un estruendo que le hizo cerrar los ojos, justo antes que la bala impacte en la puerta, en el otro extremo del coche comedor. En ese momento reaccionó. Comenzó a correr hacia la cocina. Detrás de ella escuchó el grito de una voz masculina, reconocible. "¡No la mates!" Estaba segura que era la voz de Marcelo, pero no volteó, continuó corriendo

Atravesó la puerta con la rapidez que sus piernas le permitían. Pasó por delante del mozo y del cocinero, que permanecían allí y continuó su carrera hacia el próximo coche. Se sintió culpable por no avisarles de la situación, pero la adrenalina que corría por sus venas la impulsaban a seguir corriendo, a huir, escapar por su vida, tan lejos como pudiera. Ante ella apareció el coche pullman, con sus ventanas herméticamente cerradas y el fresco aire acondicionado. Los respaldos cubiertos con una fina tela blanca y los televisores suspendidos del techo mostraban una película subtitulada, con el sonido apenas audible. La amortiguación del vagón lo hacía mucho más estable y su hermetismo impedía el ingreso del sonido exterior, haciendo el ambiente más silencioso y agradable. Ajeno a todo lo que estaba ocurriendo, los pasajeros observaron con curiosidad y asombro cuando Sandra cruzó el coche rápidamente.

Al llegar a la puerta, Sandra apoyó todo su cuerpo contra la misma e ingresó al próximo coche pullman, de similares características. No recordaba cuántos de éstos había visto en el andén de Constitución, desconocía qué había más allá de la próxima puerta. Se detuvo un instante, tratando de recobrar el aliento. Sin importarle las miradas que la rodeaban, se apoyó contra uno de los asientos y miró hacia atrás. Nadie la estaba siguiendo, el pasillo del coche anterior estaba libre. Trató de controlar su respiración. Sentía que su pecho iba a estallar en cualquier momento. "¿Estás bien?" escuchó, pero no pudo distinguir de dónde vino la pregunta. Todos a su alrededor la observaban. En ese momento se preguntó dónde estaban los policías que habían abordado el tren, no se había cruzado con ninguno en los últimos dos coches. Sólo deseaba que no hayan terminado como aquel joven.

Las piernas le dolían, al igual que la cabeza. En realidad todo su cuerpo parecía estar al borde del colapso. ¿Qué la había llevado hasta esa situación? Se maldijo por haber aceptado esa carpeta de manos de Damián. Se preguntaba si él también estaría involucrado, y de qué manera. Muchas preguntas por resolver, y ninguna respuesta. Lo único cierto era que, para ese entonces, un grupo de asesinos estaban dispuestos a terminar con su vida; se hallaba atrapada en el interior de un tren y todo dependía de un pequeño dispositivo de almacenamiento cuyo paradero sólo ella conocía.

Lentamente se acercó hasta el otro extremo del coche pullman y abrió la puerta, cruzando el espacio entre los vagones. Al abrir la siguiente puerta, notó que el interior estaba en penumbras. Su vista demoró un instante en acostumbrarse a la oscuridad del ambiente. Avanzó a tientas entre maletas y cajas que se hallaban acomodadas a ambos lados, dejando libre el centro del coche. En ese momento lo reconoció. Recordó haberlo visto mientras observaba la formación llegar al andén. Se trataba del furgón de carga y encomiendas. Cerró la puerta tras de sí y se escondió detrás de una de las cajas de cartón, la más alejada de la puerta. El coche no presentaba ventanas, solo tres puertas anchas a ambos lados. El otro extremo estaba bloqueado. Sandra sabía que del otro lado estaba la locomotora, pues ése, si su memoria no le fallaba, era el primer coche.

En ese momento sintió un golpe en una de las puertas del coche. Había sido provocado desde el exterior. Hizo caso omiso al sonido, tratando de relajarse, cuando lo volvió a escuchar, esta vez más fuerte. ¿Sería posible que haya alguien del otro lado? Era imposible. Se preguntó si se estaba volviendo loca. Instintivamente extrajo el arma que había encontrado en la mochila de Marcelo y la sostuvo en las manos. La hizo girar tratando de descubrir cómo utilizarla. Tenía una vaga idea sobre cómo hacerlo, había escuchado sobre una traba de seguridad, pero no podía reconocer cuál era. Con un sonido metálico y estridente, la puerta se abrió, dejando entrar la luz del exterior. Una sombra se proyectó en el interior del furgón de carga y una cabeza se asomó lentamente. Perpleja y sorprendida, Sandra extendió sus brazos, sosteniendo el arma y apuntando directamente hacia el extraño. La silueta de un rostro recortado contra la luz del exterior le resultaba extrañamente familiar.

10

GUERNICA

El oficial de policía yacía muerto sobre un extenso charco de sangre en el pasillo central del último coche clase turista de la formación 307. A pesar del intenso clima que se vivía en el interior del vagón, las personas permanecían en silencio, inmóviles ante los hombres armados que iban y venían. El silencio era interrumpido por el llanto incesante de un niño, presa del miedo. Las luces de la estación de Guernica cruzaron velozmente haciéndose visibles a través de las ventanillas, luego la oscuridad volvió a adueñarse del paisaje. El silbato lejano de la locomotora llegó a oídos de Marcelo, quien se encontraba de pie, observando al pobre infeliz que yacía ahora en el suelo, sin vida. Ya no quedaban federales fieles a bordo del tren. Los pocos guardias de seguridad y la policía de civil se hallaban ahora reducidos e inconscientes. Sabían que era cuestión de tiempo para que alguien informe lo que estaba ocurriendo y la gendarmería o la policía federal actúen. Había más de quinientas almas a bordo de aquel tren, y estaban conscientes que les era imposible evitar que cualquiera de ellos envíe un mensaje de texto o realice una llamada delatando la operación. Cada minuto que transcurría era vital. Revisando el cargador del arma que había arrebatado al oficial, Marcelo alzó la vista. A su lado apareció un hombre al cual conocía muy bien, y con quien había trabajado ya en varias ocasiones. Su rostro era particularmente reconocible gracias a una cicatriz, una mancha roja en uno de los lados. Aquella mancha parecía hacer juego con el color de su cabello.

—La mujer está en el furgón de carga —afirmó Mario Trelles con su ya conocido tono calmado de voz—. Ya envié a alguien para que la traiga.

—Bien —dijo Marcelo volviendo a guardar el arma—. Me acaban de avisar que vieron el auto del Lince persiguiendo al tren un par de kilómetros atrás —echó un vistazo a través de las ventanillas—. Pero no lo volvimos a ver.

—¿Ledesma? —dijo Trelles con una mueca a modo de sonrisa. Después de resoplar continuó— Que alguien vaya y tome el control de la máquina. No quiero que este tren se detenga sin mi indicación. ¿Entendido?

Marcelo afirmó con su cabeza y se acercó a uno de los suyos para hablarle en voz baja. Mario Trelles se apoyó en uno de los asientos, observando a las personas. Levantó su arma hasta la boca en un gesto de silencio mientras miraba fijamente al niño que tenía delante de él. A pesar de su aparente calma, sabía que el Lince podía haber abordado el tren sin que él o los suyos lo notaran. De ser así, sería cuestión de minutos para que se aparezca en escena. Ledesma era un rival digno y su presencia en aquel lugar representaba un peligro real para toda la operación. Trelles sabía que sus hombres eran leales, pero no estaban lo suficientemente capacitados para enfrentarlo. Si una joven había podido engañar a Nova en sus propias narices, ¿qué podía esperar de los demás? Suspiró profundamente y comenzó a caminar por el pasillo, blandiendo su arma ante la mirada de los pasajeros. Miró el reloj, eran casi las dos y media de la noche, para ese entonces el operativo debía haber terminado. Por la puerta delantera del coche apareció Leonardo Gómez, negando con su cabeza mientras sostenía en sus manos una pequeña valija color azul marino.

—No hay nada aquí adentro —afirmó—. La memoria tiene que estar en su poder.

Trelles no respondió. En un arranque de ira dio un fuerte golpe de puño contra el respaldo de uno de los asientos, haciendo saltar a la mujer que estaba allí sentada. Extrajo su celular del bolsillo y marcó. Debía informar a Sureda sobre lo que ocurría.

Con un sonido metálico la puerta del furgón de carga se cerró nuevamente, sumergiendo el interior de nuevo en penumbras. Gari se dejó caer sobre el piso del coche en un intento por recobrar el aliento. A su lado estaba Pablo, revisando sus armas, a la espera de indicaciones. Delante de ellos, Javier abrazaba con fuerza a Sandra, quien había roto en llanto, sin poder detenerse.

—Jamás imaginé que ibas a aparecer aquí —dijo Sandra entre llantos—. Te juro que lo pensé y lo deseé, pero creí que nunca más te iba a ver... Pensé que...

—Todo va a estar bien —aseguró Javier intentando calmarla—. Las cosas van a salir bien. Vamos a salir de ésta, ¿sí? La policía nos estará esperando en Lezama, ya están informados sobre la situación.

—Amenazaron a mi mamá y a Sofía. Tienen un hombre apuntando a la ventana del departamento —agregó Sandra visiblemente exaltada—. Me lo mostró en su celular. ¡Está esperando que le den la orden para matarlas! ¡Hay que hacer algo! ¡Tengo que avisarles!

—Yo me encargo —afirmó Pablo al tiempo que marcaba en su celular.

—¿Dónde estuviste todo este tiempo? —preguntó Sandra perpleja.

—Es una historia larga de contar —respondió Javier—. Hace poco más de dos meses el servicio de inteligencia de nuestra agencia descubrió los planes de Sureda para apoderarse del nuevo hallazgo de GenAr, más precisamente del proyecto SECTI. Al principio creímos que era una nueva operación de espionaje industrial por parte de Sureda y su desmedida ambición y sed de revancha contra Gennaro, pero con el paso del tiempo y una investigación más profunda descubrimos la verdad —Javier hizo una pausa y continuó—. El proyecto SECTI es el resultado del más ambicioso sueño de Gennaro. Su potencial es ilimitado y el valor incalculable. Elementos suficientes como para que Sureda y sus secuaces intenten lo imposible por obtenerlo. La paga que Ricardo Sureda le prometió debe ser lo bastante grande para que no piensen en rendirse fácilmente. Durante las últimas semanas estuvimos analizando llamadas, emails y mensajes, descifrando cuál sería el próximo movimiento de Sureda.

—¿Sabías todo esto desde un principio? —preguntó

Sandra— ¿Por qué no me avisaste?

—No debía hacerlo. Si sabías la verdad de lo que se estaba planeando es muy probable que intentaran eliminarte. Intenté detenerte en Constitución para evitar que abordes el tren, pero fue demasiado tarde.

—Todo esto es una pesadilla... —dijo Sandra. Los pensamientos comenzaban a acomodarse en su cabeza.

—Lo es —afirmó Javier—. Gennaro quiere esa información de vuelta en su poder y está moviendo cielo y tierra para conseguirlo.

—¿Gennaro? —se sorprendió Sandra— ¿Roberto Gennaro?

—Sí —aseguró Javier— ¿Sucede algo?

—Damián me envió un mensaje de texto unas horas atrás para avisarme que Roberto estaba muerto —hizo una pausa, recordando—. También me lo confirmó quien quería que le dé la memoria.

—Gennaro no está muerto —le aseguró Javier—. Quien apareció muerto fue Damián Raujo, tu compañero. Lo encontraron en su departamento. Al parecer fue una sobredosis.

—Dios... —murmulló Sandra— Él no tomaba drogas.

—La situación es muy compleja, Sandra. Hay más de seis personas a bordo de este tren lo suficientemente armadas para matar a todos con tal de conseguir esa información. Debemos actuar con mucha cautela y rápidamente. Tenemos pruebas suficientes para comprobar la responsabilidad de Sureda en las muertes ocurridas las últimas horas. Pero ahora —dijo, echando una mirada a sus compañeros— debemos encontrar el dispositivo y llevarte a un lugar seguro junto a los demás pasajeros de este tren.

—Estoy confundida —dijo Sandra cerrando los ojos—. Ya no sé en quién confiar, Javier.

Poniéndose de pie, Javier y Pablo prepararon las armas y se ajustaron los chalecos antibalas.

—Confía en mí —dijo Javier mientras acariciaba el rostro de Sandra y secaba sus lágrimas—. Es muy peligroso que te vean. Tenés que quedarte aquí, Gari va a cuidarte. Pablo y yo debemos tomar el control del tren y resguardar la información de ese dispositivo. Pero ahora —agregó— necesito que me digas dónde lo escondiste.

11

ALEJANDRO KORN

Miércoles 15 de enero del 2014, 02:35h

Ricardo Sureda se encontraba cómodamente sentado en la mejor mesa del exclusivo restaurant ubicado en la terraza del Hotel Faena Buenos Aires, disfrutando de una agradable vista al río. Frente a él se hallaba Lucía Iñasky, de 28 años de edad, surfista y diseñadora de moda. El lujoso restaurante le proporcionaba una excelente vista de la ciudad y del Río de la Plata. La mesa de Sureda se hallaba apartada del resto, junto a un gran ventanal que lo protegía del viento. Una palmera decorativa agitaba sus hojas a merced de la suave y cálida brisa de verano. Lucía disfrutaba de una variada tabla de quesos mientras bebía un sorbo de vino francés Château Margaux en su copa de cristal. Sureda hacía girar en su mano el Macallan del año 1947 en su vaso de whisky.

—Mañana tengo que partir para Barcelona —le comentó.

—¿Mañana? ¿Para qué? —preguntó Lucía mientras bebía otro sorbo de vino.

—Temas de negocios. ¿Querés venir?

—¿Barcelona en enero? No lo creo.

—Después podríamos dar una vuelta por París —le propuso Sureda para convencerla.

—Pero que sea en primera clase…

En ese instante el teléfono de Ricardo sonó rompiendo la tranquilidad de la conversación. Era su celular encriptado. Observó la pantalla y apoyó el vaso de whisky sobre la mesa.

—Disculpame —dijo y se alejó varios metros, al otro lado del restaurant.

En la pantalla del celular se veía el nombre de Mario Trelles. Ricardo atendió de inmediato, girando su cabeza a ambos lados asegurándose que el sitio se encontraba despejado. Se llevó el celular a la oreja, escuchando la voz de Trelles. Se lo notaba nervioso.

—Ricardo, perdón que lo moleste a estas horas, pero las cosas aquí se complicaron un poco —dijo de forma acelerada—. Necesitamos una hora más para terminar con el operativo.

—¿Sucede algo que no sepa? —preguntó Ricardo. La respuesta de Trelles se hizo esperar.

—Hubo una confusión y… una mujer murió. La policía subió a la formación.

—¿La policía? —repitió Ricardo en voz alta, de inmediato giró la cabeza, nadie lo había escuchado— ¿Acaso me está cargando, Trelles?

—Por suerte pudimos contar con el apoyo de Gómez

que de inmediato se hizo cargo del operativo —afirmó Mario.

—¿Alguien más resultó herido?

—Las cosas no están bien aquí —confesó—. Hay dos policías muertos y tenemos a varios de civil reducidos. Tuvimos que tomar control del tren.

—Dios santo… ¡Sólo necesitaba encontrar una miserable memoria en manos de una mujer! ¿Tan difícil puede ser eso para usted, Trelles? ¡¿Dos policías muertos!? —hizo una pausa, la situación no podía ser peor— Esto va a salir muy caro.

—Hay algo más —continuó—. Ledesma está en el tren. No sabemos con cuántos más.

Sureda permaneció en silencio unos instantes, apoyándose sobre la barandilla que miraba hacia las luces de la ciudad. Alejó el teléfono y cerró los ojos, sintiendo la brisa en su rostro. El corazón se le aceleró, no podía pensar claramente. Necesitaba una salida rápida a la situación, de lo contrario todo el operativo se derrumbaría, al igual que su carrera y su propia vida. Debía apoderarse de esa información, después se ocuparía de todo lo demás. Acercó nuevamente el celular a su oreja.

—Escúcheme, Trelles —dijo—. Tiene exactamente una hora para resolverlo todo. Voy a estar esperando su llamada para informarme que tiene la memoria en su poder. ¿Me escuchó?

—Entendido —afirmó Trelles tímidamente.

—No quiero ninguna excusa. Si tiene que eliminar a todo el mundo en ese maldito tren, quiero que lo haga, pero tráigame ese dispositivo. Una cosa más, Trelles —agregó—, termine de una vez por todas con Ledesma.

Dicho esto desconectó el celular, lo guardó en su bolsillo y regresó a la mesa donde Lucía lo estaba esperando. Le dio un frío beso en la mejilla y tomó su saco.

—¿A dónde vas ahora?

—Tengo que irme. Es urgente. —afirmó Sureda al tiempo que alzaba la mano para llamar al mozo, quien se acercó de inmediato.

Lucía hizo un gesto de disgusto y bebió otro sorbo de vino.

—Hacé lo que quieras —dijo sin mirarlo.

Ricardo metió su mano en el bolsillo y extrajo un fajo de billetes de cien; sin contarlos se los entregó al mozo.

—Ocúpese de que no le falte nada a la señorita —le indicó, y se alejó a paso rápido para perderse en el interior del hotel.

El convoy avanzaba rápidamente sobre las vías en un intento por recobrar el ritmo después de la última parada producto del incidente con la mujer. A lo lejos se alcanzaban ver las escasas luces de la estación de Domselaar. El paisaje alrededor había cambiado por completo, ahora las calles de tierra, el campo y las casas bajas eran predominantes todo alrededor. La ciudad y el barrio habían sido reemplazados por pequeños pueblos de pocos habitantes. El silbato de la locomotora resonó con fuerza rompiendo el silencio de la noche. En el exterior todo era calma y silencio, una perfecta noche de verano. No podía decirse lo mismo en el interior de la formación 307.

Los pasajeros permanecían en silencio, alertas a los movimientos de cada uno de los hombres armados. Algunos intentaban utilizar sus celulares sin ser descubiertos. Otros se mantenían con la mirada perdida en las ventanillas, abstrayéndose de la situación. Completamente ajenos a lo que sucedía a su alrededor, algunos niños continuaban con su juego habitual. Un clima de extrema tensión se vivía en cada uno de los coches. Ninguno podía vaticinar qué sucedería los próximos minutos, tampoco tenían en claro qué estaba sucediendo. Era evidente que no se trataba de un robo. Había quienes sospechaban de un secuestro al tren, mientras otros aseguraban en voz baja que la presencia de aquellos hombres se debía a un comando suicida de un grupo de extremistas.

Mario Trelles guardó el celular nuevamente en su bolsillo y se acercó hacia Marcelo, pasando por encima del cuerpo sin vida del policía.

—Acabo de hablar con Sureda —le informó— Está al tanto de lo que está pasando. Vas a tener que eliminar a Ledesma si querés recibir la paga.

—Eso no fue lo que acordé con él.

—Fue una gran equivocación haber matado esa mujer —dijo—. Las cosas cambiaron mucho para todos aquí.

—¿Y la joven? ¿Qué hacemos con ella? —preguntó Marcelo.

—Lo importante es terminar con el Lince —afirmó Trelles—. Si tenés que matarla, hacelo. Luego nos ocuparemos de encontrar esa dichosa memoria o como le llamen.

12

DOMSELAAR

Miércoles 15 de enero del 2014, 02:43h

La formación 307 se deslizaba a gran velocidad sobre las vías de la línea Roca con destino Mar del Plata. El silencio de la noche de verano se veía interrumpido únicamente por el intenso y continuo rugido del motor diesel de la locomotora. A su alrededor era todo calma y oscuridad, las estrellas brillaban intensamente en el cielo. Sentado cómodamente en su pedestal de conducción, en el interior de la cabina de la GT22, Alberto Cruz observó las cartas que le habían tocado en suerte con un leve gesto de picardía. Alzó la mirada para ver a su compañero, de pie y apoyado contra la pequeña puerta de ingreso. Aunque la locomotora podía controlarse con un solo operario, Alberto siempre solicitaba la compañía de un segundo maquinista, con quien pudiera sobrellevar las largas horas de aquellos viajes nocturnos. Además, nunca estaba de más una ayuda idónea ante cualquier inconveniente. A sus 56 años, Alberto llevaba ya más de la mitad de su vida sobre las vías y conocía perfectamente cada centímetro del trayecto; al igual que el sonido de esa vieja máquina que, según él, ya formaba parte de su familia. Restaban sólo dos meses para jubilarse y retirarse de aquel trabajo que había significado tanto para él. No podía imaginarse un día entero sin estar a bordo de esa locomotora. Haciendo un esfuerzo por ocultar cualquier gesto que lo delate, Alberto extrajo su sota de oro, apoyándola sobre su pierna. Volvió a contar incrédulamente sus 33 de mano, esperando que su compañero caiga en su ya vieja y predecible táctica, cantando el tan ansiado envido. Su rostro se transformó de inmediato al ver que frente a él aparecía un dos de copa seguido por un cuatro de espada. No había cantado. Abrió la boca para insultarlo cuando sonó su celular. De inmediato atendió la llamada, asintiendo reiteradas veces con su cabeza. Dirigió la vista a su compañero y rápidamente aplicó los frenos de emergencia.

Miércoles 15 de enero de 2014, 02:35h

Las escasas luces del exterior apenas se colaban por entre las diminutas ventanillas de las puertas del furgón de carga. En su interior, Sandra observaba en silencio a Javier mientras éste se preparaba para salir. A su lado, Pablo se disponía para seguirlo. A pesar de su vasta experiencia en diferentes situaciones de riesgo, jamás había pensado siquiera la posibilidad de moverse en el exterior de un tren en movimiento. Una fuerte dosis de adrenalina lo invadía, impulsándolo a lo desconocido. Volvió a chequear todo su equipo para evitar cualquier contrariedad y giró su cabeza una vez más para ver a Sandra, sentada sobre el piso del furgón, visiblemente nerviosa. Abrió el portón hacia un lado con un estridente ruido metálico, dejando entrar el viento cálido. Pocos centímetros más abajo el suelo pasaba a una velocidad aterradora. Podía ver las ruedas de acero girar velozmente mientras se deslizaban por las vías. Un paso en falso significaría una muerte rápida y segura. Se aferró a la parte superior de la puerta y, apoyando sus pies sobre uno de los lados, lentamente se fue deslizando hasta desaparecer de la vista. Aún en el interior del furgón, Pablo miró su reloj. Tal como lo habían acordado, en cinco minutos debía seguirlo. Se escuchó un sonido seco sobre sus cabezas. Javier había alcanzado el techo con seguridad. En el otro extremo del coche, Gari cerraba con el diminuto pasador metálico la puerta de acceso que comunicaba el furgón con el coche contiguo. Fue en ese momento cuando los vio.

Agazapado contra la puerta, Gari observaba en silencio a dos hombres acercarse lentamente por el pasillo del vagón anterior, portando sus armas. Estaban vestidos con sus uniformes de policía, pero sabía que se encontraban bajo las órdenes de Gómez. Seguramente vendrían por Sandra. Los pasajeros los observaban con curiosidad. Algunos intentaban realizarles preguntas sobre lo que ocurría, pero de inmediato se sorprendían ante la indiferencia. Girando su cabeza rápidamente, Gari hizo señas a Pablo para informarle. De pronto se escuchó un intenso sonido agudo, un estridente y penetrante ruido metálico. A través del portón abierto podían observarse una lluvia de chispas que provenían de la parte inferior de la locomotora. El coche se estremeció y ambos perdieron el equilibrio, cayendo al piso. Sandra se aferró con todas sus fuerzas a uno de los contenedores. El furgón se sacudió por completo. Cubriéndose la cabeza, Sandra intentó esquivar varias cajas que se desplomaban en el suelo. Luego de unos segundos todo quedó en calma. Solo se podía escuchar el rugir del imponente motor de la locomotora regulando. A través del portón observaron el paisaje nocturno. El tren se había detenido.

Miércoles 15 de enero de 2014, 02:38h

Haciendo un esfuerzo sobrehumano, Javier se aferró con todas sus fuerzas a la diminuta abertura que había descubierto en la superficie del techo del furgón. Podía sentir el intenso calor de la máquina golpear su rostro. Un olor insoportablemente penetrante a gasoil ingresaba por su nariz, impidiéndole respirar con normalidad. Con un último movimiento hizo pie sobre el techo y respiró profundamente, recuperando fuerzas. La velocidad del convoy se podía sentir con más intensidad desde esa posición. Apoyó ambas manos sobre la superficie metálica y comenzó a avanzar lentamente sobre el furgón. Se preguntaba si alguna vez hubiese imaginado estar en esa situación, digna de una película de James Bond. La respuesta era un rotundo "no". Paso a paso intentaba afirmar sus pies sobre la superficie metálica. Giró la cabeza hacia adelante para asegurarse que no se acercara ningún puente o estructura que pudiera derribarlo, pero el camino se encontraba totalmente despejado. A su alrededor era todo oscuridad, campo abierto, interrumpido únicamente por una aislada y pequeña construcción. Continuó avanzando haciendo lo posible por mantenerse en el centro y no perder el equilibrio en el vaivén del andar. Lenta y cuidadosamente cruzó el espacio que separaba el furgón del segundo coche, pasando por sobre el fuelle. Un instante después continuó la marcha hacia el tercer vagón. Esquivando las tomas de aire con dificultad, se acercó a la unión del segundo y tercer coche pullman. Debía ingresar. Se detuvo un instante para calcular el procedimiento. Una equivocación, por más pequeña que sea, significaba una muerte segura. Observó la superficie redondeada del borde del coche y, después de unos segundos, apoyó sus pies sobre el fuelle de goma. Se aferró a uno de los lados y comenzó a descender lentamente por uno de los costados hasta que sus pies se apoyaron sobre el paragolpes metálico. De pronto, traído por el viento, llegó a sus oídos un sonido distante, agudo y estridente. A lo lejos, en la oscuridad, distinguió una brillante lluvia de chispas que se escapaban de la parte inferior de la locomotora. Todo su mundo se sacudió por completo y sus pies perdieron el apoyo. Se vio caer y, en un acto reflejo, extendió sus manos para aferrarse a un artefacto que sobresalía de la superficie del coche. Las suelas de sus mocasines rozaban las vías. Podía sentir el calor intenso provocado por la fricción. El sonido se hacía cada vez más intenso y podía sentir sus manos resbalarse irremediablemente. Bajo sus pies, las vías se acercaban peligrosamente, cada vez más cerca.

Miércoles 15 de enero de 2014, 02:49h

Gari se reincorporó inmediatamente y se agazapó a un lado de la puerta, luego se asomó lentamente por la ventanilla. Giró para ver a Pablo a su lado, frunciendo el entrecejo. Los hombres no estaban. De inmediato hizo una seña. A través de una de las ventanillas observaron a los dos uniformados caminar a un lado de la formación, rumbo a la locomotora. Inmediatamente Pablo hizo una seña con su mano y abrió la puerta para ingresar al coche pullman, dejando a Gari al cuidado de Sandra, en el interior del furgón de carga. Caminó sigilosamente por el pasillo central ante la vista atónita de los pasajeros. Su vestimenta digna de un agente SWAT llamaba poderosamente la atención. Su sola presencia provocaba miles de murmullos a medida que avanzaba sin quitar la vista de los dos hombres que continuaban su caminata en el exterior. El desconcierto y temor de las personas era comprensible. Su apariencia y su actitud frente a aquellos dos supuestos policías no podían significar otra cosa que el malo sería él mismo. Pero confiaba en que ninguna de esas personas, en un ataque de heroísmo, intentara reducirlo. Su apariencia y las armas que portaba eran suficientes para intimidar al hombre más decidido.

Evitando realizar cualquier sonido, descendió por la escalerilla metálica del vagón. A lo lejos, observó a los dos uniformados acercarse a la locomotora. De inmediato apareció en escena una tercera persona, descendiendo de la cabina de conducción con una linterna en su mano. A pesar de la oscuridad, Pablo vio a uno de ellos levantar el arma y apuntarle. Fue entonces cuando vio un resplandor y un segundo después llegó a sus oídos el sonido de un disparo. El hombre con la linterna se desplomó en el suelo. Pablo comenzó a correr. Se detuvo a pocos metros y, agazapándose tras la locomotora, disparó. El impacto dio de lleno en la espalda de uno de los hombres, derribándolo. El segundo, al ver lo ocurrido, comenzó a correr hacia la cabina de conducción.

El sonido de dos disparos sobresaltó a Alberto Cruz, obligándolo a asomarse por la ventanilla de la cabina. A pocos metros vio a un hombre acercarse corriendo con un arma en la mano, otro lo seguía de cerca. De inmediato giró hacia los controles y, quitando los frenos, accionó la maquinaria en su potencia máxima, la número ocho. Con un imponente rugido en aumento, la locomotora comenzó a moverse lentamente e ir cobrando velocidad con rapidez. De pronto escuchó un sonido metálico y vio al uniformado ingresar en el interior la cabina, apuntándole a la cabeza con su arma. Alzando las manos, Alberto retrocedió. Sin mediar palabras, el policía lo tomó del cuello y, sin dejar de apuntarle a la cabeza, giró sobre su espalda.

Con la locomotora en movimiento y ganando velocidad con rapidez, Pablo corrió varios metros por sobre las vías paralelas hasta lograr asirse de la barandilla, luego ascendió a través de la misma hacia la cabina de conducción. Alcanzó a ver al maquinista de rehén en manos de aquel asesino. Recargó su arma y avanzó sigilosamente hasta ingresar. En el diminuto espacio que la cabina de conducción proporcionaba, alzó el arma apuntando directamente hacia la cabeza del uniformado que mantenía al maquinista de rehén entre ellos.

—¡Soltá el arma o lo mato! —exclamó presionando con fuerza el cañón de su pistola contra el cuello de Alberto.

Pablo permaneció en silencio, sin dejar de apuntarle. Sabía que tenía suficiente puntería para acabar con él, pero también sabía que, un movimiento en falso, y la vida de ese pobre maquinista podría terminar allí. La locomotora estaba alcanzando su velocidad máxima y la cabina toda se mecía al ritmo del avance. Un disparo mal calculado sería fatal. El uniformado volvió a repetir su pedido desesperado. Estaba perdiendo la paciencia, aunque estaba consciente que aquel hombre era el único que sabía cómo detener el tren. Sin soltar al maquinista, dio unos pasos hacia atrás y disparó. La bala rozó la cabeza de Pablo e impactó contra un panel de la cabina, desparramando chispas. De inmediato se agazapó detrás del pedestal de control y un instante después se asomó sigilosamente. No estaban. La puertecilla del otro lado de la cabina se encontraba abierta. Reincorporándose lentamente avanzó. Un hilo de sangre recorría su rostro, sentía un zumbido insoportablemente agudo en su oído derecho. A su espalda, el panel eléctrico desprendía un intenso humo negro, invadiéndolo todo. Arma en mano, Pablo se asomó al exterior. El incesante rugido y el intenso calor producido por el motor a toda potencia eran insoportables. El uniformado se había alejado hacia el extremo posterior de la locomotora, aferrándose a la barandilla mientras que, con su otra mano, sujetaba al maquinista por el cuello. Pablo sabía que en esa posición no podría dispararle rápidamente. Debía actuar con rapidez. Avanzó unos pasos. De pronto, el hombre empujó al maquinista hacia adelante y disparó. Delante de él, Pablo vio una mancha rojiza extenderse por la camisa de aquel trabajador, a la altura del pecho. Un instante después cayó de rodillas al piso para desplomarse y rodar hacia un lado, a las vías. Sin pensarlo, Pablo descargó todo su cargador sobre el uniformado. Apenas iluminado por las luces de la locomotora, vio el cuerpo retroceder empujado por el impacto de los proyectiles para luego caer a las vías, entre la locomotora y el furgón de carga.

13

CORONEL BRANDSEN

Miércoles 15 de enero del 2014, 02:47h

En un último intento, extrajo la navaja de su cintura y, sosteniéndola con fuerza, la clavó en la gruesa goma del fuelle para luego asirse de ella. Alzó la pierna lo suficiente para apoyarla con firmeza sobre el paragolpes del coche. Una vez asegurado, se reincorporó e inspiró profundamente. Por un instante creyó que su vida terminaría bajo las ruedas de aquel tren. Tratando de recobrar el aliento, Javier se apoyó en uno de los lados. La formación había disminuido la marcha rápidamente hasta detenerse por completo. Se maldijo a sí mismo por no haber esperado unos minutos más; de haberlo sabido, no habría tenido la necesidad de caminar por los techos del tren en movimiento. Tomó la navaja y comenzó a cortar el caucho del fuelle hasta abrir un espacio lo suficientemente grande para poder ingresar. Introdujo primero un brazo, después la cabeza y luego el resto del cuerpo. El lugar estaba despejado. A sus oídos llegó el sonido de un par de disparos, pero no supo distinguir la procedencia, sólo deseaba que Sandra o los suyos no estuvieran en peligro.

Giró la cabeza a ambos lados. Los pasillos se encontraban despejados. Los pasajeros permanecían en sus asientos, temerosos de lo que ocurría a bordo del tren. Lo observaban en silencio, murmurando por lo bajo. Se escuchaban rumores de abandonar el tren, otros hablaban de un secuestro terrorista y había quienes aseguraban que se trataba de un robo exprés. Un clima de tensión invadía toda la formación. Javier avanzó por el pasillo con el arma en su mano. De pronto, con un fuerte sacudón, el tren comenzó a reanudar su marcha, esta vez con más fuerza, ganando velocidad rápidamente. Por la ventanilla vio pasar la estación de Coronel Brandsen. Restaban seis estaciones para llegar a Lezama, donde la policía los estaría esperando. Para ese entonces, debería tener la situación controlada. Continuó avanzando, recordando las palabras de Sandra sobre la ubicación del dispositivo de almacenamiento. Si no recordaba mal, se encontraba oculto bajo el lavamanos del baño de damas del primer coche clase primera. Sorpresivamente, la mano de una mujer mayor tomó su brazo al pasar por su asiento.

—Joven, disculpe —le dijo—. Si busca a un policía, pasó por aquí recién y se fue para aquel lado —indicó, señalando hacia adelante.

—Gracias, señora —respondió Javier—. No tengan miedo, sólo permanezcan en sus asientos.

—Por favor, no nos lastimen —agregó la mujer—. Tengo cuatro nietos que me están esperando.

Javier la miró con cierta pena. A pesar de sus palabras

de consuelo, sabía que el destino de toda esa gente estaba en manos de Trelles y sus hombres. No tenía dudas que si alguien se interponía en sus planes, terminaría muerto, sin importar que fuera uno de ellos o cualquier pasajero de ese tren. Trelles, al igual que Gómez, eran personas sin principios, sin ningún valor por la vida ajena, y no dudarían un instante en acabar con la vida de una anciana o de un niño si éste estaba entre ellos y el dinero. Por un instante cruzó por su mente una loca idea, aunque todavía no sabía cómo la llevaría a cabo.

Haciendo caso a las palabras de la anciana, dio media vuelta y comenzó a caminar por el pasillo. Tenía un mal presentimiento. De pronto escucharon nuevos disparos. Esta vez supo la dirección de donde venían. Estaba seguro. En esta ocasión, los disparos provenían de la parte delantera del tren.

Del furgón de carga.

Miércoles 15 de enero de 2014, 02:54h

Abrumado por la increíble velocidad que la formación se desplazaba, Pablo extendió la mano para asirse de la agarradera exterior junto a la puerta del furgón de carga. El intenso viento provocado por la velocidad le hacía casi imposible respirar. Con un nuevo movimiento logró afirmar su pie sobre la plataforma y, de inmediato, giró su cuerpo para caer en el interior del coche. Ya se encontraba a salvo. Recostado sobre el piso del furgón, respiró profundamente. El zumbido en su oído no había desaparecido completamente y sentía un intenso dolor. El interior del coche permanecía en silencio. Un silencio inusual. Luego de un instante giró su cabeza para mirar a su alrededor. El sitio se encontraba vacío. Se puso de pie y avanzó por el furgón en penumbras. Fue entonces cuando lo vio.

Gari se encontraba allí, sobre el piso, en una posición imposible sobre un extenso charco de sangre. Su cuerpo sin vida yacía a pocos pasos de la puerta, con un impacto de bala en su cabeza. Pablo se agachó y tomó uno de los casquillos de bala que había alrededor. Aún estaba caliente. Un par de pisadas marcadas con sangre se alejaban del lugar, hacia el coche contiguo. Se habían llevado a Sandra.

A medida que cruzaba el coche pullman por el pasillo principal, Javier trataba de imaginarse la mejor situación posible, evitando caer en el pesimismo de pensar que Sandra o uno de sus hombres habían caído. Lo más probable sería que aquella balacera hubiese terminado con la vida de uno de los matones de Trelles. El rítmico sonido del avance del tren se había convertido ahora en un ruido constante y monótono. A través de las ventanillas podía notar la gran velocidad a la que estaban viajando. Se preguntaba si a esas alturas los maquinistas no habían sido informados sobre la situación que se estaba desarrollando arriba de la formación. Tal vez tenían órdenes de detener el tren únicamente al llegar a Lezama. Miró hacia atrás para asegurarse que nadie lo estaba siguiendo y continuó unos pasos cuando, de pronto, se detuvo. Alzó su brazo con el arma en la mano, apuntando hacia adelante.

Frente a él, en el otro extremo del coche, se encontraba Leonardo Gómez, el corrupto jefe de policía, otro matón a sueldo de Ricardo Sureda. Presionaba con fuerza su arma contra la cabeza de Sandra mientras la sostenía del cuello. Las personas en el vagón comenzaron a gritar desesperadamente, intentando cubrirse detrás de los asientos, ante un inminente tiroteo. El coche se encontraba sumergido en un completo caos, pero Javier permanecía inmóvil, calculando la situación en silencio sin quitar su mirada de Gómez. Se adelantó unos pasos.

—Soltala —le ordenó Ledesma—. Ella no tiene nada que ver en esto.

—Usted no es quién para darme órdenes, Ledesma —aseguró Gómez presionando con fuerza el cuello de Sandra—. Nos conocemos hace mucho tiempo y ambos sabemos cómo va a terminar esto.

—No tiene por qué terminar mal, Leonardo. Por favor, soltala.

La inseguridad de su posición podía notarse en la mirada nerviosa, vacilante de Gómez mientras sostenía a Sandra en sus brazos. Sabía que la puntería y la rapidez del Lince sería suficiente para abatirlo si cometía cualquier mínimo error. Los pasajeros del coche se encontraban tensos ante la situación, intentando no realizar ningún movimiento que pudiese alterar al asesino, aunque se encontraban confusos ante esa situación. Aquel policía parecía no ser lo que parecía ser. El llanto de varias mujeres y niños, presas del miedo, rompía el tenso silencio. Un intenso rugido se coló por las ventanillas. La formación estaba atravesando el puente que cruzaba el río San Borombón a una velocidad increíblemente rápida. Javier permanecía inmutable, con su mirada calculadora fija en la mano de Leonardo Gómez y la mirada llena de terror de Sandra.

—Bajá el arma y la suelto —dijo finalmente Gómez.

—Bien, bien... —afirmó Javier de inmediato— Voy a bajar el arma ahora.

Acto seguido, Javier bajó el arma y la arrojó al suelo, para luego patearla unos pasos hacia adelante. Gómez observó el arma caer y, con una leve sonrisa, soltó a Sandra para empujarla hacia adelante. Desde el extremo del coche, Javier vio a Sandra caer al suelo de boca; detrás de ella, observó a Gómez apuntarle, dispuesto a disparar. Sin previo aviso, un pasajero se abalanzó sobre el cuerpo de Gómez y, derribándolo, comenzó a golpearlo con fuerza. Javier corrió hacia Sandra, ayudándola a ponerse de pie nuevamente. En ese momento se escuchó un disparo. Alzando la mirada, Javier vio el cuerpo del pasajero permanecer inmóvil en el suelo; segundos después, Gómez se quitó el cuerpo de encima. Aprovechando el momento, Javier tomó nuevamente el arma y corrió hacia Gómez mientras éste intentaba ponerse de pie, visiblemente golpeado.

A pesar de la situación, Javier se rehusaba a disparar el arma en el interior del vagón. Con toda su fuerza dio un fuerte golpe en la cabeza de Gómez con la culata del arma, derribándolo nuevamente. De una certera patada le quitó el arma de la mano y volvió a levantarlo. Un golpe de puño arrojó al comisario hacia la puerta del coche, cayendo sobre las plataformas móviles que unían los vagones. Javier lo siguió, guardando el arma en su cintura. Con una patada en la rodilla, Gómez lo derribó y se echó sobre él de inmediato, intentando asfixiarlo con las manos, pero Javier se deshizo de él rápidamente, empujándolo hacia atrás. Ambos forcejearon hasta golpear la puerta con sus cuerpos y caer en el coche contiguo ante la vista atónita y turbada de los pasajeros, que comenzaron a gritar con desesperación. Javier logró controlarlo y comenzó a golpearlo, casi sin aliento. La contextura robusta de Gómez parecía otorgarle una resistencia superior. Luego de recibir varios golpes, Gómez logró deshacerse de Javier, arrojándolo hacia adelante. Esto le proveyó del tiempo suficiente para ponerse de pie. Con su rostro y manos ensangrentados, metió la mano en la parte trasera de su cintura y extrajo un arma. Los pasajeros comenzaron a gritar de terror, mientras Javier se ponía de pie, tambaleante. Estando en el suelo, vio la mano de Gómez alzarse rápidamente, apuntándole a la cabeza. Fue entonces cuando escuchó el estruendo de un disparo, luego otro y uno más. Javier quedó inmóvil. No había sentido los impactos. Vio el cuerpo de Gómez estremecerse ante sus ojos. Tres manchas rojizas comenzaban a extenderse en su cuerpo, luego cayó de rodillas para derribarse por completo en el suelo, muerto. Javier alzó la mirada para ver a Pablo de pie en el otro extremo del coche, bajando su arma.

—¿Sandra se encuentra bien? —preguntó.

Javier no contestó. De inmediato corrió hacia donde la había dejado. Al ingresar al coche, vio a Sandra reclinada sobre el pasajero que había recibido el disparo. Las personas lo habían ayudado a sentarse. Se encontraba gravemente herido en uno de los costados, pero vivo. Una de las pasajeras se presentó como enfermera y le estaba aplicando primeros auxilios con los pocos elementos que podía encontrar en el coche.

—Está bien —afirmó Sandra—. La bala no parece haber rozado ningún órgano vital. Pero necesita un hospital de inmediato.

—Necesitamos sacar a toda la gente de este maldito tren

—dijo Javier observando su reloj.

—Va a estar difícil —afirmó Pablo mientras se acercaba a ellos—. Los maquinistas están muertos. El tren se encuentra fuera de control.

14

JEPPENER

Miércoles 15 de enero del 2014, 03:12h

Conmocionado por la reciente noticia, Javier permanecía sentado con su cabeza inclinada entre sus piernas, en el pequeño espacio que le proporcionaba la escalerilla de acceso. Observando al exterior, recordaba los momentos que había vivido junto a Gari en los últimos años. Era la primera vez que el equipo sufría la pérdida de uno de ellos. Gari era un excelente compañero, alguien en quien podía confiar hasta su propia familia. Su buena predisposición y su profesionalismo, junto con su excelente buen humor y optimismo hacían que el equipo se fusionara a la perfección. Gari era siempre el mediador cuando se presentaba un conflicto, la persona que equilibraba los temperamentos y los cubría con un manto de calma en los momentos difíciles. Su reciente e inesperada pérdida había sido un muy duro golpe para todos ellos. Pero en aquel momento Javier era consciente que no disponía del tiempo suficiente para lamentarse. El rugido del andar del convoy era intenso y parecía no disminuir. Se encontraban en el interior de una máquina de más de mil toneladas, viajando a ciento veinte kilómetros por hora con más de quinientas almas a bordo. Una máquina sin control; eso, sin contar aquellos que deseaban terminar con sus vidas a cambio del preciado contenido de esa maldita memoria.

Javier bajó la cabeza y cerró los ojos en un intento por establecer las nuevas prioridades de la misión. Detrás de él, Pablo hacía guardia, observando a ambos lados, atento a cualquier nuevo ataque. Sabía que los matones de Trelles podrían estar camuflados entre los pasajeros. El más mínimo movimiento extraño de cualquiera de ellos podría significar la muerte. Una nueva muerte. A su lado se encontraba Sandra, todavía conmocionada por los últimos momentos. A diferencia de ellos, Sandra jamás había presenciado un asesinato, mucho menos había visto a su marido trenzado en una lucha a muerte. Las últimas horas habían sido para ella las más intensas de su vida. Pero, para sorpresa de ellos, aun se mantenía de pie, entera y decidida a servir de ayuda llegado el momento. Era una mujer fuerte y valiente, por lo menos así se había descubierto en el transcurso de las últimas horas. Se acercó lentamente hacia Javier y apoyó su mano en el hombro.

—Debemos encontrar la memoria —le murmuró cerca del oído, en un intento por volverlo en sí y alejarlo de sus pensamientos.

Javier giró la cabeza, mirándola a los ojos. En ella podía encontrar las fuerzas que estaba necesitando. Se sorprendía al verla allí, tan frágil, habiendo presenciado toda esa locura de muerte, esa pesadilla durante las últimas horas. Se sorprendía ante su entereza y su fortaleza. No podía hacer otra cosa que protegerla, aún cuando de eso dependiera su propia vida. Javier se puso de pie. Por un instante permaneció en silencio, con la mirada ausente. Luego de unos segundos reaccionó, dirigiendo su mirada hacia Pablo.

—Debemos encontrar a Trelles —aseguró—. No debe estar sólo. Si el policía con el que hablé en Burzaco estaba en lo cierto, aún quedan tres de sus hombres a bordo de este tren.

Pablo revisó su arma y volvió a guardarla en su cintura. Echó un vistazo al rostro de Javier, que se encontraba fuertemente golpeado.

—¿Estás bien? —le preguntó.

—Mejor que nunca.

A pesar de sus palabras, Javier sabía que no estaba en su mejor forma. Los golpes recibidos por Leonardo Gómez minutos antes habían sido muy duros y certeros. Sentía que le dolía cada centímetro de su cuerpo, y respirar se había vuelto una tarea difícil. Pasó su mano sobre la boca, limpiándose la sangre. A su lado, Sandra cortó un trozo de su camisa y se limpió parte de su rostro..

—Yo puedo ayudar —dijo—. Pueden darme un arma. No debe ser difícil usarla.

—No creo que sea conveniente —aseguró Pablo negando con su cabeza.

—Creo que tiene razón —afirmó Javier—. Dale el arma de Gari. Enséñale cómo se dispara y a recargarla. Debemos movernos de inmediato.

Al oír las palabras de Javier, Pablo extrajo el arma que había tomado del cuerpo de Gari y se la entregó a Sandra.

Mientras le daba instrucciones precisas sobre su funcionamiento, Javier se alejó unos pasos y observó por una de las ventanillas. Algo había llamado su atención. Los pasajeros también lo habían notado y estaban alborotados ante aquella imagen. Apenas iluminado por la luz del interior de los coches, podía observarse un denso humo negro que se extendía, paralelamente al tren. Javier se acercó más, solicitando el permiso de las personas que se encontraban sentadas en los asientos y asomó su cabeza al exterior. Al mirar hacia adelante, alcanzó a distinguir la procedencia de aquel humo con un intenso olor a caucho quemado. Sus temores se hicieron realidad. Provenía de la cabina de conducción de la locomotora. No habían llamas, únicamente el denso humo. Era más que seguro que eso significaba una falla en el panel eléctrico. Javier, desconocía por completo el funcionamiento de la locomotora, pero sabía que no era normal. Algo no estaba bien. Quizás, con un poco de suerte, se detuviera a tiempo antes de llegar a Lezama. Javier miró su reloj mientras regresaba junto a Pablo. Sandra se encontraba practicando la posición de disparo con el arma en sus manos.

—A esta velocidad estaremos en Lezama en aproximadamente media hora —aseguró—. Debemos encontrar ese dispositivo ahora.

Pablo y Sandra asintieron con la cabeza y lo siguieron.

Cruzaron con sigilo toda la extensión del coche comedor, el cual se encontraba totalmente vacío. Sandra se preguntaba dónde estarían el mozo y el cocinero. ¿Estarían aún con vida? Por su mente volvió a aparecer el rostro inconfundible de Marcelo y los extraños tatuajes en su brazo. También recordó el desdichado final de la mujer que había sido su víctima. Pasó junto a la mesa donde se había sentado, el sitio donde había descubierto que era poseedora del elemento tan deseado, aquella memoria que podría significar su propia muerte. Sentía que había transcurrido una eternidad desde aquella vez que había estado sentada allí. Miró hacia adelante, enfocando sus pensamientos en el presente; tenía que estar alerta, debía mantenerse con vida.

Dos metros delante de ella, Javier y Pablo llegaron a la puerta que comunicaba con el coche clase primera, el PA636, donde se encontraba su asiento. Sandra los vio detenerse un instante y agazaparse hacia un lado, asomando sus cabezas para observar el pasillo que se extendía delante de ellos. Unos segundos después, se miraron, asintieron con sus cabezas y abrieron lentamente la puerta. Algunas personas estaban de pie en el pasillo, conversando aireadamente entre ellos sobre qué sería de sus vidas, qué estaba ocurriendo y si llegarían a destino. Otros hablaban a través de sus celulares, dando detalles sobre lo que habían visto y vivido. Había quienes intentaban ver a través de las ventanillas un detalle, un punto de referencia para saber su ubicación exacta. Pocos eran los que permanecían sentados en silencio, con sus miradas ausentes, ajenas a lo que los rodeaba. Sandra, al igual que los demás, sabía que era cuestión de tiempo para que las autoridades tomaran una decisión. No podría imaginarse de qué manera podrían ingresar a la formación en movimiento a esa velocidad. Había escuchado perfectamente a Pablo informar que los maquinistas habían muerto y que el tren se encontraba fuera de control. No tenía que ser muy perspicaz para notar que la velocidad a la que se desplazaban era excesivamente rápida, fuera de lo normal. Sólo deseaba que aquella máquina tuviera un sistema de freno automático, algo que pudiera detenerla de ser necesario. Suspiró profundamente y avanzó unos pasos. No había señales de Marcelo o los demás. Javier ya se encontraba en el interior del baño de damas, mientras Pablo cumplía su rol de guardia en la puerta. Los pasajeros los observaban con recelo, inseguros del rol que estaban cumpliendo.

Luego de unos instantes, que parecieron interminables, la angosta puerta del baño se abrió rechinando; tras ella apareció Javier. Mirando a Pablo, hizo un gesto de negación con su cabeza y alzó la mano, llamando a Sandra. De inmediato Sandra avanzó hasta donde se encontraba. Javier dio unos pasos hacia atrás y ambos ingresaron en el reducido espacio, inclinándose bajo el lavamanos de acero inoxidable.

—¿Éste es el lugar? —preguntó Javier señalando una hendidura entre la bacha y la pared.

Sandra lo miró y pasó su mano por el sitio, metiendo el dedo en el interior del espacio. Luego bajó la mirada. El chicle con el que había disimulado su ubicación se encontraba ahora en el suelo.

—Sí, es aquí, pero… —afirmó Sandra, dirigiendo su mirada hacia Javier, visiblemente desconcertada— ya no está.

15

ALTAMIRANO

Miércoles 15 de enero del 2014, 03:29h

Gracias a la amabilidad de un pasajero, Javier se encontraba sentado en uno de los asientos del coche clase primera, mientras Sandra intentaba limpiarle las heridas con un pequeño pañuelo. Las personas alrededor de ellos los observaban con curiosidad y prudencia. Pocos eran los que se acercaban cautelosamente para conocer sus intenciones e informarse sobre lo que estaba ocurriendo en el tren. Sin dar muchos detalles, Pablo se las arreglaba para calmarlos y garantizarles que todo estaría bien y que pronto llegarían a destino, aún sabiendo que sus palabras tenían poco de cierto. La verdad era que, en ese momento, ninguno de ellos tenía plena certeza de lo que ocurriría los próximos minutos. El tren se encontraba sin control, viajando a una velocidad peligrosamente alta. Sin mencionar que en su interior permanecía uno de los mercenarios más temidos, cuyo objetivo ahora era incierto. Estaban atrapados. Sin ningún plan viable en mente. Lo que importaba ahora era mantenerse con vida, y enfrentar cualquier amenaza que pueda poner en peligro sus vidas, o la de las personas que los rodeaban. Pero todos esos pensamientos se encontraban ahora reservados a ellos tres. Sandra, Javier y Pablo tenían sobre sus hombros la responsabilidad de lidiar con la situación sin alterar a los inocentes que estaban involucrados en el interior del tren 307.

Mientras humedecía el pequeño pañuelo teñido en sangre, Sandra contemplaba a su alrededor. Se sentía insegura con cada pequeño movimiento, esperando que, en cualquier momento, un disparo o quizá una filosa cuchilla atravesara su cuerpo sin previo aviso. Sus movimientos eran bruscos, espasmódicos, debido a la tensión que había acumulado. Revisaba insistentemente la presencia del arma que Pablo le había confiado, palpándola con sus manos en la cintura. Con su mente, repasaba una y otra vez las indicaciones sobre su uso y los consejos recibidos. De eso dependía su vida y, tal vez, la de ellos. Giró la cabeza para reconocer su asiento. Allí estaba, ahora ocupado por una mujer y sus dos hijos, intentando distraerlos de lo que ocurría. Al alzar la mirada, Sandra notó que su valija ya no se encontraba en su sitio. Seguramente Marcelo había regresado para llevársela y revisar su interior en busca del dispositivo. Si ella no llevaba la memoria consigo, sólo había una opción. No debía ser muy listo para comprender que el único lugar que había visitado durante su cautividad en presencia de aquel asesino había sido el baño de damas de ese coche. Ese reducido espacio no presentaba muchas opciones para esconder la memoria. Era cuestión de tiempo para que la encontraran. Se maldijo por no haber pensado en eso en aquel momento. Giró la cabeza una vez más, vigilando cautelosamente a su alrededor. Sólo esperaba que ninguna de aquellas personas hubiese encontrado, por una terrible casualidad, ese dispositivo. Aunque en realidad, pensándolo bien, sería mucho mejor que fuera así.

Se sobresaltó al escuchar el impacto de una maleta al caer sobre el piso del coche. Al igual que ella, muchos se agazaparon detrás de sus asientos para cubrirse de, lo que creían, era el sonido de un disparo. El coche se mecía rítmicamente, prácticamente sacudiéndose por la gran velocidad a la que avanzaba. Una pareja de ancianos se encontraban con los ojos cerrados, tomados de las manos, en lo que parecía ser una oración. Delante de ellos, una familia entera intentaba comunicarse con sus celulares insistentemente. Un hombre de traje caminaba por el pasillo de un lado a otro, hablando aireadamente a través de su celular, en lo que parecía ser un relato fiel y detallado de lo que había vivido. En ese momento Sandra comprendió la magnitud de los acontecimientos. Para ese entonces, todos los canales de noticias y las autoridades se encontraban al tanto de lo que ocurría con la formación 307, o por lo menos especulando sobre el hecho. De inmediato pensó en su madre y en su sobrina. Enterarse por la televisión de lo que le estaba ocurriendo sería terrible. Un escalofrío recorrió todo su cuerpo. Sintió inmensas ganas de llorar, pero se contuvo. Giró su cuerpo hacia Pablo, extendiendo la mano.

—Necesito hablar por teléfono —dijo—. Por favor, ¿me podrías prestar el celular?

—Seguro —afirmó Pablo entregándole el aparato.

Con su mano temblando de nervios, Sandra se las arregló para recordar el número y marcar sobre la pantalla táctil. Presionó con fuerza el teléfono sobre su oreja intentando aislar el sonido del exterior y esperó. Después de unos segundos, desistió.

—No hay señal.

—Permitime —dijo Javier mientras tomaba el teléfono de sus manos.

Javier podía adivinar a quién estaba intentando llamar. Gracias a su experiencia tenía una leve sospecha sobre lo que ocurría. Presionó el botón de remarcación y escuchó el sonido. Luego cortó y devolvió el teléfono a Pablo.

—No es la señal —aseguró—. Bloquearon la línea de Nely.

—¿Cómo que la bloquearon? —preguntó Sandra.

—Sí, es un procedimiento de rutina en estos casos —afirmó Javier—. Bloquean cualquier medio de comunicación de la víctima para evitar contratiempos.

—¿De la víctima? ¿No era que los demás se harían cargo de mi madre? —preguntó nerviosamente a Pablo.

—Sí —contesó mirando su reloj—. Están en camino. Deberían llegar en cualquier momento.

Sandra cerró los ojos y suspiró. Sabía que no podía hacer nada al respecto desde su posición. Debía confiar en ellos y calmarse para poder pensar con claridad cuál sería su próximo paso. Si la memoria se encontraba en manos de Marcelo, no sería necesario realizar aquella llamada mortal. Por lo menos tenía la esperanza de que así sea.

En el último coche clase turista de la formación, Mario Trelles caminaba a paso rápido por el corredor central, bajo la mirada de todos los pasajeros que mantenían cautivos.

Blandiendo su arma hacia ambos lados, Trelles intentaba imponer su reinado de miedo y muerte, evitando así cualquier intento heroico de aquellas personas. Ahora se encontraba solo, revisando su celular insistentemente a la espera de las novedades. Metió su mano en el bolsillo y extrajo el diminuto dispositivo. Se detuvo un instante para observarlo detenidamente. Una vez más. Lo hizo girar en sus dedos, viendo el reflejo metálico de su superficie. ¿Qué significado tendrían las siglas "RZM-SECTI"? Frunciendo el entrecejo, lo volvió a guardar. Se preguntaba qué había allí adentro que era tan valioso para un hombre como Ricardo Sureda. Pero esa cuestión escapaba a sus conocimientos, siquiera a su limitada imaginación. Lo único que debía hacer era entregárselo y recibir el dinero acordado. Y, como broche de oro de la operación, acabar con la vida del Lince Ledesma y su esposa. Sonaba sencillo, y lo era. Las cosas estaban marchando bien a pesar de las complicaciones. De pronto se encontró ansioso por estrechar la mano de Sureda. Sabía que, haga lo que haga sobre ese tren, contaba con total impunidad gracias a su relación con él.

Observó el reloj. Se preguntaba qué era de Gómez. Para aquel entonces debería haber regresado. En ese momento la puerta se abrió y tras ella apareció Marcelo con su celular en la mano.

—Nadie responde —dijo con tono nervioso—. Los hombres que enviamos a tomar control de la Locomotora tampoco contestan.

—¿Y Gómez?

—No tengo noticias de él tampoco —afirmó Marcelo negando con su cabeza.

—Algo ocurrió con ellos —dijo Trelles—. Vamos a suponer que los estúpidos están muertos. Tenemos a tres hombres, uno aquí y dos en los coches turista. A estas alturas —agregó—, todos estarán al tanto de lo que está pasando aquí adentro. Quedan pocos minutos para llegar a Lezama. La policía va a estar allí. Si este tren se detiene la operación se termina. Hay que actuar ahora mismo.

—Desenganchemos este vagón y regresemos. Ya tenemos lo que queremos —sugirió Marcelo con la certeza que era una gran idea.

—Imposible —negó Mario Trelles—. La memoria está bloqueada. No podemos acceder a la información sin el código.

—¿El código? ¿De dónde vamos a sacar ese código?

—Sencillo, pibe —respondió Trelles— La chica lo tiene en su cabeza.

16

GÁNDARA

El viento cálido de la noche de verano golpeaba su rostro mientras observaba hacia adelante con su cabeza asomada por la ventanilla. El agradable aroma a tierra húmeda del campo era opacado por el penetrante olor a quemado. Mucho más adelante, la locomotora continuaba emanando una densa y constante columna de humo que se extendía casi a la totalidad de la formación. El vagón se desplazaba rápidamente sobre las vías, sin ninguna señal de disminuir la velocidad. Sandra se reincorporó nuevamente y permaneció en silencio. Unos metros adelante se encontraba Javier, dialogando con Pablo en voz baja, quizá coordinando el próximo movimiento, evitando ser oídos por los pasajeros alrededor. A pesar de lo vivido, se sentía un poco más calmada, tal vez inmersa ya en el ritmo agotador e irreal de la situación en la que se vio involucrada las últimas cuatro horas. No podía imaginar cómo terminaría todo aquello.

¿Saldría viva? ¿Su marido lo lograría? Por su mente se cruzó el rostro de su madre y la sonrisa de Sofía. Una incomparable sensación de impotencia la invadió. Pero prefería no anticiparse, evitar cualquier pensamiento a futuro. Ahora debía concentrarse en el presente. En vivir.

De pronto, una mujer ingresó al coche desde la parte delantera del tren, visiblemente alterada. Recorría con su mirada cada pasajero hasta detenerse en el rostro de Javier. Se acercó hacia ellos, alzando las manos.

—Tienen que hacer algo, por favor —suplicó—. El hombre herido se encuentra muy mal, necesita urgentemente un doctor o ir a un hospital.

Desde su sitio Sandra observó a Pablo calmarla con unas palabras que no alcanzó a escuchar. Las personas alrededor se unieron al reclamo. Todos los pasajeros se encontraban ahora alzando las voces, suplicando por la seguridad de sus familias. No había nada que ellos pudieran hacer. No existía garantía de vida para nadie en aquel tren. El futuro era incierto y no muy prometedor. Acercándose lentamente, Sandra vio a la mujer alejarse nuevamente por donde vino. Todos los pasajeros estaban ahora hablando entre sí, intentando ponerse de acuerdo sobre qué hacer, cómo actuar de manera unida para evitar una nueva tragedia. Javier estaba ahora de pie, en un extremo del coche, alejado de todos. A su lado, Pablo lo escuchaba atentamente.

—Es muy probable que Trelles tenga alguien a bordo con los conocimientos suficientes para hacer una copia de esa información —afirmaba mientras vigilaba a su espalda ante cualquier eventualidad.

—De ser así —dijo Pablo—, no tenemos manera de recuperar esos datos. Podría enviarlos por email a quien sea.

—Imposible —aseguró Sandra mientras se acercaba hacia ellos—. La memoria tiene un dispositivo de seguridad inviolable. Además —agregó—, la información está encriptada. No es posible leerla aún accediendo a ella.

Ambos la observaron en silencio. Si Sandra tenía razón, entonces tenían algo que no podían utilizar. Una memoria inservible, únicamente útil conociendo los códigos de acceso y de decodificación. Javier suspiró y se dirigió a Sandra.

—¿Quién tiene los datos de acceso a la información? —le preguntó.

—No tengo idea —afirmó Sandra—. ¡Ni siquiera sabía que tenía esa maldita cosa en mi cartera!

Javier suspiró. Si Trelles había descubierto la imposibilidad de acceder a esos archivos, lo más probable sería que creyera que Sandra sí podría hacerlo. De ser así, entonces la necesitaban. Era cuestión de tiempo para que viniesen por ella. Observó su reloj. En pocos minutos estarían en Lezama. Pero Javier sabía que el tren no se detendría allí. Ya no. Todo dependía de ellos ahora.

Los tres quedaron en silencio. Sandra podía adivinar el pensamiento de Javier en ese momento. Sabía que era una pieza clave, y vendrían por ella. ¿Cómo explicarles que desconocía cómo acceder a esa información? ¿Cómo decirles que había sido un error, o quizás una trampa que esa memoria terminara en su poder? No era posible entrar en razón con aquellos mercenarios, esos asesinos dispuestos a todo. Era consciente que, en aquel momento, su vida no tenía ningún valor para ellos. Los ya conocidos interrogantes volvieron a aparecer en su mente. La muerte de Gennaro, las palabras de Damián y su extraño final. La carpeta y su contenido indescifrable y, al parecer, carente de valor. A pesar de su extensa campaña de inteligencia, Javier parecía desconocer muchos de los puntos oscuros de toda esta historia. Sandra no podía entender del todo cuál era el papel que estaba jugando. A decir verdad, tampoco se sentía segura con nadie en aquel momento. Miró detenidamente a Javier, el hombre con quien se había casado y al cual amaba. ¿Sería posible que…?

En ese momento se escucharon gritos provenientes del coche contiguo. De inmediato giraron para ver a los pasajeros estallar en pánico. A través de la ventanilla de la puerta, observaron el tumulto de gente en el interior del vagón tras ellos. El pánico se había apoderado de todos los pasajeros, quienes pedían por favor no los matasen. Con un gesto, Javier les indica que deben ir hacia el otro extremo del coche y esperar. Los tres retroceden por el pasillo central, abriéndose paso entre las personas que, para ese momento, también se encontraban presas del miedo. Todo alrededor eran gritos y desconcierto. Al llegar a la puerta, observaron a dos hombres ingresar al coche. Ambos mantenían de rehén a dos chicos de no más de quince años, apuntándoles en la cabeza con sus armas. Las súplicas de todos alrededor parecían no hacerles efecto alguno. Avanzaron unos pasos acercándose más. Javier y Pablo sacaron sus armas, apuntándoles. Sandra sintió un escalofrío que recorrió todo su cuerpo. Sintió terror de tomar el arma que le habían entregado. Su corazón comenzó a latir rápidamente y su respiración se volvió un jadeo incontrolable. Podía reconocer a uno de ellos. No tenía dudas. Giró su cabeza hacia Javier.

—Es Marcelo.

Uno de los hombres era el asesino que casi terminaba con su vida horas antes. Su rostro y su mirada fría y calculadora, los extraños tatuajes en su brazo derecho y sus manos lastimadas eran inconfundibles. Los chicos que traían cautivos en sus brazos se encontraban en un estado de shock, con la mirada perdida y sus ojos llorosos, mirando a un lado y a otro insistentemente en busca de una salvación. Uno de los hombres alzó el brazo y disparó, haciendo un agujero en el techo del coche. Luego, el joven tatuado dio un paso hacia adelante y empujó al chico hacia adelante, haciéndolo caer de rodillas al piso. Extendió luego su brazo y, apuntándole a la cabeza, miró fijamente a Javier.

—Queremos a tu chica con nosotros —dijo—. Voy a contar hasta tres. Si ella no está aquí para entonces, el chico se muere.

17

CHASCOMÚS

Miércoles 15 de enero del 2014, 03:48h

Una fría gota de sudor recorría lentamente el rostro de Javier mientras sostenía firmemente el arma en sus manos, apuntando directamente hacia su cabeza. De pie, en el otro extremo del vagón, Marcelo presionaba con firmeza el cañón de su arma en la cabeza del chico arrodillado frente a él. Las personas alrededor estaban visiblemente conmocionadas, pidiendo a grandes voces que no lo mate, otras rezaban sin cesar. Algunos apartaban la vista de aquella terrible escena, en silencio, esperando lo peor.

—Uno.

Haciendo caso omiso a las súplicas de los pasajeros, Marcelo continuaba su conteo mortal, sin quitar su vista de Javier en un gesto provocativo, desafiante. A su lado, el otro hombre presionaba con fuerza el cuello del joven rehén mientras apuntaba hacia adelante. Pablo tragó saliva y contuvo la respiración, luego abrió su boca, murmurando suavemente. "Lo tengo en la mira", dijo; pero Javier hizo un gesto de negación con su cabeza. Sabía que era demasiado peligroso. Un disparo mal calculado, un rebote o una respuesta de aquellos asesinos podrían significar la muerte de una o más personas inocentes. Por más que lo intentase, Javier no podía pensar con claridad. Debía salvar la vida de aquellos chicos, ajenos por completo a la situación, que habían abordado el tren con la esperanza de disfrutar de unas agradables vacaciones. Por otro lado, estaba totalmente consciente que la vida de Sandra terminaría en manos de Trelles una vez que se terminara su paciencia. Podía sentir el peso del arma en sus manos. El movimiento del tren le hacía casi imposible realizar un disparo con precisión. Eran dos contra dos, no había márgenes de error.

—Dos.

Pocos pasos detrás de Pablo, Sandra observaba en silencio la escena de pesadilla que se abría ante sus ojos. Se preguntaba si allí estaría segura. No tenía dudas que Marcelo acabaría con la vida del chico sin siquiera pensarlo dos veces. Miró todo a su alrededor, en busca de algo que pudiera cambiar la situación, una idea, una revelación, cualquier cosa. No había nada que pudiera hacer. Su mente se encontraba en blanco, paralizada por el miedo y la impotencia de ver aquellos chicos en manos de dos asesinos dispuestos a todo. Simplemente no podía verlos, sus ojos suplicando ayuda le provocaban un nudo en el pecho. Miró a su esposo, intentando encontrar una chispa de esperanza en su mirada, pero sólo encontró impotencia. No lo podía soportar. Simplemente su vida era un precio que debía pagar para salvar aquellas almas pequeñas, inocentes. Suspiró y avanzó unos pasos, deteniéndose delante de Javier, en medio de ellos.

—¡Basta! —exclamó— Liberen a los chicos, por favor. Iré con ustedes.

—Sandra... —murmuró Javier tras ella, intentando detenerla.

Marcelo alzó la pierna y empujó de una patada al chico frente a él, derribándolo en el suelo del pasillo. Luego apuntó hacia Sandra, haciendo un ademán con su otra mano para que se acercara.

Lentamente Sandra fue aproximándose hacia el otro extremo del vagón por el pasillo, bajo la mirada de todos los pasajeros, que ahora se encontraban en silencio. Se detuvo un momento y miró hacia atrás, hacia Javier. No podía saber con certeza si esa sería la última vez que lo viera. Un nuevo llamado de Marcelo hizo voltear su mirada y continuar. De pronto, el coche se sacudió por completo, obligándola a caer con fuerza al piso. Se escuchó un fuerte sonido, una explosión lejana, luego otra y otra más, todas acompañadas de pequeñas sacudidas. Frente a ella, Marcelo y su cómplice cayeron igualmente al suelo, desconcertados por lo que ocurría. Fue entonces cuando todas las luces del vagón se apagaron por completo, sumergiéndolo todo en la oscuridad.

El interior del vagón era confusión, gritos y desesperación. La visibilidad era casi nula. Los pasajeros se encontraban ahora encolerizados, intentando huir por cualquier medio. Haciendo un esfuerzo, Sandra se puso de pie, sosteniéndose de uno de los asientos. No lograba ver a Marcelo, no podía ver nada a su alrededor. Decenas de brazos y piernas la golpeaban por doquier. Podía sentir los cuerpos empujarla y derribarla hacia ambos lados. Varias manos la tomaban de los brazos, otros tiraban de su ropa en medio de la desesperación. Por un momento perdió el equilibrio y volvió a caer al piso, ya no podía distinguir los extremos del coche, no sabía con seguridad hacia dónde ir. Intentó escuchar la voz de Javier o de Pablo entre los gritos de la multitud, pero le fue imposible. Comenzó a desesperarse. Dio unos pasos hacia atrás hasta tocar con su espalda una de las ventanillas. Se agachó en silencio. Su corazón parecía salírsele del pecho.

Javier encendió su linterna y, sin dejar de apuntar con su arma, intentó discernir lo que ocurría frente a él. Ante sus ojos se extendía un conglomerado de cuerpos desesperados en sus intentos por escaparse de aquel coche, alejándose. Podía entender que el panel eléctrico de la locomotora había colapsado finalmente, y el suministro de energía se había interrumpido en toda la formación. Agudizó su vista en un esfuerzo por reconocer el rostro de Sandra entre las personas, pero no lograba encontrarla. Giró su cabeza, pero Pablo ya no se encontraba a su lado. Tampoco podía escucharlo por sobre los gritos exasperados de las personas. Avanzó lentamente, abriéndose paso entre la gente. A un lado del tren se vieron las luces de la estación de Chascomús, las cuales iluminaron fugazmente el interior del coche, pero no lo suficiente para encontrar a Sandra. Entonces, a sus oídos llegó la voz de Pablo. Luego fue un grito. Lo estaba llamando. De pronto, el estruendo de un disparo invadió todo el lugar, provocando que las personas enloquecieran de terror. Varios intentaron pasar por sobre él, empujándolo hacia un lado. No podía moverse. Intentó reincorporarse y reanudar su marcha cuando una persona lo atropelló en la oscuridad, derribándolo contra la pared. Javier vio la linterna caer al piso y apagarse. Se preguntaba por qué Pablo no utilizaba la suya, para poder encontrarlo entre la gente. El ruido de cristales rompiéndose significaba que habían derribado la puerta de acceso al coche. ¿Quién había disparado? Una terrible escena, un mal pensamiento se cruzó por su mente. Debía avanzar, tenía que encontrarla antes que lo hicieran ellos. Grito su nombre con todas sus fuerzas, aún sabiendo que delataría su posición. Pero no obtuvo respuesta. Ya no podía ver la linterna en el piso, seguramente la había pateado lejos durante el caos. Volvió a gritar el nombre de Sandra, por sobre las voces de los demás, pero no lograba obtener respuesta. Fue entonces cuando giró su vista para ver un rostro ya conocido, justo antes de sentir un fuerte dolor en su cabeza y caer.

18

ADELA

Miércoles 15 de enero del 2014, 03:57h

El disparo se había sentido muy cerca de donde se encontraba. Una de las ventanillas a su lado estalló en mil pedazos y el viento se coló en el interior del coche a oscuras. Sandra cerró los ojos y se cubrió el rostro, intentando pasar desapercibida entre la multitud que se encontraba sumergida en la desesperación. Entre todas las voces no podía distinguir la de Javier, siquiera la de Pablo. Había perdido por completo el sentido de la dirección y desconocía su posición exacta en el vagón. Un olor penetrante a plástico quemado ingresaba desde el exterior, provocándole náuseas. No podía pensar con claridad. ¿Estarían aún con vida? Había alcanzado a ver un haz de luz en uno de los extremos del coche, pero ahora ya era imposible verlo. Escuchó el llanto de un niño y los gritos desesperados de una mujer. Los pasajeros se amontonaban contra la puerta de acceso. Sandra no podía verlos, pero los sonidos que llegaban a sus oídos describían en detalle lo que estaba ocurriendo.

De pronto sintió una mano posándose sobre su cabeza y cerrarse en torno a su cabello, justo antes de ser arrastrada hacia adelante. No podía ver su rostro. Obligándola a ponerse de pie, la tomó del brazo y la empujó con fuerza. Luego le extrajo rápidamente el arma que llevaba consigo, el arma que Pablo le había dado. Sandra giró su cabeza, pero no podía reconocer el rostro de aquel hombre. Se lamentaba no haber podido defenderse a tiempo. El hombre continuó empujándola, abriéndose paso entre la gente. Podía sentir en la espalda el extremo frío del arma. Prosiguió avanzando contra su voluntad, sumergida en total oscuridad, entre gritos y confusión, recibiendo los golpes de las personas que intentaban huir hacia el lado opuesto. Durante el recorrido, intentó distinguir el rostro de Javier, pero fue en vano. Quiso gritar su nombre, pero tuvo temor. Pocos pasos después se toparon con una puerta, atravesándola. A pesar de la oscuridad, pudo reconocer el lugar. Se encontraba en el ya conocido coche comedor. Contrastando con el vagón anterior, aquel sitio se hallaba vacío, en silencio.

Rápidamente el hombre a su espalda continuó empujándola hacia adelante, sin dejar de presionar el arma en su cuerpo.

—¿A dónde me estás llevando?

Su respuesta fue el silencio. Tanteando las mesas a ambos lados, cruzó toda la extensión del pasillo y se adentró en la cocina. Sin detenerse, el hombre se adelantó y abrió la puerta siguiente, ingresando al coche pullman. Tomó a Sandra del brazo y extendió su brazo hacia arriba con el arma en su mano, a la vista de todos.

—¡Afuera todos! —exclamó señalando la puerta a su espalda—. ¡Vamos! ¡Los quiero a todos fuera de este coche!

Sin previo aviso disparó hacia el techo. Los pasajeros, conmocionados y sorprendidos, comenzaron a salir de sus asientos. Sandra se hizo a un lado, al igual que su captor, mientras las personas cruzaban la puerta rápidamente. En plena oscuridad, las mujeres cargaban sus niños, muchos intentaban llevar sus valijas y bolsos consigo, pero les era imposible, dejándolos en el camino. Todos querían salir rápidamente. Un nuevo empujón obligó a Sandra a avanzar, abriéndose paso rápidamente entre la gente. Otro disparo al techo hizo que las personas apuraran el escape, desesperados. Cruzaron hacia el otro coche pullman, haciendo exactamente lo mismo. Sandra observaba con impotencia la desdicha de todas aquellas personas. Se preguntaba qué sería de sus vidas. Qué sería de su propia vida. ¿A dónde la estaba llevando? ¿Qué haría con ella? Pocos minutos después, el vagón quedó completamente vacío y en silencio. La poca luz que ingresaba a través de las ventanas alcanzaba para ver ahora el rostro del hombre que la había llevado hasta allí. Se trataba del asesino que estaba junto a Marcelo, aquel que tenía como rehén al niño.

—¿Qué querés de mi? —preguntó Sandra perpleja y temerosa.

Pero el rostro del hombre permaneció inmutable. Obligándola a sentarse en uno de los asientos, recargó su arma sin quitarle la vista de encima. Su mirada era de odio, de rencor, casi podría decirse que de asco. Estaba vestido con el uniforme de la policía federal, pero no llevaba la gorra en su cabeza. Se trataba de otro fiel agente corrupto bajo las órdenes de Leonardo Gómez o, mejor dicho, Ricardo Sureda; tal como le había informado Javier. Se había quitado el escudo y la placa de su pecho, tal vez en un intento por desligarse de su cargo. Todos sabían que, después de todo lo que estaba ocurriendo, les sería imposible regresar a sus tareas habituales, aún contando con la protección y la impunidad que Sureda podría otorgarles.

Los temores de Sandra se estaban cumpliendo. Sabía que el propósito había sido aislarla, alejarla de Javier y sus hombres para obtener acceso a la información contenida en la memoria. Lo que ellos desconocían era que ella no poseía esa información, ni siquiera sabía quién podría tenerla. Varios nombres se cruzaron por su cabeza, pero para ese entonces no estaba nada segura sobre su participación en todo este asunto. Si Roberto Gennaro se encontraba con vida, ¿qué le hubiese impedido hacer una copia de toda esa información? ¿Acaso esos resultados habían sido robados por Damián? Y de ser así, ¿con qué fin se lo había entregado? Muchas preguntas y ninguna respuesta. Lo cierto era que su vida dependía ahora de una información a la cual no tenía acceso. No había posibilidad de engañarlos. No tenía salida.

El uniformado, de pie a su lado, extrajo su celular del bolsillo y marcó rápidamente un número.

—Silencio —le dijo.

Unos segundos después comenzó a hablar a través del teléfono.

—Está conmigo —aseguró asintiendo con la cabeza—. Sí, sí… estamos en el primer coche pullman. Bien. Ok. No habrá problema, está todo bajo control —agregó, dirigiendo su mirada hacia Sandra—. Perfecto, estaremos aquí.

Dicho esto cortó la comunicación y guardó de nuevo

el celular. Recorrió lentamente el cuerpo de Sandra con su mirada. Luego sonrió y guiñó el ojo. Sandra le propinó un escupitajo. El hombre le respondió con una cachetada que la hizo caer hacia un lado. Tomándose el rostro, Sandra vio entonces el cuerpo sin vida de Gari, que se encontraba allí, a pocos pasos, en la entrada del furgón de carga.

19

MONASTERIO

Miércoles 15 de enero del 2014, 04:09h

A sus oídos llegó el lejano sonido de la marcha veloz del tren sobre los rieles. Un dolor agudo y punzante taladraba su cabeza, haciendo que abrir sus ojos se convierta en una tarea casi imposible. Se descubrió sentado en una silla metálica, recostado contra una ventanilla decorada con gruesas cortinas color bordó. Intentó respirar profundamente, pero las costillas le dolían demasiado para hacerlo. Un líquido tibio y de sabor metálico llenaba su boca. Sangre. Su propia sangre. Pasó su mano sobre su frente. Estaba sangrando. Su cuerpo parecía haber sido atropellado por una estampida de animales. Por lo menos así se sentía Javier, tendido sin fuerzas sobre la silla del coche comedor. Todo estaba en penumbras. Miró a su alrededor. Reconoció una figura humana cerca del extremo anterior del coche. Su vista se fue acostumbrando lentamente hasta que lo reconoció. Era Marcelo, un mercenario desconocido para él. Aquel quien

Sandra le había informado. Seguramente era otro de los perros fieles de Trelles, un asesino a sueldo bajo sus órdenes directas. Bajó la mirada para examinarse. Parecía no tener heridas graves en su cuerpo. Tampoco tenía sus armas, se las habían quitado. No podía escuchar el murmullo ya familiar de los pasajeros, tampoco los gritos desesperados que habían quedado grabados en su mente. Todo se encontraba en silencio. A través de las ventanillas observó el paso fugaz de una construcción que pudo reconocer, era la vieja estación de Monasterio. La próxima estación sería Lezama, donde estarían esperando la policía federal con otras fuerzas especiales. Javier estaba consciente de la magnitud que el caso estaría alcanzando en los medios masivos de comunicación. Todo el mundo estaría con los ojos puestos en esa formación. El tren 307 con su destino incierto estaría en todas las pantallas de televisión para ese entonces.

Se preguntó dónde estaría Sandra. Tenía esperanza que Pablo la hubiera encontrado en medio del caos. No llevaba el teléfono consigo, también se lo habían quitado. ¿Cuánto tiempo había estado inconsciente? Si recién habían cruzado Monasterio, no había sido mucho. Un sonido llegó a sus oídos desde el extremo del coche y una voz familiar lo acompañó. Vio al joven acercarse hacia él; detrás, un rostro familiar lo seguía. Era Mario Trelles.

—Ledesma… —dijo Trelles sentándose en una de las sillas frente a él— ¿Qué te puedo decir? Ambos sabíamos que uno de los dos terminaría muerto en este maldito tren. A decir verdad, siempre creí que ibas a ser vos, pero… —agregó— nunca pensé que iba a resultar tan fácil.

—Tienen que detener el tren —afirmó Javier, visiblemente dolorido—. De lo contrario todos vamos a morir aquí adentro.

—¿Todos? —repitió Trelles con una sonrisa. Miró a Marcelo y apoyó un maletín sobre la mesa— Te equivocás, Lince. Todos no, mis hombres y yo tenemos siempre un plan de escape. Sólo necesito un número, un simple código para salir de aquí, y es precisamente lo que voy a buscar ahora.

—Dejámelo a mí —dijo Marcelo haciendo sonar sus nudillos.

—Que sea rápido —ordenó Trelles poniéndose de pie y mirando su reloj—. En cuanto tenga la información nos largamos de aquí. En cuanto a vos, Javier... —agregó— fue un placer tenerte de rival, pero no quiero ensuciarme las manos en este momento, hay una hermosa mujer que me está esperando ahora mismo.

Javier quiso reincorporarse, pero sintió un fuerte dolor en su espalda. En silencio vio a Trelles alejarse por el pasillo, cargando la maleta y desaparecer tras la puerta. Se maldijo a sí mismo. Sentía que todo lo que ocurría había sido por su culpa. Tal vez, si hubiese diseñado una mejor estrategia todo había sido diferente. Una terrible sensación de impotencia lo invadía.

—¿Dónde está toda la gente? —preguntó.

—No te preocupes por ellos —respondió Marcelo sonriendo—. Están en los últimos coches del tren, encerrados como ovejas en un corral.

—Tienen que detener este tren antes de llegar a Dolores —repitió Javier—. Descarrilaremos si tomamos esa curva a esta velocidad.

—¿En serio? Es una pena. Lástima que no voy a estar

para ver el espectáculo.

Javier se mantuvo en silencio, observándolo. Era precisamente la clase de respuesta que esperaba de alguien como él. Desde su lugar lo vio quitarse las armas de encima y arrojándolas lejos. Movió la cabeza a ambos lados haciendo crujir su cuello. El sonido inconfundible de un helicóptero se coló por las ventanillas. Un instante después, un haz de luz proveniente del cielo hizo una fugaz recorrida por toda la extensión del coche comedor. Se estaban acercando a Lezama. Para ese entonces tendrían que haber advertido que el tren no frenaría ni disminuiría la velocidad. Por lo menos así lo creía él. Nuevamente el haz de luz blanca iluminó todo el interior del vagón. Ahora los helicópteros eran dos, y se encontraban siguiendo el trayecto del convoy, intentando descubrir qué ocurría en su interior. El humo denso y oscuro que provenía de la locomotora continuaba ingresando por las ventanillas abiertas, pero la máquina parecía no menguar la velocidad. El lejano sonido de su imponente motor diesel podía escucharse desde donde se encontraba, firmemente dispuesto a cumplir su misión hasta las últimas consecuencias.

—¿Dónde está Sandra? —preguntó.

—Sandra está bien, no hay nada de qué preocuparse —respondió Marcelo—. Mientras responda correctamente las preguntas de Mario estará bien. A propósito… —agregó sonriente— tiene unas hermosas piernas. Lástima de habernos encontrado en este contexto nada romántico.

Javier hizo caso omiso a su comentario. Mientras hablaba, observaba detenidamente su contextura física, sus movimientos. Debía reducirlo, controlar la situación. Observó a su alrededor, debía haber algo que le sirviera para cumplir su objetivo. Era la oportunidad que tenía de sacarlo de carrera para siempre. No estaba del todo seguro que su cuerpo le respondería de la mejor manera, pero debía intentarlo. Ya no tenía nada que perder. Era su vida o la de él.

—Bien, Ledesma —dijo Marcelo acercándose hacia él—. Estar confinado en el interior de esta asquerosa lata me pone un poco ansioso. Necesito ejercicio. Terminemos esto de una vez. Como hombres.

20

LEZAMA

Insistentemente, el haz de luz proveniente del helicóptero de la policía volvió a ingresar a través de las ventanillas, iluminando el interior del coche comedor. Frente a él, la silueta de Marcelo se recortaba contra la ventanilla. Luego de un instante todo volvió a sumergirse en penumbras. El sonido rítmico y sin pausa del avance de la formación sobre las vías era lo único que podía escucharse. Sentado en la silla, Javier inspiró profundamente y se puso de pie con un gesto de dolor. Aún podía sentir en su cuerpo las consecuencias de la golpiza que le habían dado estando inconsciente. Sabía que no era una pelea justa, ambos estaban en desigualdad de condiciones, pero no había nadie a quién reclamarle, no existían jueces, era solamente cuestión de supervivencia. Por la ventanilla alcanzó a ver un patrullero de la policía perseguir al tren con sus luces encendidas por una calle lateral a las vías. Luego dirigió su vista hacia

Marcelo, quizás esperando que diera el primer golpe. Aquel joven tenía varios años menos que él, y su condición física era impecable, podía notarse un buen trabajo de entrenamiento. Pero sabía que no tenía suficiente experiencia, por lo menos no tanta como él. La astucia y la perspicacia que el tiempo y el trabajo le habían proporcionado no podían conseguirse en un gimnasio o durante el entrenamiento. Javier sabía que podía ganar esa pelea, necesitaba concentrarse, pensar con claridad y enfocarse.

Se escuchó una voz lejana, traída por el viento. Un policía hablaba a través de un megáfono, asomando medio cuerpo a través de la ventanilla del patrullero a un lado de las vías. Pero no podía entender con claridad lo que estaba diciendo, el sonido del andar del tren impedía comprender sus palabras. En ese momento Javier se preguntaba dónde estaría Pablo. Lo necesitaba con él.

En ese momento Marcelo lo tomó del cuello y le propinó un cabezazo en la frente para luego arrojarlo contra una de las mesas. Tendido en el piso, Javier intentó reincorporarse cuando sintió una fuerte patada en el pecho que lo derribó nuevamente. Sentía que el aire de sus pulmones se le escapaba. Vio el cuerpo del joven acercarse en la oscuridad. Aprovechando su posición, golpeó con fuerza su tobillo para hacerlo caer, luego se abalanzó sobre él con todo el peso de su cuerpo. Estando encima, Javier comenzó a golpearlo con los puños en el rostro hasta hacerlo sangrar, pero de inmediato el joven se reincorporó, golpeándolo con la rodilla en su costado y tirándolo hacia un lado. Lo tomó del cuello y, echándose hacia atrás, comenzó a presionar su garganta para asfixiarlo. Javier se liberó golpeándolo en las costillas con el codo y, girando todo su cuerpo, lo derribó de una trompada. Marcelo golpeó su espalda contra la ventanilla, haciendo añicos el vidrio.

—¡Vamos! —exclamó, limpiándose la boca de sangre— ¿Eso es todo lo que tenés, Ledesma?

Javier arremetió contra él, pero recibió un golpe certero en el rostro. Luego sintió una fuerte patada en uno de sus costados, obligándolo a caer de rodillas. Le faltaba el aire, no estaba seguro de poder continuar. El joven se acercó y, con una nueva patada, lo tiró hacia atrás. Desde el piso, Javier lo vio detenerse frente a él. No pudo entender sus palabras. Bajo una de sus manos sintió el filo de un trozo de vidrio. De inmediato lo tomó y, con un rápido movimiento, cortó la pierna de Marcelo. La sangre comenzó a brotar rápidamente, empapando su pantalón. Sin perder tiempo, Javier se puso de pie y lo golpeó en el rostro reiteradas veces hasta derribarlo contra un par de mesas del coche comedor. El lugar era un caos. Ambos se encontraban ya sin aliento, heridos. Los helicópteros continuaban sobre la formación, siguiéndolos de cerca. Javier se acercó lentamente hacia el joven cuando notó su movimiento. Tan rápido como pudo, Marcelo alcanzó su arma sobre el piso y disparó. El proyectil rozó el hombro de Javier, quien se hizo a un lado justo a tiempo. Escuchó un segundo disparo impactar contra otra de las ventanillas a su espalda. Levantando una de las mesas, se cubrió tras ella y la arrojó hacia donde se encontraba Marcelo. La vio golpear su cuerpo y soltar el arma. Luego todo quedó quieto. Javier se acercó lentamente hacia el joven que permanecía inmóvil, con sus ojos cerrados, en el piso. Suspiró y miró el desorden a su alrededor. Debía inmovilizarlo con algo antes que reaccione. Cuidadosamente extrajo el cinturón de cuero del pantalón cuando vio que sus ojos se abrieron repentinamente. No pudo predecir su movimiento. Golpeándolo, Marcelo tomó el cinturón de sus manos y lo colocó alrededor del cuello de Javier, obligándolo a ponerse de pie. Presionando con fuerza su cuello desde la espalda, lo empujó hacia el extremo del coche y luego abrió la puerta de acceso. Casi sin aire, Javier cayó sobre la angosta escalerilla del vagón. Las vías cruzaban a una velocidad vertiginosa a pocos centímetros de su cabeza.

—¿Querías bajarte de este tren, eh? —dijo Marcelo— Yo te voy a ayudar a que lo hagas.

Sintiendo la presión en el cuello, Javier apoyó sus manos sobre el último escalón de la escalera metálica para no caer. Todo el peso del cuerpo del joven se encontraba sobre él. Apenas podía respirar. Giró la cabeza hacia un lado en un intento por liberarse. En ese momento vio, a lo lejos, un conglomerado de patrulleros a un lado de las vías. Sus inconfundibles luces intermitentes iluminaban toda la estación. El tren se acercaba a una velocidad increíble. Sintió el peso de la rodilla de Marcelo presionar contra su espalda mientras ajustaba más el cinturón sobre su cuello. Dijo unas palabras, pero no prestó atención. Tenía que librarse, pero su cuerpo ya no le respondía. Casi sin aliento, observó las luces acercarse cada vez más. La locomotora continuaba sin disminuir la velocidad, emanando una densa columna de humo. De pronto notó algo inesperado. No sólo había patrulleros a un lado de las vías, sino que también habían colocado varios sobre ellas. Tal vez creyendo que, al verlos, el tren disminuiría la velocidad hasta detenerse. Lo que desconocían era que no había nadie que lo controlara. En un nuevo intento por liberarse, Javier metió sus manos entre su cuello y el cinturón para poder respirar. Sobre él, Marcelo continuaba ejerciendo presión, acercándolo lentamente hacia las vías. Desde su posición, era imposible que pudiera ver lo que ocurría más adelante, y eso era algo que Javier sabía. Soportando la fuerza de Marcelo por segundos que parecían horas, logró recobrar el aliento y alzó las manos para sujetarlo de la cabeza. En ese instante comenzó a acercarlo hacia él. Lentamente, el joven estaba perdiendo la resistencia. Javier podía ver su rostro lleno de miedo. Las luces intermitentes se acercaban rápidamente. Podían escuchar el sonido de las campanillas de los pasos a nivel cruzar fugazmente, peligrosamente cerca. Uno de los helicópteros parecía haberlos hallado en aquella posición; el haz de luz intentaba seguirlos.

Fue entonces cuando, girando nuevamente la cabeza, Javier escuchó gritos, justo antes de ver a la locomotora impactar contra uno de los patrulleros que se encontraban detenidos sobre las vías. Un gran estruendo sacudió todo el tren, un sonido de hierros retorcidos acompañado de una explosión que iluminó todo alrededor. De inmediato ocurrió otro impacto y otro más. Los automóviles se elevaron varios metros por los aires, totalmente destrozados, envueltos en una gigantesca bola de fuego. El tren se sacudió violentamente, pero no aminoró su velocidad en absoluto. Haciendo presión sobre el cuello de Marcelo, Javier vio acercarse una gran bola de fuego con una rapidez increíble. Utilizando las últimas fuerzas que le restaban, se aferró a una de las barandillas y, alzando su pierna, lo empujó. Vio todo el cuerpo de Marcelo cruzar por encima de él, luego desapareció en el interior de la bola de fuego. Rápidamente, Javier se reincorporó y se dejó caer en el interior del coche, observando al exterior, los hierros retorcidos y en llamas que la locomotora iba dejando a su paso.

Miércoles 15 de enero de 2014, 04:20h

Sentada en el extremo del coche pullman, Sandra permanecía en silencio, viendo al hombre caminar de manera nerviosa de un lado a otro, revisando insistentemente su reloj. Hasta aquel momento, había intentado encontrar una manera de deshacerse de él, pero no la había hallado. Le resultaba extraño el silencio que reinaba en el lugar. ¿Acaso todas las personas habían desaparecido? ¿Dónde estaban? También se preguntaba por Javier y por su compañero Pablo. ¿Qué sería de ellos? ¿Estarían con vida? Lo único cierto era que, en aquel momento, su vida dependía únicamente de ella. Notó con sorpresa el haz de luz para descubrir que provenía de dos helicópteros que se encontraban siguiendo la marcha del tren. Comprendió en ese momento que los acontecimientos estaban cobrando una gran importancia a nivel nacional, tal vez mundial. Las luces de un patrullero se dejaron ver a través de las ventanillas, donde un policía parecía hablar a través de un megáfono, pero le era imposible entender lo que decía. Esperaba que, de un momento a otro, alguien llegara para rescatarlos. De pronto, el hombre se alejó rápidamente al otro extremo del coche al tiempo que otro aparecía por la puerta. Ambos comenzaron a hablar en voz baja, haciendo grandes ademanes con las manos. Se veían nerviosos. Sandra miró a ambos lados, necesitaba algo para poder defenderse llegado el momento. Los hombres estaban distraídos de ella, sumergidos en su conversación. El vagón se encontraba lo suficientemente oscuro como para poder moverse fácilmente sin ser vista. Lentamente se agachó y se deslizó por el suelo del pasillo tratando de no hacer el más mínimo sonido. Y lo vio. Delante de ella se encontraba el cuerpo de Gari. Si no recordaba mal, estos hombres llevaban varias armas de defensa consigo, Pablo sólo había tomado un arma. Tenía que haber algo más. Se acercó sigilosamente al cadáver, palpando su cintura. Sentía que el estómago se revolvía en su interior. Metió su mano por debajo del cuerpo, en uno de sus lados, hasta que tocó algo rígido, metálico, con sus dedos. ¡Sí! Ayudándose con su otra mano, levantó levemente el cuerpo y la vio. Era una filosa navaja con el nombre de "Gari" grabado en ella. Rápidamente la extrajo de su funda de cuero y la guardó en su pantalón, intentando que no sea visible a simple vista. De inmediato dio media vuelta y regresó hacia el asiento, justo cuando ambos hombres regresaban caminando lentamente por el pasillo.

Al estar a unos pasos delante de ella, notó el rostro de aquel individuo, el cual le llamó poderosamente la atención. Una cicatriz, una mancha de tono rojizo se extendía sobre uno de los lados. Su cabello parecía tener el mismo color. La observó detenidamente, con cierta curiosidad.

—Sandra Marcela Zemog —dijo frunciendo el entrecejo—. Por fin nos vemos las caras.

Trelles se acomodó en el asiento paralelo, del otro lado del pasillo y abrió el maletín. En su interior llevaba una computadora portátil, la cual encendió de inmediato. Alzando la vista hizo un gesto hacia el uniformado, quien se alejó hasta el otro extremo del coche, haciendo guardia en la puerta.

—Tenemos un pequeño problema aquí —dijo el hombre pelirrojo—. Hay cierta información que debo tener para acceder a este dispositivo y, si estoy en lo correcto —agregó extrayendo la memoria y colocándola en la computadora—, esa información la debes tener vos.

—No sé de qué me está hablando —aseguró Sandra.

Trelles la miró fijamente, luego giró la computadora hacia ella. En la pantalla se mostraba una serie de números que cruzaban rápidamente de abajo hacia arriba y, luego de unos segundos, apareció en el centro una pequeña ventana con un campo vacío, en la parte superior se leía una leyenda que rezaba "RZM-SECTI :: CLAVE DE ACCESO".

—Como ves —continuó Trelles—, necesito esa dichosa clave de acceso para entrar. Me dijeron que si ingreso una clave incorrecta el dispositivo se convertirá en un pequeño trozo de metal inservible. Así que… —dijo inclinándose hacia ella— espero que seas buena y no me mientas.

En ese momento se escuchó un disparo a lo lejos, seguido inmediatamente de un segundo. Sandra se preguntó qué ocurría. Eso era una prueba de que Javier o su compañero estaban aún con vida. Por lo menos así necesitaba creerlo. El hombre frente a ella permanecía inmutable ante aquellos sonidos, se encontraba con su vista clavada en ella, a la espera de su respuesta.

—Ya se lo dije —respondió finalmente Sandra—. No conozco ninguna clave de acceso.

—Pensá mejor, tal vez no lo recuerdes en este momento —dijo Trelles, extrayendo su arma y apoyándola sobre su pierna—. Quizá esto te ayude a refrescar la memoria.

—Puede matarme si lo desea, pero nunca obtendrá esa información.

Trelles permaneció en silencio unos segundos. Sandra se sintió orgullosa de su respuesta. No sabía de dónde había salido la idea de convencerlo que sí tenía ese código. Aunque sabía que era una mentira, esa falsa información la mantendría con vida, por lo menos, por más tiempo. Frente a ella, el hombre de cabellos colorados cerró el maletín suavemente y se puso de pie, con el arma en su mano.

—Veo que te gusta jugar —dijo—. Pero la verdad es que no tengo tiempo para juegos en este momento.

Dicho esto, la tomó de los cabellos y, echando su cabeza hacia atrás, presionó su arma por debajo de su cabeza.

—No me importaría matarte, linda —afirmó—. Si no sos vos, otro me dirá lo que necesito. Es cuestión de saber a quién preguntar. Ahora bien —continuó, presionando el arma aun más—, me vas a decir ahora mismo la clave o todo este hermoso viaje se termina aquí.

Inesperadamente, el coche entero se sacudió de forma violenta, al tiempo que escuchó un gran impacto desde la parte delantera del tren. El sonido de hierros retorciéndose era acompañado por el estruendo de varias explosiones. Uno tras otro, se sintieron varios impactos a medida que todo el tren se estremecía sin menguar su velocidad. Frente a ella, el hombre cayó de espaldas, soltando el arma para sostenerse de uno de los asientos. Sin pensarlo, Sandra extrajo de inmediato la navaja para luego clavarla profundamente en su pierna. Una inmensa bola de fuego cubrió las ventanillas, tapando la vista al exterior e iluminando todo con tonalidades rojizas. Presa del pánico, Sandra corrió hacia el furgón de carga, pasando por sobre el cuerpo sin vida de Gari y cerró la puerta tras ella, trabándola. Sentía que su corazón iba a estallar. El tren había impactado con algo, eso era seguro. Comenzó a dar vueltas en la oscuridad del furgón, intentando pensar. Sintió un golpe seco en la puerta. Estaban intentando ingresar. Fue entonces cuando lo vio. Estaba allí, a un lado del cuerpo. Su pequeña e intermitente luz roja titilaba en un oscuro rincón.

TERCERA PARTE

LLEGANDO A DESTINO

1

GUERRERO

Miércoles 15 de enero de 2014, 04:25h

Apenas podía mover sus brazos. Sentía que el aire escaseaba cada vez más, aún sabiendo que todas las ventanillas se encontraban abiertas. Sumergido en la oscuridad casi total, Pablo logró alcanzar su linterna y la encendió de inmediato. Giró la cabeza para ver el coche colmado de personas. Los rostros cansados, atemorizados, con sus miradas perdidas en una situación a la cual no encontraban una salida. Pablo los observó por un instante; aquel haz de luz que rompía con la oscuridad significaba para ellos un destello de esperanza. Todos dirigían sus miradas hacia él, esperando oír sus palabras. Pablo sabía que era el único que podría ayudarlos. Si estaba en lo cierto, y su sentido de orientación no se había afectado por el tumulto y la desesperación de las personas, todos los pasajeros se encontraban ahora confinados en los tres últimos coches. Aquellos vagones se encontraban saturados con la presencia de casi quinientas personas en su interior. Hombres, mujeres, niños y ancianos estaban agrupados en ese reducido espacio, con lugar apenas suficiente para poder mover sus extremidades. El oxígeno escaseaba y, a través de las ventanillas, se colaba el desagradable olor a quemado proveniente del humo que la locomotora emanaba incesantemente. La falta de una buena visibilidad empeoraba aun más la situación. El murmullo comenzó a acrecentarse cuando Pablo se abrió paso entre la gente, dirigiéndose hacia una de las puertas del coche. Podía sentir que la formación no había disminuido la velocidad. No podía distinguir en qué tramo del recorrido se encontraban. Había perdido ya la noción del tiempo. Se preguntaba qué sería de Javier y de Sandra, sólo deseaba que se encontraran bien. Javier era lo suficientemente hábil para mantenerse con vida y cuidar de Sandra llegado el momento. Por lo menos así lo deseaba.

Su idea había funcionado a la perfección. Durante el caos provocado al cortarse la luz en la formación, se había camuflado entre los pasajeros. Su presencia había sido desapercibida por los hombres de Trelles, quienes obligaron a todos a dirigirse hacia los últimos vagones del tren para luego encerrarlos en su interior. Pablo tenía la convicción de que debía estar con ellos para asegurar su supervivencia, puesto que para Trelles y los suyos, aquellas vidas no significaban otra cosa que un obstáculo, un problema más a resolver.

Un grupo de personas le abrieron paso y, de pronto, la puerta de acceso apareció ante sus ojos. Las personas a su espalda le rogaban insistentemente que abriera la puerta, pero ésta se encontraba cerrada y la cerradura estaba destrozada. Golpeándola con todo el peso de su cuerpo, Pablo intentó abrirla sin obtener resultados. Luego giró hacia ellos.

—Atrás, por favor —les pidió—. Sé que es difícil, pero necesito que se alejen lo más posible de la puerta.

Las personas asintieron mientras intentaban alejarse, a pesar del poco espacio con que contaban. Un instante después, Pablo se aseguró que todos se encontraban lo suficientemente seguros para proceder. Extrajo su arma y, apuntando hacia la cerradura, disparó. El proyectil impactó contra el pestillo metálico, partiéndolo en dos y librándolo del marco de madera. El cristal de la ventanilla estalló y la puerta se abrió, dejando ver el pasillo del coche contiguo. Sigilosamente, Pablo se acercó unos pasos hasta ingresar en él. Estaba completamente vacío y en silencio. Avanzó lentamente por el pasillo revisando cada espacio, cada asiento para asegurarse que no había nadie en su interior. A través de la pequeña ventana de la puerta, en el otro extremo del vagón, no alcanzaba a ver ningún movimiento. Se detuvo. Giró la vista para ver tras él a las personas que esperaban una señal, una indicación. A pesar de haber abierto una vía de escape, se rehusaban a salir de aquel coche, temerosos de lo que pudiera ocurrir. Una loca idea apareció en su mente, pero no estaba del todo seguro si podría...

Su teléfono comenzó a sonar.

Atendió de inmediato, mirando alrededor.

—¿Hola?

Una voz conocida se escuchó del otro lado. Se trataba de su compañero Adrián.

—Me alegro que hayas atendido —resopló Adrián—. Las cosas que estamos viendo y oyendo a través de las noticias no pintan un muy buen panorama.

—Sí —afirmó Pablo sin levantar la voz, giró la cabeza hacia la gente y se alejó unos metros—. Las cosas no están bien aquí. Perdimos a Gari.

—Dios… —luego de una pausa, continuó— Están hablando sobre desviar el tren. Al parecer, lo van a hacer al llegar a Camet —agregó—. No tienen mucho tiempo, si no logran detener la locomotora, va a ser una tragedia.

—Estamos en eso —aseguró Pablo—. ¿Ustedes dónde están?

—Acabamos de llegar a Parque Rivadavia. Estamos ingresando.

—Bien —respondió Pablo—. Sigan con lo acordado. Nos vemos, si Dios quiere.

Dicho esto, Pablo cortó la comunicación y de inmediato marcó el número de Javier. Miró su reloj, el tiempo se estaba agotando.

Un hilo de sangre brotaba de su boca mientras intentaba ponerse de pie. Su respiración se había vuelto un jadeo entrecortado y sentía dolor en cada parte de su cuerpo. Se miró las manos, cubiertas de sangre. Se acercó a la cocina del coche comedor y se lavó la cara y las manos. Lentamente comenzaba a recobrar el control de su cuerpo, luego de los golpes recibidos. Se revisó una vez más, no presentaba ninguna herida de consideración. Después de todo, aún tenía fuerzas para continuar. Sandra. Debía encontrarla. Tenía que salvarla de las manos de Mario Trelles. Eso, si aún estaba a tiempo. Tomó el arma que había quedado bajo una de las mesas y caminó hacia la puerta, justo cuando su teléfono comenzó a vibrar. El nombre de Pablo apareció en pantalla.

—¿Pablo? ¿Dónde estás?

—En el primer coche de primera clase —respondió del otro lado del teléfono—. Todos los pasajeros del tren se encuentran aquí, agrupados en los últimos tres vagones.

—¿Estás bien? —preguntó Javier girando su cabeza. Pablo se encontraba en el coche contiguo, tal vez lo alcanzaría a ver.

—Sí, no te preocupes por mí —dijo—. ¿Sandra está con vos?

—No, Trelles se la llevó —afirmó Javier, su voz se notaba entrecortada, con dificultad para respirar—. Tengo que ir a buscarla.

—Van a desviar el tren —le informó Pablo—. Al llegar a Camet. Acabo de hablar con Adrián.

—¿Nely y la nena están bien? —preguntó Javier.

—Sí. Ellos están procediendo.

—Bien —asintió—. Te necesito. No sé si podré hacerlo solo.

—No te muevas de ahí —le indicó Pablo—. Estoy yendo para allá, pero antes —agregó— tengo que liberar a los pasajeros. Voy a desenganchar los vagones.

Javier cortó la comunicación. Se sentó en una de las sillas del coche comedor y miró hacia adelante con ansiedad. Su reloj marcaba las 4:33 de la madrugada. Una vieja estación se cruzó fugazmente por las ventanillas, pero no alcanzó a distinguirla. Sabía que no faltaba mucho tiempo para llegar a Camet. No podía pensar con claridad. El dolor que sentía en su cuerpo le impedía formular un nuevo plan.

La desesperación comenzó a invadirlo. Una aterradora idea apareció en su mente. Un terrible futuro cercano que, presentía, era imposible de evitar.

Una leve vibración se sintió en sus manos. La pantalla del teléfono se iluminó nuevamente. En ella apareció el nombre del remitente.

Era Gari.

2

CASTELLI

Escondida detrás de una columna de grandes cajas de madera y al resguardo de la oscuridad del furgón de carga, Sandra sostenía con firmeza el teléfono que había descubierto en el rincón del coche. Se trataba del intercomunicador de Gari, el cual había sido arrojado a un lado de su cuerpo durante la lucha. En sus manos aún sostenía la navaja cubierta en sangre. La sangre de Trelles. Sentía que se desmayaría en cualquier momento. Sus manos temblaban incontrollablemente y revisar la lista de contactos de aquel aparato era una tarea casi imposible. Alzó la vista hacia la puerta. Había acumulado varias maletas contra ella, pero sabía que sería en vano si intentaban ingresar. Contempló el cuerpo sin vida de Gari, tendido en el piso sobre un charco de su propia sangre, a pocos metros de ella. Aún recordaba ese terrible momento, sabía que no podría borrarlo de su cabeza nunca más. No tenía la certeza que Javier se encontrara con vida, tampoco conocía el destino que había tenido Pablo. Estaba perdida, confundida, sin ningún plan o idea en mente. Tenía un nudo en el estómago que le impedía moverse y respirar con normalidad. Sus manos estaban manchadas de sangre y la sola idea de haber herido a alguien, por más que sea un asesino, le resultaba aterradora. Se maldijo a sí misma por no haber tomado la memoria antes de huir. Si no recordaba mal, había quedado en el interior del maletín. Simplemente debería haberlo tomado durante la confusión. Bajó la mirada. Las manos le temblaban. Pequeñas explosiones se escuchaban, provenientes de la locomotora, a pocos metros de ella, pero la formación no menguaba su velocidad. El poderoso sonido del motor diesel se escuchaba con más intensidad que nunca. Marcó el botón de remarcado y la luz de la pantalla iluminó su rostro; ante sus ojos apareció el nombre de Javier. De inmediato presionó sobre él y la llamada entró. Un instante después, y ante su sorpresa, una voz se escuchó por el diminuto parlante.

—¡¿Hola?!

—Javier, soy yo, Sandra.

—¡Sandra! —exclamó Javier— ¿Estás bien? ¿Dónde estás?

—En el furgón de carga —respondió Sandra rompiendo en llanto—. Trelles quiere que le dé el código, pero te juro que no lo tengo, Javier, de verdad no sé de qué código me está hablando.

—Tranquila —dijo Javier—. Estoy yendo…

—Cerré la puerta y me escondí detrás de unas cajas —lo interrumpió Sandra—. ¡Pero quieren entrar! ¡Están por entrar! ¡No sé qué hacer! ¡Tiene la memoria en un maletín negro! —agregó entre llantos, fuera de control— Por favor, ¡esta gente quiere matarme!

—No te muevas —le indicó Javier—. Estoy yendo ahora mismo para allá.

—¡Javier..!

En ese momento se escuchó el estruendo de un disparo, retumbando en el interior del furgón de carga. Las maletas que estaban apiladas contra la puerta se derrumbaron una tras otra y la puerta comenzó a vibrar bajo los insistentes golpes. La furiosa voz de Trelles se escuchaba entrecortada del otro lado. Un segundo disparo impactó sobre la cerradura. Sandra se echó hacia atrás y el teléfono se le cayó de las manos. Con terror vio la sombra de aquel asesino bajo la puerta, la cual estaba cediendo rápidamente.

3

SEVIGNE

Miércoles 15 de enero del 2014, 04:37h

—¿Sandra? ¡Sandra!

Javier guardó el teléfono y comenzó a correr hacia la parte delantera del convoy. Un disparo fue lo último que escuchó antes de que la comunicación se cortara de forma repentina. Para ese entonces, por su mente se cruzaba un pensamiento que lo aterrorizaba. Tomó el arma en sus manos y avanzó con la rapidez que sus piernas le permitían. La adrenalina corría velozmente por sus venas, menguando el dolor que la última disputa le había provocado. Cruzó la cocina del coche comedor y se detuvo frente a la puerta. El vagón contiguo parecía estar vacío. Contempló con cuidado a través de la pequeña ventanilla de la puerta antes de abrir e ingresar. Con el arma apuntando hacia adelante, avanzó por el pasillo en penumbras de aquel coche completamente vacío. La escena era irreal, típica de una pesadilla. Podía sentir el avance descontrolado del tren bajo sus pies, el rechinar de los metales a punto de sucumbir bajo la increíble velocidad en que se desplazaban. Un hedor a plástico mezclado con combustible y aceite quemado ingresaba a través de las ventanillas directo a sus pulmones. El denso humo dificultaba aun más la visión. Pero sus ojos ya se habían acostumbrado a la oscuridad. En ese momento lo único que importaba era encontrar a Sandra, encontrarla con vida. Giraba su cabeza hacia ambos lados a cada paso, mientras apuntaba con su arma con movimientos bruscos y repentinos. Cruzó por sobre el cadáver de un hombre de Trelles, que permanecía tendido sobre el pasillo y continuó. Los asientos vacíos eran un escondite perfecto para alguien que quisiera tenderle una emboscada. Llegó al extremo del coche y, después de revisar el interior del baño de caballeros y el diminuto compartimiento de carga, se agazapó tras la puerta. Asomó la mirada por la ventanilla. Parecía estar todo en silencio. No había rastros de Trelles ni de Sandra. En el otro extremo distinguió un maletín, sobre uno de los asientos, seguramente era el maletín del que le había hablado Sandra. Esperaba que la memoria aún se encontrara en su interior. Se acercó en silencio y giró el pestillo de la puerta, la cual se abrió rechinando.

Dio un paso hacia adelante, con el mismo sigilo con el que recorrió el coche anterior cuando, de pronto, sintió un frío metal en su sien. Vio al hombre de pie a su lado, presionando el arma contra su cabeza mientras que, con la otra mano, le quitaba lentamente su arma.

Arrodillado sobre los puentes deslizantes que se movían rápidamente en el espacio entre coches, Pablo intentaba mantener el equilibrio para no caer. Con la ayuda de uno de los pasajeros y, después de varios minutos y un gran esfuerzo, habían removido con éxito una de las plataformas metálicas. Ahora tenía a la vista el acople que mantenía a los vagones unidos al resto del tren. Se trataba de una gran pieza de acero y otras conexiones de las cuales desconocía por completo, pero sabía que, una vez abierto ese acople, lo demás se desconectaría rápidamente. Esa era la idea. Miró su reloj, habían pasado ya varios minutos desde que habló por última vez con Javier, necesitaba apurarse. Agradeció al hombre que estaba a su lado y le indicó que regresara con los demás y esperaran allí. A través de las ventanillas alcanzó a ver el cartel de una estación. Habían cruzado Sevigne. Restaban pocos minutos para llegar a Dolores. Si lograba desenganchar aquellos coches antes de alcanzar a la curva, sería posible que lograsen cruzar sin que el convoy descarrile. Cruzó hacia el otro lado y comenzó a presionar el enganche con toda su fuerza. La grasa con la que estaba cubierta hacía que sus manos resbalasen. Alzó la vista para ver a los pasajeros en el otro extremo del vagón, observando con curiosidad sus movimientos. Uno de ellos se acercó para ofrecerle ayuda, pero de inmediato Pablo se rehusó a aceptarla. Sabía que era una tarea peligrosa. Un movimiento en falso y podría caer bajo las ruedas del tren. Suspiró y continuó, no había opciones, tenía que hacerlo. Después de varios intentos, logró levantar el gancho de acero y vio el acople abrirse lentamente, las mangas de freno se desprendieron para luego desengancharse por completo. Inspiró profundamente y se echó hacia atrás. Escuchó los aplausos de las personas y los gritos de júbilo, mientras se alejaban paulatinamente. Pablo los contempló con una sonrisa a medida que se abrazaban unos con otros. Por un momento deseó estar allí con ellos, pero sabía que debía terminar su trabajo, debía apoyar a Javier. Se sintió aliviado y, por un instante, feliz. Esa pequeña acción había salvado la vida de todas esas personas. Alzó sus ojos para ver a uno de los helicópteros sobrevolar los coches que, poco a poco, iban perdiendo velocidad, alejándose de él. De inmediato se puso de pie y retrocedió. Se encontraba en el coche comedor, pero no había señales de Javier. Las mesas estaban desordenadas, al igual que las sillas. Las paredes presentaban varios impactos de bala. Una de las ventanillas estaba hecha añicos. Había signos de lucha por donde mirase. Tomó el arma y avanzó, cruzando toda la extensión del coche hasta llegar hasta el otro extremo. Debía encontrar a Javier.

4

DOLORES

Miércoles 15 de enero del 2014, 04:37h

Sentía que el estómago se retorcía en su interior cuando comenzó a arrastrar el cadáver hacia uno de los lados, dejando un rastro de sangre sobre el suelo. Contuvo la respiración, intentando no mirar, al tiempo que lo dejaba descansar con cuidado a un lado del furgón de carga. La puerta continuaba soportando las insistentes embestidas de Trelles quien, desde el otro lado, la llamaba a grandes voces. Tomando una pesada caja en sus brazos, Sandra la apoyó contra la puerta e hizo lo mismo con otras más, y todas las que podía arrastrar. Sus ojos se habían acostumbrado a la oscuridad que reinaba en el interior del coche. Esperaba, de un momento a otro, que un proyectil atravesara la puerta, terminando con su vida. No sabía cuánto tiempo más soportaría. A sus pies estaba el intercomunicador de Gari, desarmado por completo gracias al golpe que recibió al caer de sus manos, presa del pánico. Había perdido ya la noción del tiempo; no recordaba cuántos minutos habían pasado desde que se había hablado con Javier, pero estaba segura que, de un momento a otro, aparecería. Se detuvo, observando con impotencia las cajas caer bajo los fuertes golpes. Era cuestión de tiempo. Pensá, Sandra, pensá. Su mente estaba en blanco. El terror la había paralizado. Se sentía confundida, su corazón latía fuera de control y su respiración era un jadeo sonoro, constante. Otra caja cayó al suelo, a pocos metros de ella.

Retrocedió unos pasos. Una alocada idea cruzó por su cabeza, aunque no estaba del todo segura de poder hacerlo. Su corazón se aceleraba aun más. No tenía alternativa. Se aferró a la manija del portón corredizo y, utilizando todo el peso de su cuerpo, deslizó la pesada puerta lo suficiente para poder pasar. El humo invadió el interior del furgón, contaminándolo todo con un olor rancio, gasoil combinado con aceite quemado. Se cubrió el rostro con una mano y asomó la cabeza, mirando hacia arriba. Podía sentir la velocidad en la que se desplazaba el tren. Se rehusaba a mirar hacia abajo, sabía que si lo hacía, no podría continuar. Las llamas que se escapaban de la locomotora iluminaban el exterior del tren, creando una imagen irreal, de pesadilla.

Afirmó sus pies sobre el borde de la puerta y, sosteniéndose de uno de los lados, alzó su brazo para asirse de la parte superior. El viento caliente y saturado de humo golpeaba su rostro, haciendo que respirar fuera una tarea casi imposible. Con un movimiento rápido se impulsó hacia arriba. Fue cuando la navaja cayó de su bolsillo hacia las vías. Se maldijo por eso. Comenzó a tantear el borde superior del furgón. Su superficie curva y llana no presentaba ninguna agarradera firme para poder subir. De pronto escuchó un fuerte estruendo en el interior del coche. La puerta había cedido a los golpes.

Trelles estaba adentro.

Escuchó su voz, llamándola a gritos. Se lo notaba furioso, exasperado. Sandra se apeó hacia un lado y, en ese momento, sus manos se aferraron a una hendidura en el techo. ¡Sí! Cerrando sus dedos en ella, se impulsó, apoyando sus pies sobre la parte superior del portón. Ya se encontraba en el techo. Se dejó caer sobre él, agitada. Contempló el cielo nocturno, una noche oscura como pocas veces había visto; la inexistencia de luces en esos campos le permitían observar un cielo cubierto de millones estrellas, apenas opacadas por el humo que la locomotora desprendía. Una sensación de paz la invadió, pero duró sólo unos segundos. La voz de Mario Trelles se escuchaba ahora con más intensidad. Se reincorporó y, apoyando sus manos y rodillas sobre el techo del furgón, comenzó a alejarse lentamente.

A medida que se alejaba se preguntaba dónde estarían Javier y Pablo. Se arrepentía de no haber tomado la memoria en el momento oportuno. Pero poco le importaba aquel dispositivo en ese momento; ahora toda su atención se centraba en permanecer con vida. Su vida estaba ahora como prioridad. Giró la cabeza para ver cuán lejos había llegado, pero el humo le impedía distinguir con claridad la extensión del coche. Comenzó a toser con fuerza, los pulmones le quemaban y los ojos le ardían. Pocos instantes después sus manos perdieron apoyo. Había alcanzado el extremo del furgón de carga. El próximo coche era el primer vagón clase pullman, podía reconocerlo gracias a las ventilaciones y la maquinaria que presentaba en sus techos, pertenecientes al sistema del acondicionamiento del aire. En ese momento el coche se sacudió con fuerza. Estaban atravesando un cambio de vías. Giró la cabeza una vez más, intentando ver más allá de la locomotora. Sus luces frontales, que aún continuaban encendidas, iluminaban parcialmente la fachada de la estación de Dolores y, más lejos, una curva pronunciada. Contuvo la respiración.

Al voltear la vista nuevamente, se sorprendió al ver que los últimos cuatro vagones se desprendían de la formación, alejándose. En ese momento, el tren pareció aumentar aún más la velocidad. En la oscuridad de la noche alcanzó a ver los últimos 4 vagones de pasajeros ir disminuyendo la velocidad y quedar rezagados. Una persona se asomó al extremo del primero ellos y alzó la mano, agitándola a ambos lados. Sandra se frotó el rostro; sentía que sus ojos le quemaban. Un instante después, aquellos cuatro vagones eran sólo un pequeño reflejo en medio de la noche. ¿Acaso alguien había desprendido los vagones? Sólo esperaba no ser la única que había quedado allí. A su espalda vio nuevamente lo que le esperaba: una curva cerrada que se acercaba rápidamente. Se preguntaba si el tren podría superarla a esa velocidad. Poco tiempo tuvo para razonar ese pensamiento. Se puso de pie y saltó por encima del espacio entre coches, hacia el próximo vagón y comenzó a correr hacia atrás, justo en el momento que todo el piso se inclinó hacia un lado.

El tren comenzaba a ladearse.

Fue entonces cuando perdió el equilibrio y cayó, golpeando con su cuerpo sobre el techo. Sintió un fuerte dolor en su cabeza. Pudo ver toda la extensión del coche inclinarse peligrosamente hacia un lado, mientras escuchaba el chirrido agudo del metal rozando con metal, haciéndole doler los oídos. Una lluvia de chispas incandescentes se desprendía de las ruedas de los vagones mientras atravesaban la curva a una velocidad mucho mayor a la máxima permitida. Sandra se aferró con ambas manos a uno de los caños del sistema de ventilación, mientras que su cuerpo colgaba libre en uno de los lados. Quiso gritar, pero no tenía suficiente aire en sus pulmones. Se sostenía con todas sus fuerzas. El tren parecía desarmarse por completo. Alcanzó a ver a la locomotora ladearse a medida que avanzaba, sin menguar su velocidad. Las llamas se hacían cada vez más intensas. Se preguntaba por qué razón no se detenía, sino que pareciera aumentar aún más su velocidad. Después de un minuto, que pareció una eternidad, y con un estruendoso ruido metálico, el coche se apoyó nuevamente sobre todas sus ruedas, quedando en su posición original. Haciendo un nuevo esfuerzo, Sandra arrastró todo su cuerpo hasta el centro, alejándose del peligro.

De pronto a sus oídos llegó una voz, entrecortada por el viento. Una voz que no deseaba escuchar nunca más. Alzó la vista hacia adelante para ver una silueta recortada contra las llamas, de pie, sobre el techo del furgón de carga. En sus manos parecía sostener un arma. Era evidente que la había visto. De inmediato lo reconoció.

Era Trelles.

5

PARRAVICINI

Miércoles 15 de enero del 2014, 04:45h

Afianzándose firmemente al borde de una de las ventanillas, Pablo vio las mesas y las sillas deslizarse hacia uno de los lados del coche comedor, al tiempo que golpeaban con un ruido ensordecedor las ventanillas, haciendo estallar los cristales. Todo el vagón se inclinaba peligrosamente hacia un costado. Habían llegado a la curva de Dolores. Esperando lo peor, Pablo cerró los ojos y contuvo la respiración, al tiempo que se agachaba sin soltarse, tratando de mantener la posición. El sonido estridente del metal rozando le perforaba los tímpanos. Podía ver la oscuridad ser interrumpida por una densa y extrañamente hermosa lluvia de chispas incandescentes, provenientes de la parte inferior del vagón. Todo a su alrededor se movía mientras la formación transitaba por la curva, sin aminorar su marcha. Unos segundos después, una fuerte sacudida estremeció el coche, regresando a su posición inicial. Lo habían logrado. No sabía cómo, pero el tren había atravesado la curva. Respiró profundamente, intentando calmarse, y se puso de pie. En ese momento se sintió aliviado por haber evitado un desastre de proporciones mayores al desenganchar aquellos vagones y librando a los pasajeros. Entonces lo recordó. ¿Dónde se había metido Javier? Había sangre en el suelo. De pronto escuchó un sonido proveniente del coche contiguo y se dirigió hacia la cocina.

Se detuvo. El teléfono comenzó a vibrar en el interior de su bolsillo. La pantalla iluminada mostraba el nombre de Adrián. Atendió de inmediato.

—Adrián.

—Pablo, —respondió desde el otro lado— creímos que no lo lograrían. Estamos viendo las imágenes en las noticias. Los helicópteros los están siguiendo de cerca.

—Esto se pone cada vez peor —aseguró Pablo; luego de una pausa continuó—. ¿Cómo están las cosas allá?

—Haciendo el reconocimiento —dijo—. Estamos solos.

Luego de un momento en silencio, Adrián pareció murmurar algo, después continuó.

—Pablo, al parecer hay dos personas sobre el techo del primer y segundo vagón, no podemos reconocer quiénes son, pero —agregó— dicen que uno de ellos es una mujer.

—Dios… Sandra.

—Aquí están todos conmocionados —le informó—, se pidió la captura de Sureda y en estos momentos están allanando sus oficinas. Al parecer salió todo a la luz, no vas a creer cuando te diga…

La comunicación se cortó repentinamente. Pablo intentó restablecerla, pero fue en vano. Se había quedado sin baterías. Arrojó el aparato a un lado y se dirigió hacia el próximo coche donde, tal vez, se encontraría con Javier.

El parque estaba totalmente vacío, las puertas de ingreso se habían cerrado iniciada la noche y no había señales del guardaparque ni de ninguna persona alrededor. Todo se encontraba en silencio y no se observaban movimientos. La Avenida Rivadavia estaba completamente desierta a esa hora de la madrugada. Saltar por sobre la reja perimetral no había sido nada difícil. Nadie había notado su presencia. Se escabulleron sigilosamente entre los arbustos, rodeando el parque, examinando minuciosamente cada árbol, cada estructura donde podría encontrarse aquel francotirador. Se adentraron en los recónditos pasillos de la feria de libros y música en busca de un indicio. Todos los locales estaban cerrados y los libros cubiertos con plásticos, esperando un nuevo día de trabajo. No había nadie allí. Lentamente se acercaron hacia el monumento a Simón Bolívar, evitando exponerse en demasía al cruzar por el amplio espacio vacío que lo rodeaba. Fue entonces cuando lo vieron. Se hallaba cerca de la cúpula de uno de los árboles centrales del parque, a quince metros sobre el suelo, afirmado sobre una de las ramas.

Rodrigo miró la hora y volvió a vigilar a través de sus binoculares de visión nocturna. No había realizado ningún movimiento los últimos diez minutos. Estaba allí, con la cabeza apoyada contra el tronco central, a la espera de una orden. Revisaba insistentemente su celular. Su fusil estaba bien asegurado en su posición, apuntando directamente hacia la ventana del dormitorio de Nely sobre la calle Doblas, a poco más de sesenta metros. No sería un disparo muy difícil para cualquier tirador. Rodrigo había reconocido de inmediato su arma, se trataba de una TAC50, con un rango de 2500 metros. Era evidente que estaban frente a un profesional. Sureda no había reparado en gastos para asegurarse el éxito de la misión. Pero ahora las cosas habían dado un giro inesperado, si Javier...

Adrián lo alejó de sus pensamientos. Se acercó hacia su posición, con el teléfono en mano.

—La comunicación se cortó —dijo, mientras se acomodaba en la misma rama, a su lado—. Pablo está vivo, no hay noticias de Javier ni de Sandra.

—Lo van a lograr —afirmó Rodrigo mientras ajustaba la mira de su M110—. Hay que tener fe.

Adrián se acomodó al tiempo que observaba la pequeña pantalla de su celular, la cual mostraba una imagen en vivo del tren 307, desde uno de los helicópteros. Crónica TV era el único canal que transmitía en directo lo que sucedía. El haz de luz del helicóptero apenas lograba iluminar parte del convoy en su veloz travesía. Podían ver llamas en la locomotora y una larga columna de humo que dejaba a su paso. Minutos antes, habían intentado identificar a las dos personas que se hallaban sobre los techos de la formación, pero por el momento eran sólo especulaciones. La única información segura era que se trataba de un hombre y una mujer y, al parecer, el hombre estaría armado.

Posicionado a su lado, Rodrigo agudizó la vista y apoyó uno de sus ojos detrás de la mira telescópica de su fusil. Sentía el odio correr por sus venas; el sólo pensar que se trataba de alguien relacionado con la muerte de su compañero Gari, lo volvía insensible. Una gota de sudor se deslizó por su sien. La mira marcaba una cruz sobre la pierna del francotirador. Rodrigo sabía que el disparo no lo mataría en el acto, pero lo obligaría a descender, impidiéndole continuar con su macabro plan. Una suave brisa agitó las hojas a su alrededor y con un leve movimiento ajustó la posición del arma.

—No lo mates —le indicó Adrián—. Solo derribalo.

Rodrigo no contestó. Inspiró profundamente. Con un suave movimiento de sus dedos, afinó nuevamente la posición del cañón de una manera casi imperceptible. Luego murmuró.

—Estoy listo.

—Hagámoslo y vámonos de aquí.

Conteniendo la respiración, Rodrigo deslizó cuidadosamente su dedo en el gatillo y quitó lentamente el seguro. Luego de unos instantes, un fino silbido acompañó un resplandor en el extremo del fusil. Un par de aves se elevaron ruidosamente hacia el cielo. A través de la mira, vio al hombre sacudirse sobre la rama y caer hacia un lado, sostenido únicamente por su arnés de seguridad. Estaba herido, pero con vida. Alzando la mirada, Rodrigo hizo un gesto de éxito.

—Hecho —dijo—. Pero si no es atendido dentro de quince minutos es hombre muerto.

—No te preocupes —afirmó Adrián mientras marcaba el 911 en su teléfono—. Yo me encargo de eso. Guardemos todo y vayamos a visitar a la señora Nely, no quiero que esté sola al enterarse de todo esto —agregó—. Espero que no sea tarde.

6

GENERAL GUIDO

Un súbito golpe de puño en su rostro lo derribó sobre la fila de asientos. Aturdido por los golpes, se maldecía a sí mismo por no haberlo previsto. Un simple error podría terminar con su vida y la de su esposa. Javier contempló en silencio al hombre armado que se hallaba frente a él, apuntándole directamente a la cabeza. Su desgastado uniforme de policía lo delataba como uno de los secuaces de Gómez, ahora bajo el mando de Trelles. Podía percibir la inseguridad en su rostro, se lo veía perdido, indeciso ante la situación. Vigilaba insistentemente la puerta en el extremo del coche, mientras amenazaba con dispararle. Lentamente Javier se reincorporó, sentándose en el asiento. Alzó la vista para descubrir, a lo lejos, el maletín. Se encontraba sobre uno de los asientos; bajo éste, una mancha de sangre y un rastro que se dirigía hacia el furgón de carga. La puerta se encontraba destruida y presentaba varios impactos de bala en la cerradura. El corazón de Javier comenzó a acelerarse. Necesitaba librarse de aquel hombre de inmediato. La vida de Sandra estaba en peligro.

¿Dónde se había metido Pablo? Miró su reloj. Seguramente aquel uniformado estaba esperando el regreso de Trelles para recibir nuevas órdenes. No tenía la menor idea de qué hacer con él sin sus instrucciones. A un par de metros de distancia se encontraba su arma, sobre el piso, debajo de uno de los asientos. No tenía posibilidad de alcanzarla con rapidez. Las manos del hombre temblaban, sabía que podría disparar al menor intento. Se limpió el rostro, tenía sangre en la comisura de los labios.

—Trelles no va a venir —le dijo—. Estás sólo. ¿Pensás tenerme aquí hasta que el tren descarrile?

No recibió respuesta. El uniformado se limitó a observarlo en silencio, sin dejar de apuntarle. Su mirada nerviosa se dirigía insistentemente hacia el furgón de carga. A sus oídos llegaron un par de explosiones leves, provenientes de la locomotora. Javier volvió a inquirir.

—No tenemos mucho tiempo. Si vas a matarme es mejor que lo hagas ahora.

Tal como lo esperaba, sus palabras habían causado efecto. La ansiedad e indecisión de aquel infeliz eran ahora más que evidentes. Javier supo que era momento de actuar. Fue entonces cuando el sujeto volvió a girar su mirada hacia un lado; Javier se puso de pie y de un rápido movimiento aferró con fuerza su mano, quitándole el arma. Luego lo tomó por el cuello y comenzaron a forcejear, golpeando su cuerpo contra la fila de asientos. De pronto sintió el piso moverse bajo sus pies. Un sonido estridente perforaba sus oídos, un chirrido metálico y continuo. Ambos cayeron al suelo y vieron las maletas precipitarse desde los estantes sobre sus cabezas. Todo el coche se inclinó hacia un lado de manera irreal. Se deslizaron por sobre el pasillo, intentando aferrarse de los asientos. Javier comprendió que estaban atravesando la curva. Experimentó todo el peso del hombre sobre él y un punzante dolor en su costado. Se reincorporó, tratando de mantener el equilibrio y se abalanzó sobre el uniformado, derribándolo. A través de las ventanillas podía ver las chispas que se desprendían de la parte inferior del vagón. Escuchó los cristales estallar al tiempo que todo el mundo alrededor se inclinaba aun más. En la oscuridad del coche, distinguió el rostro del sujeto acercarse para golpearlo nuevamente. Javier intentó asirse de un asiento, pero se deslizó hasta golpear contra el respaldo de un asiento. Fue en ese momento cuando vio su arma allí, al alcance de la mano. Se agachó y extendió el brazo tratando de alcanzarla. Tendido sobre el piso, vio una sombra acercarse lentamente hacia él, tenía un arma en la mano. Giró su cuerpo hacia un lado, justo antes de que un proyectil impactara en el suelo. Entonces alzó su brazo hacia adelante y disparó. El resplandor de la detonación iluminó el cuerpo del uniformado, el cual se desplomó sobre él. Muerto.

Con un estrépito movimiento, el coche volvió a asentarse sobre los rieles. Habían atravesado la curva exitosamente. Lo habían logrado, por el momento. El convoy parecía no aminorar su marcha sino que, por el contrario ahora podía sentir que avanzaban una velocidad mayor. Javier se deshizo del cuerpo, arrojándolo hacia un lado y, con dolor, se puso de pie. Se apoyó sobre un asiento, tratando de recobrar el aliento. No recordaba haber recibido tantos golpes en tan poco tiempo. Lo cierto era que su afán por encontrar a Sandra era más fuerte que el dolor que podía sentir. Si sus cálculos eran correctos, a partir de ahora sólo quedaba Trelles con vida. No sería fácil, conocía muy bien al "Colo" y sabía que estaría dispuesto a todo. Avanzó por el pasillo hasta llegar a la puerta que comunicaba con el furgón de carga. Allí, sobre uno de los asientos, se encontraba el maletín. Javier se acercó y, abriéndolo, descubrió la computadora portátil. A un lado de ésta había un pequeño dispositivo de almacenamiento. Su aspecto metálico, sin uniones, y las siglas RZM-SECTI grabadas en él no significaban otra cosa que lo que estaba buscando. Lo tomó en sus manos, haciéndolo girar en sus dedos. Era increíble que todo aquello se debiera a tal insignificante objeto. Se sentía increíblemente liviano en sus manos. Su propia sangre cubrió las letras grabadas mientras lo guardaba en su bolsillo, asegurándolo firmemente. Giró la cabeza, juraría haber visto algo escabullirse en la oscuridad del interior del furgón.

Se acercó a la puerta; ésta se encontraba hecha añicos. La cerradura y el pasador metálico estaban destruidos, podía notarse el impacto de varios proyectiles de alto calibre. El cristal estaba esparcido por todo el lugar y un rastro de sangre ingresaba al coche, perdiéndose en la oscuridad. De pronto escuchó un sonido sobre su cabeza. Pisadas. Avanzó unos pasos hasta que sus pies tropezaron con un objeto. En las penumbras del interior del furgón de carga distinguió un cuerpo, tendido en el piso, a un lado y sobre un charco de sangre. De inmediato lo reconoció. Era Gari, su compañero. Por un instante lo contempló en silencio tratando de recordar cuáles habían sido sus últimas palabras hacia él. Luego se apartó del cuerpo y de sus pensamientos y avanzó a tientas. Varias cajas, maletas y objetos pesados se encontraban desparramados por todo el coche. Al llegar al otro extremo, pudo ver el portón abierto. El rastro de sangre se perdía frente a él.

¿Sería la sangre de Sandra?

El humo se colaba por la puerta, invadiendo el interior. Javier podía sentir en su boca el sabor desagradable del aceite quemado y el gasoil, mezclado con un olor nauseabundo, imposible de describir. Se acercó, sosteniéndose de un lado del portón. Varios metros adelante, alcanzó a ver el fuego que se escapaba de la locomotora. La formación sostenía su veloz marcha. Para ese entonces, había pedido la noción del tiempo y desconocía cuánto faltaría para que desvíen el tren y encontrar su final. Pero por el momento sus pensamientos estaban centrados en encontrar a Sandra. Sabía que Mario Trelles estaba con vida, y mientras eso sea así, su esposa estaría en peligro. Alzó la mirada hacia el techo del furgón. Sobre la parte superior alcanzó a distinguir varias huellas de sangre. Por el tamaño de las marcas, podía entender que se trataban de las manos de Sandra. Entonces escuchó una voz a su espalda.

—Aquí estás —dijo Pablo, sorprendiéndolo. Luego se detuvo al ver el aspecto de Javier—. ¿Estás bien?

—No te preocupes por mí —respondió, alzando la vista hacia el techo—. Trelles está con vida. Es posible que esté en los techos, y lo peor —agregó— es que creo que Sandra está allí también.

—No perdamos tiempo, vamos tras él.

—No —le indicó Javier—. Iré yo. Necesito que intentes detener el tren, como sea.

—Es imposible… —afirmó Pablo observando hacia afuera— La locomotora está en llamas, la cabina es un infierno. Es un milagro que esa máquina todavía funcione.

—Tenemos que intentarlo —dijo Javier—. O todo será en vano.

Pablo se mantuvo en silencio. Javier tenía razón. Si no lograban detener el tren a tiempo, todos ellos terminarían muertos en el impacto. Desviar el tren era solo una medida de precaución, una decisión adoptada para resguardar la integridad de la estación de Mar del Plata y las viviendas a su alrededor. Seguramente el desvío se haría en un lugar apartado, algún taller o campo alejado de cualquier vivienda. Podía sentir el rápido avance del convoy bajo sus pies, deslizándose irremediablemente sobre los rieles que conducían directamente hacia la muerte. No tenían mucho tiempo. A esa velocidad, era cuestión de minutos. Las llamas parecían no tener efecto en su avance, y haber desacoplado aquellos vagones había significado librar a la máquina de un gran peso, aumentando su velocidad. Por un momento se preguntó si la vía se encontraría libre. Impactar de frente contra otra formación sería una catástrofe de magnitudes inimaginables. A esa velocidad, un simple cambio de vías podría provocar un descarrilamiento mortal. Pablo frunció el entrecejo. Desacoplar. Quizás liberando la locomotora del resto del tren sería una solución, la única solución. Todavía tenía esperanzas.

Acercándose al portón del furgón de carga, Pablo suspiró profundamente e hizo un gesto de afirmación, mientras se quitaba el chaleco antibalas para moverse con más libertad. Frente a él, Javier se aferró a uno de los lados y comenzó a treparse por la parte exterior del coche. Un instante después desapareció de su vista.

7

MAIPÚ

Padecía un insoportable ardor en sus ojos, haciéndole difícil abrirlos, pero pudo reconocer la figura inconfundible de aquel sujeto. El fuego que brotaba de la cabina de conducción de la locomotora iluminaba toda la superficie del techo del tren. Recortado contra él, se encontraba la silueta de Mario Trelles, de pie e inmóvil, con su arma en la mano, intentando mantener el equilibrio a pesar del movimiento. Su pantalón estaba completamente empapado en sangre, y se las había arreglado para hacerse un torniquete en torno a su pierna utilizando un cinturón. Tendida sobre el techo del coche clase pullman, Sandra retrocedió unos pasos, sin quitar la vista de Trelles. A tientas, intentaba esquivar la maquinaria, cables y cañería del sistema de ventilación, mientras se alejaba centímetro a centímetro del asesino. Giró la cabeza, a su espalda había un vagón más y el coche comedor. Ya no alcanzaba a ver los coches que habían sido desvinculados de la formación. Alzó la mirada en dirección al helicóptero que los seguía desde arriba, no muy lejos. Agitó un brazo insistentemente con la esperanza que le brindase ayuda, pero sabía que nada podrían hacer desde allí, sino observar. Eran observadores silenciosos de su desesperada situación, quizás periodistas ansiosos de presenciar la catástrofe y transmitirla a la mayor cantidad de personas posible. El rostro de su madre se cruzó fugaz por su cabeza. Pero pronto sus pensamientos se vieron eclipsados por la escena que se presentaba ante sus ojos. Las llamas de la locomotora comenzaron a crecer repentinamente, envolviendo por completo la cabina de conducción. Podía escuchar pequeñas explosiones y un millar de pequeños puntos incandescentes salir despedidos en la oscuridad de la noche. Trelles comenzó a acercarse pausadamente, rengueando de su pierna herida. Lo vio mover los labios, pero no alcanzó a escuchar lo que decía. ¿Dónde estaba Javier? ¿Acaso muerto? Se preguntaba si ese asesino estaría dispuesto a terminar con su vida allí mismo, frente a todos los que observaban la escena a través de las cámaras que, seguramente, llevaba ese helicóptero. A lo lejos alcanzó a divisar las luces intermitentes de patrulleros de policía y las inconfundibles luces verdes de ambulancias que transitaban por una ruta lejana. Poco a poco comenzaba a tener conciencia real del destino final de aquel tren. Si Trelles no le ponía fin a su vida, el tren lo haría, pero su instinto de supervivencia la llevaba a mantenerse firme, a luchar el tiempo que sea necesario. La información, GenAr y todo lo que ello significaba habían pasado hace tiempo a segundo plano, ahora se trataba de su vida.

Afirmando sus manos y pies sobre el techo irregular del vagón, retrocedió un par de metros. Frente a ella, Trelles había atravesado ya el espacio entre coches, quedando ahora en el mismo vagón. Ahora alcanzaba a ver su rostro con más claridad, aún en la oscuridad. Su tez pálida, su cabello rojizo y la cicatriz en su rostro eran imposibles de olvidar. Sus ojos sin brillo y su mirada carente de expresión la observaban en silencio, calculando su próximo movimiento, como un animal al acecho de su presa. Trelles avanzó lentamente, arrastrando la pierna herida con un gesto de dolor. Sandra retrocedió al tiempo que lo veía acercarse más. Fue entonces cuando sus manos quedaron en el aire. Giró su cabeza para notar que había llegado al extremo del coche. A su espalda, había quedado el muelle que unía ambos vagones y, bajo éste, las vías que cruzaban a una velocidad aterradora. A pesar del movimiento del tren, podía sentir bajo ella los pasos de Trelles a medida que avanzaba.

—¡Tranquila! —exclamó por sobre el ruido del tren— No quiero lastimarte. Sólo necesito que me digas ese maldito código y me iré, lo prometo.

Sandra guardó silencio. Intentó aferrarse a algo para poder retroceder por sobre el fuelle sin quitar la vista de Trelles, pero le era imposible. Cualquier movimiento en falso podía hacerla caer. Por un momento se preguntó qué sería peor, ser arrollada por la formación o morir de un disparo en el corazón. Le faltaba el aire y sentía que su pecho estallaría en cualquier momento. Ya no podía aguantar el fuerte olor a aceite quemado que el humo y el viento traía consigo.

—Muy bien —continuó Mario Trelles, guardando el arma en su cintura—. Me voy a acercar lentamente. No voy a lastimarte. No te muevas. Sólo necesito que me digas lo que quiero saber —agregó—. Eso es todo.

Dicho esto, Trelles comenzó a acercarse con dificultad.

Sandra sintió haber quedado paralizada de terror. Miró tras de sí. Debía ponerse de pie y saltar hacia el otro coche, eso le daría más tiempo, aunque no estaba del todo segura para qué. Vio a Trelles caminar hacia ella paso a paso, ahora sólo los separaban menos de seis metros. Inspiró profundamente y se puso de pie con cuidado. Escuchó la voz de aquel hombre decir algo, aunque no pudo entender sus palabras. Dio un paso hacia adelante y apoyó una pierna sobre el fuelle, el cual se movía frenéticamente. La superficie irregular le hacía imposible mantener el equilibrio. Debía hacerlo rápido, impulsarse con todas sus fuerzas hacia adelante y tratar de caer sobre el siguiente coche. Podía ver la tierra pasar velozmente a cada lado del tren; si cayera, moriría de inmediato. Apoyó su peso sobre la pierna, mientras que son sus brazos intentaba asirse fuertemente del borde del coche contiguo. Su corazón parecía salírsele del pecho. De pronto, llegó a sus oídos una fuerte explosión, proveniente de la locomotora. Giró rápidamente la cabeza para ver una gran bola de fuego elevarse por el aire, pasando a pocos metros sobre ella, iluminándolo todo. Sintió el intenso calor en su rostro y el tren se sacudió por completo, justo antes de perder el equilibrio y caer.

Contuvo la respiración y abrió los ojos. Sentía que todo el mundo a su alrededor se movía de manera frenética. Se encontró recostada, con la mitad de su cuerpo sobre el fuelle, entre los coches. Lenta e irremediablemente comenzó a deslizarse hacia un lado, hacia las vías, y se aferró con fuerza al borde metálico del coche. Sus manos comenzaban a resbalarse y sentía no tener fuerzas suficientes para aguantar por mucho tiempo más. Gritó con el poco aire que tenía en los pulmones. Sus piernas colgaban a merced del movimiento del tren y no lograba afirmarse a ninguna superficie. Era su final. Alzó la vista hacia el cielo. Si ese era su último instante de vida, las estrellas sería lo último que vería. Fue entonces cuando una sombra apareció sobre ella, justo antes que una mano se extendiera y la tomara con fuerza del brazo. Otra mano apareció, ayudándola a elevarse hasta que pudo afirmar sus pies. Al levantar la mirada, no pudo evitar ver la cicatriz en su rostro.

—No vas a morir sin antes decirme el maldito código —le dijo con una mueca a modo de sonrisa.

Fue entonces cuando se escuchó una voz lejana, apenas audible, traída por el viento. Sandra pudo reconocerla. Era la voz de Javier.

306

8

LAS ARMAS

Miércoles 15 de enero del 2014, 05:01h

Inspiró profundamente y se frotó las manos contra su cuerpo para secar el sudor. Dio un paso hacia adelante, apoyando sus pies en el borde del furgón de carga, mientras se sostenía del portón corredizo. Bajo sus pies los rieles corrían a una velocidad realmente atemorizante. Podía sentir el humo caliente y cargado de hollín ingresar a sus pulmones, irritándole la garganta y haciéndole arder los ojos. Alzó la mirada hacia el cielo, el cual se veía más oscuro que nunca, una noche sin luna, y las estrellas ocultas tras la columna de humo que se extendía a lo largo de la formación. El sonido del avance era estremecedor, y el movimiento del coche se había vuelto un frenesí incontrolable. Pablo observó su reloj. Las cinco de la madrugada, aún restaba una hora para que los primeros rayos del sol surgieran en el horizonte. Javier tenía razón, debía intentar detener la locomotora, de lo contrario todo sería en vano. Había perdido la noción de dónde se encontraban, pero sabía que no quedaba mucho tiempo para que ese tren encontrara el final de su recorrido, un final al que no deseaba asistir. Dejando escapar una bocanada de aire, se deslizó lentamente por un lado del furgón, calculando cada movimiento minuciosamente. Sabía que una mano mal ubicada, un movimiento en falso sería lo último que haría. Todo a su alrededor parecía moverse, el coche entero se estremecía. Se preguntaba a qué velocidad se estarían desplazando. Aquellas locomotoras no superaban los 150 kilómetros por hora, pero podría jurar que había superado ese límite. El denso humo golpeaba su rostro sin pausa, haciendo que respirar se volviera una tarea casi imposible, podía percibir en su paladar el gusto a aceite quemado, mezclado con gasoil. Su estómago se revolvía.

Después de unos instantes que parecieron una eternidad, logró asirse a la baranda del extremo de la locomotora. Apoyando un pie sobre la plataforma, se aseguró con firmeza. Quiso seguir avanzando, pero se detuvo. Pocos metros adelante, en el extremo delantero de la colosal máquina, una intensa bola de fuego consumía el interior de la cabina de conducción. Era imposible ingresar, tampoco podía acercarse, el calor era tan intenso que podía ver el metal incandescente a su alrededor. Se preguntaba por qué extraña razón aquella locomotora infernal no se detenía ante tal siniestro. El fuego iluminaba todo alrededor, tiñendo el tren en tonalidades rojizas y amarillentas. Toda la escena parecía ser extraída de una película de terror, de una pesadilla de la cual no podía despertar. Un haz de luz blanca se posó sobre su cabeza. Alzando la vista, distinguió el helicóptero que los había acompañado durante las horas previas. A Pablo le pareció ver que su piloto hacía señas con los brazos, pero no lograba verlo con claridad a través del humo.

El calor que provenía de la locomotora era intenso, sentía su rostro arder y la garganta le quemaba. Giró su cuerpo hacia atrás, regresando a la parte posterior de la máquina, hacia el furgón. Mirando hacia abajo, pudo distinguir la articulación del enganche que la unía al resto de la formación. La visibilidad era casi nula, pero ahora conocía bien el mecanismo. Aferrándose con fuerza y apoyando sus pies sobre los paragolpes, se introdujo en el reducido espacio. Intentaba no mirar hacia abajo, pero le era imposible. El corazón se le salía del pecho y se sentía sofocarse por la falta de aire. Extendió un brazo y tomó el gancho, pero éste no se movía en absoluto. Sus dedos se resbalaban al impregnarse con la grasa que cubría el enganche. Utilizando toda su fuerza, se inclinó para intentar una vez más. Nada. Escuchó una pequeña explosión, luego otra, provenientes de la locomotora, pero no alzó la mirada. Equilibrándose sobre los bordes sobresalientes de la locomotora, utilizó todo el peso de su cuerpo en un nuevo intento por destrabar el mecanismo y librar a la formación del destino de la locomotora. Contuvo la respiración, esforzándose al máximo. La luz del helicóptero intentaba enfocarlo reiteradas veces, pero era en vano. Pablo inspiró para recobrar fuerzas cuando sintió que sus pies perdían el equilibrio, justo antes que toda la formación se estremeciera. Todo a su alrededor se iluminó. Fue entonces cuando giró la cabeza instintivamente para ver una gigantesca esfera de fuego extenderse sobre la locomotora, envolviéndola por completo. Vio la brillante e incandescente superficie acercarse rápidamente hacia él. Agachó todo su cuerpo para esquivar el fuego que se extendía sobre él. Observó el furgón quedar envuelto en llamas. Ya no tenía escapatoria. El oxígeno se le estaba escapando de los pulmones. No podía pensar. Entonces sintió un ardor extremo en las manos, que se extendía rápidamente por sus brazos. Al mirarse, vio sus dos manos en llamas. La grasa que había en ellas se había encendido. Agitó los brazos instintivamente y los frotó sobre su cuerpo intentando apagar el fuego, pero parecía empeorar las cosas. Ahora su ropa comenzaba a ser devorada por las llamas. Ya no tenía fuerzas, no había más aire en el reducido espacio. No podía perdonarse haber fallado en su misión, la vida de su compañero y de su esposa dependían de su éxito. Por su mente se cruzaron imágenes, rostros y voces de toda su familia, la de Javier y de Sandra que aún continuaban sobre aquel maldito tren. Ya era tarde, demasiado tarde. Miró el enganche bajo sus pies, ahora envuelto en llamas. A lo lejos se escuchó una nueva explosión, justo antes de ver una gran placa metálica desprenderse de un costado de la locomotora, siendo despedida directamente hacia él. Entonces cerró los ojos y saltó hacia un lado, sumergiéndose en la oscuridad.

9

CORONEL VIDAL

Miércoles 15 de enero del 2014, 05:07h

Aquella voz había llegado a sus oídos como una luz de esperanza en medio de la pesadilla en la que se encontraba. Sintió un fuerte tirón en su brazo y rápidamente se vio alzada para luego caer sobre el techo del vagón, totalmente exhausta. A lo lejos, en medio de la columna de humo que los envolvía casi por completo, alcanzó a distinguir la silueta de Javier, quien se acercaba lentamente hacia ellos, sosteniendo algo en su mano. Cruzó el espacio entre coches hasta detenerse a no más de diez metros de distancia. A su espalda, las llamas que se desprendían de la locomotora habían alcanzado proporciones alarmantes y comenzaban a cubrir parte del furgón de carga. No les quedaba mucho tiempo. Sandra sabía que, en cualquier momento, la locomotora estallaría y se llevaría consigo las almas que aún se encontraban en ese tren. Podía sentir bajo sus pies el movimiento rítmico de la marcha que no había menguado en absoluto. La formación continuaba acercándose rápidamente a su destino final, tal vez en un intento por acabar con todo lo que en ella ocurría.

Alzando la vista, Sandra observó el haz de luz proveniente del helicóptero policial que, extrañamente, ahora se centraba en la parte posterior de la locomotora. Con total seguridad, sabía que estaban al tanto de lo que ocurría, pero les era imposible realizar cualquier maniobra a tal velocidad. Si lo que había oído de Pablo era verdad, en cualquier instante la formación se desviaría de su recorrido para encontrar un lugar apartado donde descarrilaría irremediablemente. Por su mente se cruzó la imagen del hall principal de Plaza Constitución, la larga fila por obtener un boleto y el hecho milagroso de haber conseguido ese pasaje. Se preguntaba si aquello había sido realmente un milagro o una jugada del destino para que encontrara su propio final. Si tan sólo no hubiera abordado ese tren…

Respiró profundamente en un intento por llevar oxígeno a sus pulmones, pero la garganta le ardía a tal punto que le era casi imposible respirar. Podía sentir el calor de las llamas en su rostro y el olor a aceite quemado penetraba hasta lo más profundo de su ser. Se sentía demasiado mareada, ponerse de pie era una tarea muy difícil de realizar. Vio la pierna de Mario Trelles, de pie a su lado; de ella brotaba sangre de forma profusa gracias a la herida que le había provocado. Fue entonces cuando sintió una mano cerrarse en torno a su cabello y, de un fuerte tirón, la obligó a ponerse de pie. De inmediato el brazo de Trelles envolvió su cuello y el cañón de su arma se apoyó sobre su cabeza. Pudo ver el rostro desencajado, agobiado y lleno de temor de aquel sujeto desesperado por obtener la información.

Todos sabían que el tiempo se agotaba rápidamente. Era cuestión de minutos para encontrar el final del recorrido, pero Trelles parecía no comprender del todo la situación. Su ambición por poseer aquella información lo cegaba por completo. En ese instante su única preocupación era recobrar la posesión de la memoria y acceder a sus datos, sin importar el precio a pagar por ello. Sandra lo observaba atónita. Todos sus pensamientos se centraban en encontrar la manera de escapar de aquel lugar, alejarse de ese maldito tren y evitar encontrar la muerte en él. Frente a ella estaba Javier, alzando su brazo. En su mano había un diminuto objeto metálico que brillaba en medio de la oscuridad de la noche. Sandra lo reconoció inmediatamente. Era el dispositivo de almacenamiento. Seguramente lo había extraído del maletín de Trelles, el cual había dejado atrás. Eso significaba que el hombre que estaba con él había sido reducido. Se preguntó dónde estaría Pablo en ese momento, no lograba verlo con él. Trelles afirmó su postura y alzó la voz por sobre el ruido del tren.

—¡Eso es mío, Ledesma! —exclamó visiblemente agitado— Dámelo o juro que la arrojo del tren.

—¡Soltala y te doy la memoria! —respondió Javier desde su posición.

Por un momento Trelles permaneció en silencio, dubitativo. Luego hizo un ademán con su mano, blandiendo el arma.

—Arrojala hacia acá y la suelto —dijo finalmente.

—¡No! —se negó Javier avanzando unos pasos— Puede caer del tren y quedar inservible. Voy a acercarme —le informó— y apoyarla con cuidado sobre el piso.

—Como quieras —dijo Trelles—, pero no intentes nada

estúpido.

Inmovilizada por Trelles, Sandra intentó mantener el equilibrio mientras observaba a Javier acercarse cada vez más sobre el techo del vagón, sosteniendo en alto la memoria. Un instante después se detuvo a tres metros de ella y dejó el dispositivo apoyado frente a él, asegurándose que no se deslice hacia los lados. Luego se reincorporó y alzó las manos, extendiendo los dedos.

—Listo —dijo Javier dando unos pasos hacia atrás—. Ahora soltala lentamente.

Sin librarla, Trelles avanzó unos pasos y tomó la memoria con la misma mano que portaba el arma. Frente a él, Javier vigilaba cada uno de sus movimientos. Sabía que en esa posición no podría disparar en absoluto, pero tenía temor de que un movimiento brusco pudiera arrojar a Sandra de la formación. Permaneció inmóvil, mientras Trelles se retrocedía nuevamente. Lo vio guardar la memoria en su bolsillo y apuntarle con su arma.

—Muy obediente, Ledesma —le dijo—. Ahora ya no lo necesito.

De pronto se escuchó una fuerte explosión proveniente de la locomotora. Todo alrededor se iluminó por completo. Sandra sintió una ráfaga de aire incandescente golpear su rostro al tiempo que una gigantesca esfera de fuego se alzó en el cielo nocturno. La locomotora había quedado envuelta en llamas. Sintió sus rodillas golpear con fuerza el techo del vagón y se apoyó sobre sus manos. Alcanzó a ver varios trozos de metal cruzar por sobre su cabeza a una gran velocidad. Pequeños fragmentos en llamas surcaban el aire como pájaros de fuego. El tren se sacudió por completo. Entonces vio el cuerpo de su captor tendido a su lado, sosteniendo aún el arma en sus manos. Era su oportunidad.

A tientas, se alejó de Trelles sin mirar hacia atrás. Sintió varias pequeñas explosiones acompañadas de leves sacudidas, pero no se detuvo. Se puso de pie y, sin pensarlo, saltó sobre el espacio entre los coches. La desesperación la invadía. Casi sin aliento, avanzó más y más sobre el techo del último vagón. Una serie de tomas de aire y pequeñas chimeneas se abrían paso en el techo. Sandra lo reconoció. Era el coche comedor. Continuó alejándose hasta llegar al final del recorrido. Se detuvo. Ya no había más tren delante de ella. Podía ver las vías pasar a una velocidad increíble. Entonces se dejó caer sobre el techo e intentó recobrar el aliento. ¿Cómo escaparía de allí? ¿Sobreviviría a una caída a esa velocidad? Alzó la mirada hacia el helicóptero, intentando encontrar una respuesta a sus preguntas. ¿Acaso no podían hacer nada al respecto? ¿Sería posible que no vieran que aún quedaban vidas a bordo del tren? Alrededor no había más que campo. Si lograba caer sobre vegetación tal vez, sólo tal vez, su caída podría verse amortiguada. Su corazón latía sin control. Esos pensamientos la aterrorizaban. Fue entonces cuando sintió otra gran sacudida. El coche se ladeó hacia uno de los lados. Sandra se aferró con toda su fuerza al techo para no caer. Frente a ella vio pasar el cambio de vías. Distinguió las luces de varios coches de policía detenidos a varios metros de allí. El tren había tomado otro rumbo. Tal como lo dijeron, habían desviado la formación. No quedaba más tiempo.

10

COBO

Cerró los ojos y comenzó a llorar. Cubriéndose el rostro, Sandra sentía que su vida terminaría en cualquier momento. No podía encontrar una salida. Ya casi no le quedaban fuerzas para moverse, su respiración era un jadeo sonoro, doloroso y su rostro le ardía. En ese instante deseaba con todo su ser estar en los brazos de su madre, ver la sonrisa de Sofía y escuchar la voz de su hermano. Deseaba estar en cualquier lugar, menos allí, sobre el techo del último coche de un tren sin control que estaba a punto de llegar a su terrible final. A sus oídos llegó el sonido de algo ya habitual para ella, el sonido de la muerte cercana, un sonido de pesadilla.

Un disparo.

Giró su cabeza para ver, a lo lejos y recortados contra las llamas de la locomotora, las siluetas de Javier y de aquel asesino. Ambos se encontraban trenzados en una lucha cuerpo a cuerpo sobre el techo del vagón contiguo. Varios metros detrás, Sandra alcanzó a distinguir las llamas que comenzaban a apoderarse rápidamente del furgón de carga. Comprendió entonces que debía regresar, tenía que hacer algo al respecto, Javier podría necesitar de su ayuda, aunque fuera lo último que haría. Se secó las lágrimas y, después de inspirar profundamente, se puso de pie. Mientras regresaba vio los cuerpos de ambos hombres caer al suelo y rodar peligrosamente hacia uno de los lados. Su corazón se detuvo por un instante. Desde donde se encontraba, podía sentir los golpes de puño y sus cuerpos golpeando el piso, tratando de mantener el equilibrio en el andar de la formación. Sigilosamente fue acercándose hasta el extremo delantero del coche. Frente a ella, Javier sostenía el brazo de Trelles mientras que le propinaba reiterados golpes de puño en uno de sus costados. Ambos se encontraban maltrechos y faltos de aire. El fuego había cubierto casi por completo el furgón de carga. Las cajas de cartón y todo el material que había en su interior alimentaban las llamas, haciendo que el techo colapsara. Entonces vio a Trelles librarse de los brazos de Javier y alejarse unos pasos de él. Giró la cabeza y la miró a los ojos, con su mirada fría, llena de odio. Sandra dio un paso atrás. Javier se abalanzó sobre el cuerpo de Trelles, derribándolo nuevamente. Ambos giraron sobre el techo del vagón, quedando a pocos centímetros del borde. No muy lejos de donde se encontraban, Sandra alcanzó a ver el arma de Trelles. Fue cuando vio la mano de Javier extraer su arma de la cintura y apuntar, justo antes que la mano de Trelles, en un acto reflejo, tapara el cañón. Se escuchó el disparo. La mano del asesino se tiñó de rojo y, con un penetrante grito de dolor, empujó el cuerpo de Javier con sus piernas. Atónita, Sandra vio cómo el cuerpo de su esposo se deslizaba sobre el techo del coche hacia el borde mismo, para luego desaparecer de su vista. Contuvo la respiración. Un escalofrío invadió todo su cuerpo. No podía reaccionar. Conmovida y desconcertada, permaneció de pie observando la terrible escena. Javier ya no estaba allí, había caído del tren. Lo más probable era que estuviera muerto. Muerto. Vio a Trelles reincorporarse, tomándose la mano ensangrentada con un gesto de terrible dolor. Luego recogió su arma con su otra mano y alzó la vista, directamente hacia ella.

Sin pensarlo, Sandra avanzó hacia él. Una furia desmedida la invadía. Podía sentir la adrenalina correr por sus venas. Lo único que deseaba en ese momento era terminar con la vida de aquel asesino, quien había matado a tanta gente, entre ellos, a su marido. Cruzó hacia el otro coche, lo cual se había vuelto una tarea peligrosamente fácil y, ante la mirada confundida de Trelles, se echó sobre él. Luego de derribarlo al piso, comenzó a golpearlo con todas sus fuerzas en el rostro. El hombre se cubría en un intento de librarse. Luego de un instante, Sandra sintió un golpe en el costado que la obligó a echarse hacia atrás. Le faltaba el aire. Aún herido como se encontraba, aquel hombre era lo suficientemente fuerte para librarse de sus golpes. Se palpó el cuerpo para luego mirar su mano. Tenía sangre. Estaba herida. Vio a Trelles reincorporarse y acercarse lentamente para luego sujetarla del cuello.

—Voy a matarte con mis propias manos antes de morir —le dijo con voz apenas audible.

—No voy a darte el placer —respondió Sandra casi sin aliento.

—Lo arruinaste todo por tu estúpida lealtad a Gennaro

—dijo, presionando aún más el cuello de Sandra—. Pronto vas a encontrarte nuevamente con tu esposo.

Ante esas palabras, Sandra sintió desvanecerse. Le faltaba el aire y podía ver el mundo a su alrededor volverse cada vez más oscuro. Entonces una loca pero esperanzadora idea apareció en su mente. Extendió su brazo hacia abajo y palpó la pierna de Trelles, quien la mantenía de pie, presionando su cuello para asfixiarla. Recorrió a tientas hasta que encontró el torniquete que había improvisado con un cinturón. Deslizó rápidamente su mano e introdujo un dedo en la herida, haciendo lo posible para provocarle dolor. De inmediato Trelles soltó su cuello, gritando. Cayó al piso, apoyándose con su única mano sana y maldiciéndola. Sandra se dejó caer, tratando de recobrar el aliento. Entonces, aprovechando el momento, introdujo su mano en el bolsillo de Trelles y extrajo el pequeño dispositivo. No sabía con certeza para qué lo había hecho, pues ambos encontrarían el mismo final en cualquier momento. Se reincorporó tambaleante y retrocedió unos pasos. Trelles continuaba sobre el piso, retorciéndose de dolor. Guardando la memoria, Sandra regresó al último coche alejándose lo más posible de él. Después de unos metros escuchó la voz de aquel asesino, ordenándole que se detenga. Al girar la cabeza, vio el arma en su mano, apuntándole. Un instante después escuchó el disparo. Contuvo su respiración esperando, en cualquier momento, sentir el dolor de la herida. Pero nada había ocurrido. Se miró el cuerpo. No estaba herida. Había fallado. Retrocedió unos pasos más y escuchó gatillar el arma una y otra vez. En la parte delantera del tren, una gran columna de fuego se abría paso en la oscuridad de la noche. Sandra podía sentir el calor en su cuerpo. El furgón de carga se encontraba ahora completamente cubierto en llamas, y se estaba extendiendo al primer coche clase pullman. Sabía que los asientos eran altamente inflamables. En minutos el fuego devoraría toda la formación. Eso, si es que no encontraban el final del recorrido antes.

En ese instante Sandra deseaba que todo acabase pronto. Ya no tenía más fuerzas. Javier estaba muerto, no sabía con certeza la suerte que habían tenido su madre y su sobrina. Estaba allí, sola, con aquel mercenario como única compañía en ese maldito tren de fuego que no desistía de su marcha, aún en sus últimos momentos. Se dejó caer sobre el techo del último coche y alzó la vista, observando las estrellas a través de la densa columna de humo. Todo su cuerpo le dolía. Un nuevo helicóptero se había sumado a la escena, presagiando que el final estaba cerca. Seguramente habían decidido poner fin al recorrido de aquel tren en un lugar apartado, alejado de cualquier vivienda. Intentaba imaginarse cómo sería el final, qué habría más allá. Su vida comenzaba a aparecer en una sucesión de infinitas imágenes, situaciones que había vivido a lo largo de su corta existencia. Ni en sus más locas pesadillas habría imaginado que el desenlace sería de esa manera. Vio a Trelles acercarse lentamente, rengueando de su pierna. La sangre goteaba de su mano, dejando un rastro a su paso. Al igual que ella, estaba utilizando sus últimas fuerzas. Se sorprendía ante la decisión de terminar con su vida aún cuando sabía con certeza que la suya propia encontraría pronto su final. ¿Qué extraña razón llevaría a ese hombre a continuar matando aún en su actual situación? Entendía que ese acto era parte de su ser, no podía sentir ningún valor a la vida. Para él, ella era sólo un conjunto de carne, piel y huesos que se interponía. Pero ahora eso iba más allá, podía ver odio en su rostro, un fuerte sentimiento de rencor, de ira y aborrecimiento hacia ella. Ahora se trataba de algo personal. Sin moverse, Sandra lo contempló en silencio, mientras se detenía frente a ella. Vio su rostro golpeado, ensangrentado, respirando con dificultad. Estaba perdiendo mucha sangre y sus movimientos eran lentos, imprecisos. Alzó su brazo, sosteniendo el arma en su mano y apuntándole a la cabeza.

—Queda una sola bala en esta arma —afirmó—. Pero antes voy a pedirte que me devuelvas la memoria.

—De nada te va a servir si no lográs salir de aquí —dijo Sandra.

—Ese es mi problema —respondió Trelles—. Ahora dámela.

11

CAMET

Tendida sobre el techo del vagón, Sandra retrocedió lentamente, tanteando con sus manos. Se preguntaba por qué extraña razón aquel asesino no apretaba el gatillo de una vez. Matarla y quitarle la memoria sería mucho más rápido y fácil que pedírsela. Quizás todavía tenía esperanza de que le dijera el tan preciado código de acceso, código que ella desconocía por completo. Volvió a preguntarse si ese detalle era el motivo por el cual aún se encontraba con vida. Vio a Trelles acercarse un paso más, sin dejar de apuntarle con el arma. De inmediato ella retrocedió hasta que sus manos perdieron el apoyo. Giró la cabeza para ver el vacío a su espalda, había llegado al final del tren. Frente a ella, Mario Trelles la acechaba con su mirada impregnada en odio, en un increíble desprecio por su vida. Metros más atrás, el fuego ya cubría casi la totalidad de los coches pullman, las llamas reclamaban el último vagón, el coche comedor.

Lentamente, Sandra extrajo la memoria y la hizo girar en su mano, observándola. Las siglas RZM-SECTI grabadas en el metal estaban cubiertas de sangre. El haz de luz del helicóptero los iluminaba, testigos silenciosos de lo que ocurría sobre el tren. Con un gesto de dolor, Trelles extendió su mano herida y tomó la memoria para luego guardarla en su bolsillo.

—Ahora vas a decirme el código de acceso —le dijo.

—Ni lo sueñes —respondió Sandra rotundamente—. No lo hice antes y no lo voy a hacer ahora. Podés matarme si querés, pero nunca lo sabrás.

Trelles tosió ruidosamente, le costaba hablar con fluidez. Miró el helicóptero sobre su cabeza y luego retrocedió unos pasos. El fuego comenzaba a consumir el coche comedor, y el techo donde se encontraban parados comenzaba a hundirse lentamente. El resto del tren 307 se hallaba envuelto en llamas, abriéndose paso entre la oscuridad de la noche. Fue entonces cuando Sandra alcanzó a ver, a lo lejos, incontables luces de varios colores. Y, de pronto, comprendió. Se trataba del final del recorrido, el lugar donde la formación encontraría su ya premeditado final. Seguramente habían dispuesto de varios coches bomba, policías y ambulancias alrededor para una rápida actuación. Los helicópteros se habían adelantado, intentando obtener una mejor vista de tal catástrofe. Según calculaba, no restarían más de cinco minutos para llegar hasta allí. El tren avanzaba sin reducir la velocidad.

Al ver la expresión en el rostro de Sandra, Trelles giró la cabeza para observar la escena que aparecía a lo lejos. Fue el momento en el que Sandra aprovechó para atizarle una patada en la mano, arrojándole el arma del tren. Al ver esto,

Trelles se abalanzó sobre ella en un arranque de furia. La tomó de la cabeza mientras intentaba en vano sostener sus brazos con su mano herida. Sandra intentaba librarse con todas sus fuerzas, pero le era imposible. Sentía que todo alrededor le daba vueltas. En un acto desesperado, mordió el brazo de Trelles, arrancándole un trozo de carne. Soltándola, retrocedió y la golpeó en el estómago. Sandra se inclinó, tomándose el abdomen con ambas manos; no podía respirar. Entonces sus pies perdieron apoyo y, sin poder evitarlo, cayó.

Se descubrió tendida sobre el angosto espacio que le brindaba el fuelle del último coche. Bajo sus pies, las vías se veían estremecedoramente cerca. Miró a su alrededor, no había manera de escapar. Sentía el sabor metálico de la sangre en su boca, y ya no podía respirar. Estaba consciente que el final llegaría en cualquier momento, pero su instinto hacía que luchara por su vida hasta el último instante. Entonces una silueta oscura apareció delante de ella, y la inconfundible voz resonó nuevamente en sus oídos.

—Nos vemos en el infierno, Sandra.

Alzando la mirada, vio la pierna elevarse en un intento por derribarla, cuando escuchó el estruendo de un disparo. El pie cayó torpemente a un lado. De inmediato el sonido de un segundo disparo, y luego otro y otro más. Sandra vio la silueta desaparecer de su vista, justo antes de escuchar un golpe seco sobre el techo del coche. No lograba entender del todo bien la situación, se sentía aturdida, desorientada. Un instante después la sangre comenzó a caer por el borde del vagón. Se sintió desvanecer. Ya no podía sostenerse más. Cerró los ojos y suspiró profundamente, esperando sufrir en cualquier momento el impacto sobre las vías. De pronto, percibió una presión en su muñeca, y luego la otra. Al abrir los ojos, vio sus manos ser aferradas con fuerza y todo su cuerpo ser levantado nuevamente hasta el techo del vagón. Sus pies pisaron con firmeza una vez más. A un lado se encontraba el cuerpo sin vida de Trelles, con varios impactos de bala en la espalda. Allí, bajo sus pies y tendido sobre su propia sangre, se hallaba el hombre que estuvo a punto de terminar con su vida. Delante de ella estaba Javier, quien la abrazó intensamente. Estaba vivo. Sandra hizo un esfuerzo por contener el llanto. Se agachó para extraer la memoria del bolsillo de Trelles para luego guardarla. Sus manos temblaban de miedo y su corazón palpitaba fuera de control. Observó el cuerpo de Javier, golpeado y lastimado. No se podía imaginar cómo había logrado sobrevivir.

—¡Estás vivo! ¿Cómo…?

—Tenemos que salir de aquí ahora —interrumpió Javier.

La tomó de la mano y se acercó hacia uno de los bordes, luego se alejó hacia el otro lado del coche. El fuego se encontraba ahora a pocos metros de ellos y podían sentir el calor en sus pies. El interior estaba ya cubierto en llamas, en cualquier instante el techo podría colapsar, sumergiéndolos en un infierno. Las luces que otrora se veían lejanas, ahora podían verse claramente a pocos cientos de metros adelante. Era cuestión de segundos para que el tren alcanzara el final del recorrido. Fue el momento cuando el vagón se sacudió y sintieron que la velocidad disminuía bruscamente. Hacia adelante, y a pesar de las llamas observaron a la locomotora alejarse del resto de los coches. Quizás el fuego o la última explosión habían logrado abrir el enganche. Ambos quedaron perplejos, observando a la máquina avanzar como una gigantesca máquina de fuego. De pronto comprendieron que, aunque ya no estaban ligados a su avance, todos los coches continuaban con velocidad suficiente para seguir hacia aquel terrible destino. No había manera de detenerlos. Sandra no tuvo mucho tiempo para reaccionar ante ese pensamiento, súbitamente el suelo a sus pies cedió y se vio cayendo en el interior del vagón. Sin poder sostenerse de nada alrededor, golpeó su cuerpo contra una de las mesas del coche comedor para luego desplomarse en el suelo. Un fuerte dolor lacerante recorría toda su pierna. Partes del techo que aún quedaba sobre ellos comenzaron a derrumbarse. A su lado, Javier intentaba ponerse nuevamente de pie. El calor era insoportable y apenas había suficiente visibilidad para reconocer la puerta en el extremo posterior del vagón. El fuego se acercaba rápidamente hacia ellos, consumiendo todo a su paso. Los artefactos de la cocina comenzaron a explotar peligrosamente y los vidrios a ambos lados del coche estallaban en mil pedazos. Todo alrededor era un caos. De pronto, Sandra sintió la mano de Javier tomándola del brazo y alejándola de las llamas, hacia la puerta. En pocos segundos se detuvieron allí, en el extremo del coche. A sus espaldas, el fuego se aproximaba irremediablemente, el vagón colapsaría por completo en cualquier momento, si es que antes no colisionaba con el final del recorrido. Frente a ellos, las vías corrían a una velocidad increíble. Javier aferró con fuerza su mano y dio un paso adelante.

—Esto va a doler, Sandra —le dijo—, pero no tenemos alternativa. Hay que hacerlo ahora.

Sandra lo miró perpleja, en silencio, y apretó fuerte su mano. Aunque Javier no lo había dicho, sabía que hablaba de saltar del tren en movimiento. Tomó el rostro de Javier con ambas manos y lo besó. Una lágrima se escapó de sus ojos. Ambos avanzaron hasta el borde del coche comedor. Javier se colocó de espaldas a la puerta y la abrazó, intentando protegerla con su propio cuerpo. Luego se echó hacia atrás, hacia el vacío, saltando del tren en marcha.

En brazos de Javier, Sandra se vio elevarse en el aire. Una sensación de libertad la invadió. Una extraña felicidad se apoderó de ella en ese minúsculo instante. Sentía el cuerpo de Javier aferrarse a ella. Contempló el vagón en llamas alejarse hacia su destino. También pudo distinguir una gran esfera de fuego elevarse a lo lejos, hacia el cielo, justo antes de ver el suelo acercarse rápidamente hacia su rostro. Luego fue todo oscuridad.

12

MAR DEL PLATA

Ciudad de Mar de Plata, Buenos Aires
Miércoles 15 de enero del 2014, 12:48h

Poco a poco las sensaciones fueron regresando a su cuerpo. Un instante después surgió del silencio un zumbido en sus oídos. Una sensación de cosquilleo en sus extremidades la obligó a moverse casi imperceptiblemente. Había a su alrededor una placentera quietud. Sus percepciones luchaban por convertirse en pensamientos. Hizo un esfuerzo por pensar, y el primer intento por recordar. Fue cuando vagas imágenes aparecieron en su mente y pudo tener una visión parcial de lo que había ocurrido. Se mantuvo inmóvil, con los ojos cerrados; no tenía el valor para moverse. ¿Dónde estaba? No se atrevía a abrir los ojos, pero algo le decía que se encontraba en un lugar seguro, a salvo. Y lo más importante de todo, estaba con vida. Después de una profunda duda, abrió lentamente sus párpados. Primero uno y luego el otro. Estaba todo brillantemente iluminado. Un grupo de luces blancas sobre un cielorraso impecable fue lo primero que distinguió. Intentó hablar, pero sus labios y su lengua reseca se lo impidieron. Comenzó a sentir el latir de su corazón y la sangre recorrer su cuerpo. Se descubrió recostada en una cómoda cama de sábanas blancas. Un sonido electrónico se repetía incesantemente a su lado. Entonces comprendió que se encontraba en la sala de un hospital. Intentó alzar un brazo, pero éste estaba conectado a un canal de suero y analgésicos. Respiró profundamente. Sus ojos ya se habían acostumbrado a la luz de la habitación. Miró a su alrededor. Su maltrecha ropa se encontraba sobre una silla. Sobre una pequeña mesa habían dispuesto un hermoso arreglo floral. En un rincón se hallaba una televisión encendida, pero con el sonido apagado.

El sonido de una puerta al abrirse llegó a sus oídos. De inmediato una enfermera se acercó sonriente y se detuvo a su lado. Revisó los niveles del suero y le palpó la frente.

—¿Se siente bien? —le preguntó.

Sandra asintió levemente con la cabeza.

—Muy pronto podrá regresar a su casa —le informó con una sonrisa—. Podrá recuperarse mejor allí.

Sandra abrió la boca, en un esfuerzo por pronunciar una palabra, hasta que el sonido se escapó de sus labios.

—Javier…

—Su marido está bien —le dijo la enfermera—, no se preocupe. Está en otra sala, pero se encuentra bien, al igual que usted. Ahora descanse, ¿sí?

Luego de tomarle la presión, la enfermera salió de la sala y regresó de inmediato con un vaso con agua para darle de beber. Torpemente, Sandra bebió unos sorbos.

—Tiene visitas —le informó, abriendo la puerta de la

habitación.

Frente a ella apareció Nely, de su mano iba Sofía, con una sonrisa que ocupaba todo su rostro. La niña corrió hacia un lado de la cama y le regaló un ruidoso beso en la mejilla. Nely se acercó con ojos llorosos y tomó su mano.

—¿Cómo estás, nena?

—Bien, má —contestó Sandra—. Ahora muy bien… ¿Dónde estamos?

—En Mar del Plata —respondió Nely—. Tu padre te estuvo cuidando desde que llegaste —agregó—, ahora se fue a buscar los resultados de tus estudios.

—¿Y Javier?

—Está en otra sala, pero se encuentra bien —dijo Nely—. Sufrieron fracturas, quemaduras y muchos golpes… Es un milagro que estén vivos —agregó—. Estuve orando mucho por vos.

Las lágrimas comenzaron a brotar de los ojos de Nely, mientras apretaba con fuerza la mano de Sandra. La pantalla de la televisión mostraba el trabajo de los bomberos en su afán por apagar las llamas de lo que parecía ser los restos retorcidos y calcinados del tren 307. La luz de la mañana iluminaba la magnitud de la tragedia. El noticiero titulaba las imágenes como el mayor accidente ferroviario de las últimas décadas. Poco a poco los recuerdos comenzaron a aparecer en la mente de Sandra.

—¿Mis cosas? —preguntó perpleja.

—Las tengo yo —respondió Nely.

—¿Viste una memoria en el interior de mi pantalón?

—¿Memoria? —repitió frunciendo el entrecejo— No, no recuerdo haber visto nada de eso, Sandra.

Sandra suspiró. A su lado, Sofía la miraba sonriente, con cierta curiosidad. De pronto la puerta se abrió nuevamente y dos extraños hombres fornidos ingresaron a la sala.

—Ellos son Adrián y Rodrigo —le dijo Nely—. Vinieron a casa anoche para protegerme, fue cuando me enteré de todo lo que estaba pasando. Son amigos de Javier —agregó con una sonrisa.

Ambos saludaron con un gesto, evitando acercarse a la escena familiar.

—Sólo queríamos asegurarnos de que todo esté bien —dijo Rodrigo—. Vamos a quedarnos aquí por seguridad hasta que regresen a Buenos Aires.

—Gracias, chicos —dijo Nely.

—¿Pablo se encuentra bien? —preguntó Sandra.

Nadie contestó. Adrián negó con su cabeza, en silencio, bajando la vista. A medida que los recuerdos iban apareciendo y acomodándose en su mente, Sandra se sentía realmente afortunada de estar con vida, y agradecida que su marido también haya sobrevivido a tal pesadilla. Ahora necesitaba recuperarse para pedir explicaciones, conocer la verdad detrás de todo lo que había sucedido. Pero ahora deseaba estar allí, con sus seres queridos, y disfrutar de su presencia. Giró la cabeza hacia un lado y contempló el paisaje de la ciudad de Mar del Plata a través de la ventana de la habitación. El cielo estaba despejado. Era un hermoso día de verano.

EPÍLOGO

EZEIZA

Ezeiza, Buenos Aires
Miércoles 15 de Enero del 2014, 07:56h

Miró su reloj al tiempo que expulsaba una nueva bocanada de humo de su boca, disfrutando de su costoso abano. Suspiró y observó a través de la pequeña ventanilla redonda, desde donde podía ver toda la extensión de las pistas de aterrizaje. Los primeros rayos de sol se reflejaban sobre los grandes ventanales del Aeropuerto Internacional de Ezeiza. Decenas de aviones se disponían a ubicarse para emprender sus itinerarios. Ricardo Sureda no había reparado en gastos, en el interior de su Dassault Falcon 7X contemplaba en silencio el movimiento a su alrededor, mientras bebía un sorbo de su whisky preferido. Media hora había transcurrido ya, y su paciencia comenzaba a acabarse. Apoyó el abano sobre el escritorio y revisó el celular. No tenía nuevos mensajes. Era algo natural. Había cambiado su número las últimas horas y sólo un puñado de personas lo conocían. Fue cuando el aparato comenzó a vibrar insistentemente.

En la pantalla apareció un mensaje: "Estoy llegando". Arrojó el aparato a un lado y resopló. Odiaba las largas esperas. El motor del jet se encendió con un profundo zumbido. Si no estaba allí dentro de cinco minutos, partiría sin él.

—¿Desea algo más, señor Sureda? —preguntó cordialmente la azafata.

Ricardo se limitó a hacer un ademán con su mano y de inmediato la joven se alejó nuevamente hacia la cabina, cruzándose con su secretario personal, quien traía una carpeta en sus manos.

—Señor —dijo—, ya tenemos pista, estamos listos para despegar.

—Dos minutos más —pidió Sureda al tiempo que miraba nuevamente la hora.

Fue entonces cuando, a través de la ventanilla, vio al vehículo detenerse a pocos metros de distancia. La puerta trasera se abrió y un hombre salió caminando rápidamente hacia la escalerilla del jet, portando un maletín. Sureda lo siguió con la vista, pocos segundos después apareció en el interior del avión, acercándose a grandes pasos y estrechando su mano. Podía notar en su rostro un gesto de preocupación, de inseguridad. Su corbata estaba mal anudada y el sudor corría por su frente. Distinguía en sus ademanes un rastro de ansiedad, la cual no comprendía del todo bien.

Para Ricardo Sureda, toda la operación fue realizada y finalizada con un éxito total, a pesar que la mayoría de los puntos que la conformaban no habían surgido de su ingenio. Las últimas horas habían sido decisivas para el futuro y, aunque en momentos pareció derrumbarse todo, finalmente consiguieron el objetivo por el que habían trabajado los últimos meses. En esos momentos, las oficinas comerciales de Sureda y Asociados estarían siendo allanadas por orden del juez. Todos sus socios y accionistas, al igual que la junta de consultores se encontrarían procesados a raíz de los últimos acontecimientos relacionados con el accidente del 307, entre otras cosas. La empresa había quedado irremediablemente ligada a la utilización de fondos para actos criminales llevados a cabo los últimos días. Sureda sabía con certeza que ninguno de ellos tenía conocimientos suficientes de lo que realmente ocurría. Había dejado tras de sí una bomba de tiempo que había explotado, llevándose consigo la reputación y la libertad de todos los que componían o tenían relación con su sociedad. Por otra parte, GenAr se había disuelto por completo después del incidente que tuvo como víctima al detective de parejas, el cual había sido un excelente comienzo para todo desarrollo del plan. Su disolución se vio aún más involucrada con las misteriosas muertes de cada uno de los que conformaban el grupo de científicos relacionados con sus investigaciones a puertas cerradas. Todos los archivos habían sido eliminados y no existía rastro de las actividades de la compañía durante los últimos seis meses. Simplemente se habían esfumado. La lealtad y ambición de Mario Trelles había sido suficiente para llevar adelante cada etapa, y Gómez no había resultado un obstáculo después de ofrecerle un puñado de billetes. Luego de haber descubierto la inoportuna aparición de Javier Ledesma, se vieron obligados a realizar unos cuantos cambios de último momento que pusieron en peligro toda la operación. Pero ese obstáculo había sido hábilmente superado y ahora se encontraban allí, brindando por un nuevo comienzo.

Luego de haber seguido de cerca cada movimiento durante el transcurso de la noche, se encontraba exhausto. Bebió un nuevo sorbo de su whisky al tiempo que la azafata cerraba la puerta del jet, asegurándola. El reloj digital sobre la angosta puerta de la cabina marcaba las 8:05 de la mañana. Para ese entonces, los noticieros estarían descubriendo la presencia de Trelles y sus hombres entre los fallecidos, y pronto atarían cabos. Era cuestión de horas para que la cúpula policial se viera sacudida ante la dudosa actuación del comisario Leonardo Gómez, entre otros que componían su círculo. Sureda dibujó una sonrisa en su rostro. Los fiscales tenían por delante un arduo trabajo de investigación pero, para ese entonces, él ya se encontraría lejos, lo suficientemente lejos para disfrutar del show con tranquilidad.

La pantalla del monitor mostraba la imagen de la locomotora totalmente destruida, rodeada de un centenar de bomberos. No muy lejos se encontraban los vagones, retorcidos, irreconocibles. El zócalo del noticiero informaba que no había sobrevivientes en su interior.

—No podía resultar mejor —aseguró Sureda.

—¿Estás seguro que no hay sobrevivientes?

—Completamente seguro —respondió mientras apoyaba el vaso.

Tomó la carpeta que tenía frente a él y comenzó a ojear sus páginas una a una. El secretario se acercó con prisa, sentándose en su asiento del otro lado del pasillo.

—Por favor, abróchense los cinturones —les indicó—. Estamos a punto de despegar.

Ambos hicieron caso a la indicación. El sonido del motor comenzó a incrementarse. Lentamente el jet inició el recorrido por la pista para ubicarse en posición de despegue.

—Estaremos en Dubai para la noche, señores —aseguró

el joven con una sonrisa.

Sureda no contestó, cerró la carpeta y la dejó a un lado. Conocía muy bien al hombre que tenía frente a él, y podía distinguir su mirada de preocupación.

—No te preocupes —dijo—. En unas horas tu vida va a cambiar por completo.

—Me preocupa haber dejado cabos sueltos en el camino —aseguró—. ¿Alguien conoce nuestro destino?

—Sólo los que estamos a bordo de este avión —respondió Sureda—. ¿Lo trajiste, verdad?

—Lo tengo conmigo —aseguró con una leve sonrisa.

—¿Es la única copia que existe?

—La única.

Ricardo asintió levemente con la cabeza, contemplando el paisaje a través de la ventanilla. Tenían en sus manos la llave para cambiar el mundo tal como lo conocían. El valor era incalculable, podían solicitar lo que quisieran y, aún así, sería insuficiente. Un futuro prometedor estaba por comenzar. Se acomodó en su asiento y lo miró sonriente, mientras el jet carreteaba con rapidez por la pista.

—Gennaro, querido amigo —dijo—, esto recién empieza.

El jet se elevó sobre la pista y, unos instantes después, se perdió entre las nubes, dejando atrás el aeropuerto de Ezeiza. El sol de la mañana se abría paso, dando comienzo a un nuevo día de verano en Buenos Aires.

RECONOCIMIENTOS

Esta novela es por completo una ficción y los puntos de vista aquí expresados me pertenecen en su totalidad, así como cualesquiera errores que, respecto a la información objetiva, existan en el texto. Todos los personajes aquí presentados son productos exclusivamente de la creatividad.

Agradezco a todos los que me apoyaron en la creación de esta obra y aportaron sus experiencias y conocimientos. Al preparar esta novela, me basé en experiencias personales y ajenas.

Sólo queda decir que las opiniones expresadas en esta novela son mías, y recordar a los lectores que las formaciones que aquí se detallan fueron reemplazadas por nuevas unidades a finales del año 2014. Nos queda un hermoso recuerdo de aquellos tiempos donde los imponentes motores diesel de las GT22 hacían vibrar nuestros corazones.

SERGIO HELGUERA
EL FARO DE FUEGO

Con la esperanza de encontrar un punto final a sus
recurrentes pesadillas, el ex combatiente de Malvinas
Juan Carlos Morales decide transcurrir el resto de sus
días en la apacible casa del faro. Aislado por completo
del resto del mundo, el viejo faro gobierna una vasta
extensión entre la estepa patagónica y el mar, ofrecién-
dole belleza natural y la tan ansiada tranquilidad.

Nunca imaginaría que, más de treinta años después,
una vieja herida de guerra volvería a abrirse para desatar un infierno. Morales se verá inmerso en un juego
mortal donde deberá decidir entre su vida y la de su
inesperado visitante.

SERGIO HELGUERA

TREN 307

Todo se desarrolla durante la temporada de verano del año 2014 en Buenos Aires, donde un destacado grupo de científicos crea, mediante bioingeniería, un producto con el potencial de cambiar la vida tal como la conocemos. El hermetismo del descubrimiento parece invulnerable. Sin embargo, el caos se desata cuando la información se ve peligrosamente expuesta.

La joven y exitosa científica argentina Sandra Zemog, se verá inmersa en una desesperada lucha por proteger uno de los descubrimientos más importantes del mundo contemporáneo. Esta situación la llevará a experimentar un increíble y mortal viaje en tren, donde deberá utilizar toda su astucia e imaginación para lograr sobrevivir. Más de 1500 toneladas de acero sobre rieles, 500 almas a bordo y un tren sin control que los llevará a un destino incierto.

Editorial FJDH

SERGIO HELGUERA

TREN 307

Todo se desarrolla durante la temporada de verano del año 2014 en Buenos Aires, donde un destacado grupo de científicos crea, mediante bioingeniería, un producto con el potencial de cambiar la vida tal como la conocemos. El hermetismo del descubrimiento parece invulnerable. Sin embargo, el caos se desata cuando la información se ve peligrosamente expuesta.

La joven y exitosa científica argentina Sandra Zemog, se verá inmersa en una desesperada lucha por proteger uno de los descubrimientos más importantes del mundo contemporáneo. Esta situación la llevará a experimentar un increíble y mortal viaje en tren, donde deberá utilizar toda su astucia e imaginación para lograr sobrevivir. Más de 1500 toneladas de acero sobre rieles, 500 almas a bordo y un tren sin control que los llevará a un destino incierto.

Editorial
FJDH

SERGIO HELGUERA

TREN 307

SERGIO HELGUERA

TREN 307

EDITORIAL
FJDH

 9 789874 572233